굿모닝
미드나이트

GOOD MORNING, MIDNIGHT by Lily Brooks-Dalton

GOOD
굿모닝
MORNING,
미드나이트
MIDNIGHT

릴리 브룩스돌턴 장편소설

이수영 옮김

시공사

고든 브룩스를 위해

나는 무거운 몸을 힘겹게 일으켜

어둠에서 천천히, 고통스럽게 빠져나왔다.

그리고 거기에 내가, 그리고 그 남자가 있었다.

-진 리스

차례

하나

　태양이 마침내 북극권으로 돌아와, 회색이던 하늘이 타는 듯한 분홍빛 줄무늬로 물들었을 때, 어거스틴은 밖에 나가 기다리고 있었다. 수개월째 얼굴에 자연광을 느껴보지 못한 상태였다. 장밋빛 광채가 지평선 위로 흘러나오며 푸르스름한 얼음의 동토 지대 속으로 스며들어, 온통 눈뿐인 풍광 위로 쪽빛 그늘을 드리웠다. 새벽은 굶주린 불길처럼 타고 올라와, 섬세한 분홍빛이 주황색으로, 다시 자홍색으로 깊어지며 두꺼운 구름층을 하나씩 삼켜나가다가, 하늘 전체가 타오르기 시작했다. 어거스틴은 그 숨죽인 열기를 살갗에 쬐면서 따끔거림을 느꼈다.

봄철에는 드문 구름 낀 하늘이었다. 지금 천문대의 위치는 이곳의 청명한 날씨와 북극의 희박한 대기, 코르디예라 산맥의 고도 때문에 정해진 것이었다. 어거스틴은 천문대의 콘크리트 계단을 내려가, 가파른 산비탈을 깎아 만든 길을 따라 차례로 들어앉은 별관들을 지나갔다. 마지막 별관을 지나칠 때쯤엔 벌써 태양이 다시 가라앉기 시작하며 색채가 희미해졌다. 10분 만에 하루가 시작되었다가 끝났다. 10분도 안 되었으리라. 이곳에서 북쪽으로는 눈 덮인 산봉우리들이 계속 이어졌고 남쪽으로는 낮고 평탄한 툰드라의 대지가 멀리까지 펼쳐졌다. 기분이 괜찮은 날에는 텅 빈 캔버스 같은 풍경이 마음을 안정시켰고 최악의 날에는 광기에 대해 숙고하게 만들었다. 북극의 대지가 어거스틴 따위를 배려하는 일은 없었고 그에게는 달리 갈 곳이 없었다. 그러나 오늘은 어떤 기분인지 확신이 안 섰다.

그도 전혀 다른 삶을 살고 있을 적에는, 환경에 거부당하면 헐렁한 가죽 여행가방 하나만 꾸려 다른 장소를 찾아가곤 했다. 그런 일은 자주 있었다. 가방도 별로 크지 않았지만 어거스틴이라는 존재의 핵심을 깔끔히 담아냈다. 여분의 공간도 별로 없었다. 이사 트럭을 부를 필요는 전혀 없었다. 완충 포장재도, 송별회도 필요 없었다. 떠나기로 결정을 하면 그 주 내로 떠나버렸다. 대학원 과정 때 죽어가는 별들을 처음 연구했던 칠레 북부의 아타카마 사막에서, 남아프리카로, 푸에르토리코로, 하와이로, 뉴멕시코로, 오스트레일리아로, 가장 뛰어난 망원경들을 따라서, 위성들이 가장 깊숙한 우주를 보여주는 곳으로, 지구 전역에 흩어진 빵 조각을 줍듯 쫓아다녔다. 거기에 세속적인 방해물은 적게 끼어들수록 좋았다. 어거스틴은 늘 그렇게 살았다.

대륙이나 나라 같은 건 아무 의미도 없었다. 그를 움직이는 것은 하늘, 대기권의 창밖에서 벌어지는 일들뿐이었다. 직업관은 투철했고 자부심은 충만했으며 연구 결과는 획기적이었다. 하지만 그는 만족하지 않았다. 단 한 번도 만족한 적이 없었고 안주할 생각을 해본 적이 없었다. 어거스틴이 갈구하는 것은 성공이 아니었다. 명성도 아니었다. 그것은 역사였다. 잘 익은 수박처럼 우주를 쫙 갈라 열어 보이고 싶었다. 말문 막힌 동료들 앞에서, 과육과 마구 뒤섞인 씨앗들을 가지런히 정리해 보이고 싶었다. 과즙이 뚝뚝 떨어지

는 붉은 과일을 그의 손에 쥐고 무한의 내장을 계량하고 싶었
나. 시긴의 동틀 녘까지 거슬러 올라가 태초의 시작을 잠시
라도 엿보고 싶었다. 어거스틴은 길이길이 기억되길 바랐다.

하지만 여기 어거스틴는 일흔여덟 살에, 북극 제도 어느
산꼭대기, 문명의 바깥 지대에서 전 생애를 바친 과업의 종
착역을 앞두고 있으며 지금 그가 할 수 있는 일이라고는 자신
의 무지의 황량한 얼굴을 빤히 응시하는 것뿐이었다.

–

바르보 천문대는 코르디예라 산맥의 바르보 산봉우리에
지어졌다. 반구형 망원경 시설이 인근의 그 어떤 지형보다
높이, 주먹 모양으로 불쑥 튀어나와, 산등성이들을 감독관처
럼 내려다보고 있었다. 1킬로미터 남쪽으로는 그린란드에서
공수해 온 불도저로 동토를 고르고 다진 후 주황색 형광 깃발
과 조명들로 유도선을 표시한 활주로와 격납고가 있지만, 이
제는 조명이 들어오지 않았다. 격납고도 비어 있고 활주로는
보수가 되지 않고 있었다. 이 기지에서 연구원들을 싣고 떠
난 마지막 비행기가 이 활주로를 이용한 지도, 문명 세계로
부터 마지막 소식을, 전쟁에 대한 소식을 들은 지도 1년이 넘
었다.

바르보 기지에는 열두 명 연구원이 아홉 달 버틸 수 있는 보급품이 비축돼 있었다. 연료 통과 보존 식품, 정제수, 의료품, 총과 낚시 도구, 크로스컨트리 스키 장비, 아이젠과 밧줄 등. 어거스틴이 쓸 수 있는 것보다 훨씬 많은 연구 장비가 있었고 어거스틴이 열 번을 다시 살아도 다 처리할 수 없는 양의 데이터가 들어왔다. 어거스틴은 현 상태에 그럭저럭 만족했다. 천문대는 바르보 기지의 중심이었고 여기저기 흩어져 있는 숙소 건물들과 창고, 생활 시설 등의 가운데 있었다. 그리고 가장 견고한 건물일 수밖에 없었다. 천문대가 품고 있는 거대한 망원경이 이곳에 있는 모든 부대시설의 존재 이유였으니까. 천문대를 둘러싼 별관들은 사실 건물이라고 하기도 힘들었다. 먹고 마시고 자고 보관하는 방수 텐트쯤 됐다. 바르보 천문대의 연구원들은 보통 여섯 달에서 아홉 달 단위로 연구비를 지원받았다. 하지만 철수 전까지 어거스틴은 거의 2년 동안 머물고 있었다. 이제 어거스틴이 여기 온 지도 3년이 되었다. 북극의 프로젝트는 주로 박사 과정을 막 마친 젊고 대담한 남자들을 끌어들였다. 아예 대학에 영영 뼈를 묻게 되기 전까지는, 한동안만이라도 답답한 학계를 벗어나고 싶어 안날이 난 남자들이이었다. 온통 이론밖에 모르고 쓸모 있는 기술이라곤 거의 없는 이런 책벌레 연구자들을 어거스틴은 경멸했다. 뭐, 어차피 어거스틴이 경멸하지 않는 사람을 찾기는 힘들있다.

눈을 가늘게 뜨고 하늘과 산의 경계선을 노려보자 두꺼운 구름 뒤로 가라앉는 해의 윤곽을 알아볼 수 있었다. 코르디예라 산맥의 비죽비죽한 봉우리들에 동그라미가 반으로 잘렸다. 3월 말, 정오가 조금 지난 시각이었다. 드디어 극지의 긴긴 밤이 끝났고 이 황량한 땅 위에도 낮이 점차 돌아올 것이다. 낮은 느리게 시작되었다. 하루에 두어 시간씩만 지평선 위로 살짝 빛을 드러내다가, 곧 심야에도 태양이 뜨면서 별들은 지워질 것이다. 눈부신 여름이 끝날 때쯤엔 어거스틴도 가을의 침침한 낮과 겨울의 새파란 어둠을 기꺼이 맞이하게 될 것이다. 하지만 지금으로선, 산 위에 내려앉아서 저지대 툰드라 위로 빛을 흘리는 태양의 흐릿한 윤곽보다 더 마음의 위안이 되는 풍경을 상상할 수 없었다.

어거스틴이 자란 미시건 주에서는 겨울이 부드럽게 찾아왔다. 고운 가루 같은 첫눈, 푹신한 폭설, 고드름이 길고 날카롭게 자라나다가, 어느새 뚝뚝 물방울이 떨어지며 봄이 분출되었다. 하지만 이곳 북극에선 모든 게 지독했다. 엄혹했다. 다이아몬드 날처럼 무자비했다. 거대한 얼음판들은 결코 녹지 않았고 대지는 풀릴 줄 몰랐다. 정오의 하늘에 남아 있던 일출이 스러져갈 때, 북극곰 한 마리가 어느 산등성이를 경중경중 뛰어가는 것이 보였다. 사냥을 하러 바다로 가는 것이었다. 어거스틴은 저 두꺼운 가죽 속으로 들어간 다음, 절개선을 봉합해버렸으면 싶었다. 자신의 긴 주둥이와 쟁반만 한 앞발을 내려다보면 어떤 기분일까? 벌렁 누워 뒹굴면서 수백 킬로그램에 달하는 근육과 지방과 모피가 얼어붙은 땅에 눌리는 기분은 어떨까. 얼음판 사이 숨구멍에서 큰얼룩점박이 바다표범을 끌어내, 강력한 앞발 한 번 휘둘러 죽이고 그 살코기 속에 이빨을 박아 김 나는 지방 덩어리를 뜯어낸 후, 배부른 채 하얗고 깨끗한 눈보라 속에서 잠에 빠져드는, 아무 생각도 없고 본능뿐인 삶. 식욕과 수면욕뿐인 삶. 그리고 때가 되면 성욕을 느끼겠지만, 사랑도 죄책감도 희망도 느끼지 않을 것이다. 북극곰은 회상에 잠기지 않는, 생존을 위해 만들어진 동물이었다. 그런 생각을 하며 어거스틴은 미소를 지을 뻔했지만 그의 얼굴 근육은 좀처럼 그런 쪽으로 움직이는 일이 드물었다.

그는 사랑에 대해 저 북극곰만큼도 아는 게 없었다. 사랑을 해본 적이 없었다. 예전에는 저급한 감정의 편린들 정도는 느껴보기도 했다. 수치심이나 후회, 원한, 질투 같은 것들. 하지만 그럴 땐 늘 다시 시선을 들어 하늘을 보았고 그 경외감이 모든 걸 씻어주곤 했다. 우주만이 그에게 위대한 감정을 불러일으킬 수 있었다. 아마 그것도 사랑일 것이다. 하지만 어거스틴은 굳이 그 감정에 이름을 붙이지 않았다. 그것은 우주 전체의 공허함과 충만함에 온 마음을 빼앗긴 일방적 연모였다. 그에 비하면 하찮은 연인들에게는 낭비할 시간도, 나눠줄 마음의 여유도 없었다. 어거스틴은 그렇게 사는 게 좋았다.

그가 인간에게 사랑 같은 감정을 느꼈던 적이 한 번 있다고 하더라도 아주 오래전 일이다. 어거스틴이 30대였을 때 뉴멕시코 주 소코로의 연구 시설에서 날카로운 지성을 지닌 아름다운 여자를 임신시킨 적이 있었다. 그녀도 박사 논문을 쓰고 있는 과학자였다. 처음 만난 순간 특별한 사람임을 느꼈다. 그녀의 임신 소식을 듣자 그의 마음속에서 아이라는 존재에 대한 감정이 따뜻한 불똥처럼 튀어 오르는 것을 느낄 수 있었다. 60억 광년 떨어진 곳에서 갓 태어난 별의 깜빡임을 목격할 때처럼 말이다. 손에 잡힐 듯한 아름다움이었지만, 잡힌 즉시 스러져 어느새 잔광만 남았다. 그것으로는 충분치 않았다. 그는 낙태하자고 설득했고, 거절당하자 북반구를 떠났다. 적도 건너편 남반구에서 수년을 머물렀다. 자신은 사랑해줄 능력이 없는데도 부근에 자신의 아이가 있다는 사실을 참을 수 없었다. 시간이 흘렀고 결국 아이의 이름을, 딸아이의 생일을 알아내려 애쓰게 되었다. 다섯 살 생일에는 비싼 아마추어 망원경을, 여섯 살 때는 천구 모형을, 일곱 살 때는 칼 세이건이 쓴 《코스모스》의 서명된 초판본을 보냈다. 다음 해는 생일을 잊어버렸지만 아홉 살과 열 살 때는 더 많은 천문학 책들을 보냈다. 그러고 나서는 연락이 끊겼다. 열한 살 때 주려던 달 암석 표본 한 개는 그가 거쳐온 수많은 연구소들 중 한 곳의 지질학 팀에서 빼낸 것이었는데, 주소 불명으로 돌아왔다. 어거스틴은 그냥 잊어버리고 다시 찾아보지 않기로 했다. 이런 선물 게임은 논리 정연한 삶에 끼어든 어리석고 감상적인 잡음일 뿐이었다. 그 후로도 가끔 그 특별한 여자와 딸아이가 생각날 때가 있었지만, 결국에는 아예 잊어버리게 되었다.

북극곰은 느릿느릿 산 반대편으로 내려갔고 눈에 묻혀 보이지 않게 되었다. 어거스틴은 파카와 후드 속으로 몸을 더욱 움츠리고 목 주변의 줄을 단단히 당겼다. 매서운 돌풍이 그를 휘감았다. 눈을 꼭 감고 콧구멍을 찌르는 냉기를 느껴보았다. 발가락에서 시작된 마비가 묵직한 장화와 모직 양말 속 더 깊은 곳으로 슬슬 파고들었다. 머리와 턱수염은 30년 전에 이미 하얗게 변했지만 턱과 목 주변에는 여전히 검은 털이 꽤 남아 있어, 마치 노화가 반쯤 진행되다가 중단되고 다른 곳으로 옮겨 간 듯했다. 늙은이기 된 지는 오래여서, 태어난 날보다 죽을 날이 훨씬 가까웠고 예전처럼 오래 걷거나 서 있을 수도 없게 되었지만 그해 겨울에는 특히 나이가 많이 든 게 실감 났다. 척추가 서서히 굽고 뼈들이 오그라들면서 마치 자신이 줄어들고 있는 기분이었다. 시간의 흐름도 자꾸 놓치기 시작했다. 어둠이 계속되는 겨울에는 그럴 수도 있었지만, 생각의 흐름도 놓치고 있었다. 마치 꿈속에서 그런 것처럼, 방금 전까지 무슨 생각을 하고 있었는지 알 수 없을 때가 있었다. 어디로 걸어가고 있었는지, 무슨 일을 하고 있었는지도 알 수 없었다. 어거스틴이 죽으면 아이리스는 어떻게 될지 생각해보려 애썼다. 그러다가 그만두었다. 상관하지 않으려 애쓰기로 했다.

–

관제탑으로 돌아오니 하늘은 짙은 푸른색 잔영만 남기고 어두워졌다. 묵직한 철문을 어깨로 밀어 열 때 엄청 힘을 주어야 했다. 작년보다 더 힘들어졌다. 계절이 지날 때마다 몸이 더 약해지는 듯했다. 문 안으로 들어서고 나서는 바람이 문을 밀어 쾅 닫았다. 연료를 아끼기 위해 천문대 맨 꼭대기

층만 난방을 하고 있었다. 천문대 관제실은 길게 이어진 하나의 방으로, 어거스틴은 중요한 물건들을 모두 여기 보관하고 있었고 그와 아이리스도 여기서 잤다. 아래층과 별관들에서 생활용품들도 가지고 왔다. 인덕션 두 개, 매트리스와 침낭, 부족하나마 이런저런 접시와 식기, 냄비와 프라이팬들, 전기 주전자 등. 어거스틴은 3층까지 올라가면서 계단마다 쉬어야 했다. 맨 위층인 3층에 도착해, 온기가 빠져나가지 않도록 계단 문을 닫고 방한복을 한 겹씩 천천히 벗어서 벽에 쭉 박힌 고리들에 하나씩 걸었다. 한 사람이 쓰기엔 고리가 너무 많았다. 고리 하나에 장갑을 한 짝씩 걸었다. 목도리도 풀어서 걸고 옷들을 쭉 펼쳐서 걸었다. 텅 비어 보이는 이 공간을 자신의 흔적들로 조금이나마 더 채워서 우렁우렁 울리는 소리의 외로움이 너무 두드러지지 않게 하려는 의도였다. 옷걸이 끝 쪽엔 플란넬 셔츠와 긴 내복, 두꺼운 스웨터 등이 걸려 있었다. 어거스틴은 더듬거리며 파카 단추를 풀고 지퍼도 내린 후 그것도 벗어서 걸었다.

아이리스는 보이지 않았다. 그 애가 말을 하는 경우는 드물었지만 이따금씩 조용히 흥얼거리기는 했다. 그들 위의 둥근 지붕에 불어대는 바람 소리의 높낮이에 맞춰 자기가 지은 듯한 곡조였다. 자연의 오케스트라인 셈이었다. 어거스틴은 동작을 멈추고 귀를 기울여보았지만 아무 소리도 들리지 않았다. 아이리스는 움직이지 않아서 안 보일 때가 종종 있었기에 어거스틴은 찬찬히 방 안을 둘러보며 깜빡이는 눈이나 자그마한 숨소리가 들리는지 들어보았다. 천문대에는 그렇게 둘뿐이었다. 물론 망원경과 툰드라도 있었다. 마지막으로 일했던 민간인 연구원들은 1년쯤 전에 여기서 가장 가까운 군 기지로 이송되었다. 거기서 자기들 고국과 가족에게로 돌아갔을 것이다. 바깥세상에서는 뭔가 파국이 일어나고 있었지만, 자세히 언급하려는 사람은 없었다. 연구원들은 데리러 온 군인들에게 아무것도 묻지 않고 서둘러 짐을 꾸렸다. 그냥 철수팀이 시키는 대로 했다. 하지만 어거스틴은 떠나고 싶지 않았다.

과학자들을 집으로 돌려보내기 위해 도착한 공군 부대는 천문대 기지 철수를 시작하기 전에 소장 집무실로 모두를 불러 모았다. 대위가 연구원들을 하나하나 호명하며 활주로에서 대기 중인 허큘리스 수송기에 언제 어떻게 탑승하라는 지시 사항을 전달했다.

"난 가지 않을 거요." 어거스틴이 자기 차례가 되자 말했다. 군인 중 한 명이 웃었다. 과학자 중에 몇 명은 한숨을 쉬었다. 처음에는 아무도 그의 말을 진지하게 받아들이지 않았다. 하지만 어거스틴은 꿈쩍도 하지 않았다. 가축 떼처럼 수송기에 실려 갈 생각이 없었다. 그의 업무는 여기 있었다. 그의 삶도 여기 있었다. 다른 사람들 없이도 그럭저럭 해나갈 수 있었다. 그리고 떠날 때가 되면, 그냥 떠날 것이었다.

"선생님을 위해 다시 올 비행기는 없습니다." 소위가 답답하다는 듯 말했다. "이 기지에 혼자 고립될 거예요. 지금 우리와 같이 가지 않으면 빠져나갈 방법은 없습니다."

"알고 있어요." 어거스틴이 말했다. "그래도 가지 않을 겁니다."

소위는 어거스틴의 얼굴을 찬찬히 뜯어보았다. 이 미친 노인이 하는 말은 진심이었다. 드러낸 이빨, 곤두선 잔털, 똑바로 쏘아보는 눈빛, 마치 야생 동물 같은 분위기였다. 소위는 할 일이 너무 많았고 무분별한 사람들을 상대할 시간이 없었다. 시간은 부족한데 챙겨야 할 사람도 많았고 수송할 장비는 너무 많았다. 소위는 어거스틴을 내버려두고 소집을 마쳤다. 하지만 다른 연구원들이 해산하며 서둘러 자기 물건을 챙기러 돌아갈 때, 다시 어거스틴을 붙잡았다.

"로프트하우스 씨." 소위는 목소리를 높이지 않았지만 짜증은 숨길 수 없었다. "실수하시는 겁니다. 난 노인을 억지로 비행기에 태우지는 않을 거예요. 하지만 내 말은 농담이 아니에요. 아무도 다시 데리러 오지 않습니다."

"소위." 어거스틴이 말하며 자신의 팔을 잡고 있는 남자의 손을 뿌리쳤다. "알겠다고 했습니다. 이제 날 내버려둬요."

소위는 고개를 저으며, 어거스틴이 저벅저벅 걸어가 문을 쾅 닫고 나가는 뒷모습을 바라보았다. 어거스틴은 소장실을 나가서 천문대의 꼭대기 층으로 올라가 남쪽 전망창 앞에 서서 내려다보았다. 과학자들이 한아름 책과 장비와 짐을 들고 끌고 하면서 숙소와 별관들 사이를 서둘러 오갔다. 스노모빌 몇 대도 짐을 잔뜩 싣고 산 위 천문대와 격납고 사이를 오갔다. 그리고 어거스틴이 지켜보는 동안 모두 줄줄이 활주로로 내려가버리고 결국 그 혼자 남았다.

천문대에서는 보이지 않는 툰드라의 습곡 사이 활주로에서 비행기가 솟아올랐다. 어거스틴은 창백한 하늘 속으로 수송기가 사라지는 모습을 바라보았다. 부릉거리던 엔진 소리도 윙윙거리는 바람 소리에 묻혀 사라졌다. 어거스틴은 전망창 앞에서 오랫동안 자리를 지키며 자신이 처한 상황의 고독이 현실감으로 온전히 자리를 잡을 때까지 머물러 있었다. 그러다가 마침내 창에서 등을 돌리고 관제실을 둘러보았다. 그리고 다른 동료들의 남은 작업물을 한쪽으로 치우며 이곳 배치를 자기 편의에 맞게, 오로지 자기 하나만을 위한 곳으로 바꾸기 시작했다. '아무도 다시 데리러 오지 않습니다'라던 소위의 말이 낯선 고요 속에 메아리쳤다. 어거스틴은 현재 상황을 있는 그대로 받아들이려고, 이게 정말 다 무슨 의미인지 이해해보려고 애썼지만 좀 너무 극단적이고 좀 너무 지독한 일이라, 가만히 앉아서 생각하고 있기는 어려웠다. 사실 어거스틴에게는 돌아갈 곳이, 재회할 사람이 없었다. 적어도 이곳에 남아 있으면 그 점을 떠올릴 필요는 없었다.

그로부터 하루, 이틀 정도 지났을 때 어거스틴은 아이리스를 발견했다. 텅 빈 숙소 침실 가운데 하나에 숨어 있었다. 아니, 이층 침대의 아래쪽 구석에 마치 잊어버린 짐짝 한 덩어리처럼 웅크리고 있었다. 어거스틴은 믿기지가 않아 눈살을 찌푸리고 한참을 들여다보았다. 마구 헝클어진 검은 머리가 좁은 어깨까지 내려오는, 확실하진 않지만 여덟 살쯤 된 작은 아이였다. 커다란 밤색 눈은 동시에 사방을 보고 있는 듯했고 지친 동물처럼 고요하면서도 경계심이 어려 있었다. 아이가 너무 꼼짝을 안 해서 어거스틴은 헛것을 보나 하는 생각이 들 정도였다. 하지만 그때 아이가 움직였고 철제 침대 프레임이 삐걱거렸다. 어거스틴은 관자놀이를 꾹꾹 눌렀다.

"말도 안 돼." 누군가에게 하는 말이 아니었다. 어거스틴은 잠시 후 돌아서며 손가락을 튕겨 아이를 불렀다. "어쨌든 가자." 아이는 대답 없이 어거스틴을 따라 관제실로 왔다. 그는 아이에게 말린 과일과 견과 한 봉지를 던져주고 물주전자를 데우기 시작했다. 아이는 전부 먹어치웠다. 그러고 나서 즉석 오트밀을 불려주자 그것도 다 먹었다.

"말도 안 돼." 어거스틴은 다시 혼잣말을 중얼거렸다. 아이는 여전히 말이 없었다. 어거스틴이 책을 한 권 건네자 아이는 휙휙 넘겨보았다. 읽을 수 있는지는 알 수 없었다. 어거스틴은 다시 바쁘게 자기 일을 하며, 난데없이 어디서 나타났는지 도무지 알 수 없는 불편한 존재인 소녀에 대해 신경을 쓰지 않으려 애썼다.

누가 빠트리고 간 아이일 수 있었다. 당연히 다시 데리러 오겠지. 철수한다고 요란을 떨다가 혼선이 빚어지고 깜빡 잊었겠지. "네가 데리고 오는 줄 알았는데?" "아니, 난 네가 데리고 가는 줄 알았는데." 하지만 저녁이 되어도 아무도 돌아오지 않았다. 다음 날 어거스틴은 엘즈미어 섬의 최북단 상시 주둔 부대인 얼러트 기지에 무전을 보냈다. 아무 답이 없었다. 다른 주파수들을 탐색해보았다. 모든 주파수를 찾아보았다. 그렇게 주파수 대역들을 쭉 넘기다가 섬뜩한 기분이 그를 감쌌다. 아마추어 무선 통신사들도 아무도 말이 없었다. 응급 통신 위성도 아무 신호 없는 백색 소음만을 윙윙

26

내보내고 있었다. 심지어 군용 항공 채널에서도 아무 소리가 나오지 않았다. 이 세상에 남아 있는 무선 송신자가 아무도 없는 듯했다. 아무도 무선 송신기를 사용하지 않고 있었다. 어거스틴은 탐색을 계속했다. 아무것도 잡히지 않았다. 정적음뿐이었다. 천문대의 장비가 잘못되었나 했다. 아니면 태풍 때문이거나. 내일 다시 시도해보기로 했다.

하지만 이 여자애는, 어떻게 해야 할지 알 수 없었다. 질문을 몇 가지 해보았더니 빤히 쳐다보기만 했다. 마치 방음창 너머에 있는 사람처럼 무관심하면서도 호기심 어린 표정이었다. 소녀는 아무 생각이 없는 것 같았다. 마구 헝클어진 머리에 엄숙한 눈빛, 텅 빈 표정, 그리고 침묵. 어거스틴은 소녀를 애완동물 비슷하게 취급하기로 했다. 아니면 어떻게 대해야 할지 알 수 없었으므로, 다른 종의 동물을 대하듯 서툰 친절을 제공했다. 자신이 먹을 때 아이에게도 먹을 것을 주었고 내키면 말도 걸었다. 데리고 산책을 나갔다. 가지고 놀 것이나 들여다볼 것을 주었다. 무전기, 별자리 지도, 북극 야생 도감, 빈 서랍에서 발견한 곰팡내 나는 향낭을 가져다주기도 했다. 그다지 잘할 순 없었지만 그로서는 최선을 다했다. 어쨌든 소녀는 그의 아이가 아니었고 어거스틴도 고아를 입양하는 부류의 남자는 아니었다.

다시 깜깜한 한낮. 막 태양이 떠올랐다가 가라앉고 난 그 오후에 어거스틴은 평소 소녀가 가던 곳을 다 찾아보았다. 아이는 게으른 고양이처럼 침낭들 아래 파묻혀 있기도 했고 휠체어를 사방으로 타고 다니기도 했으며 탁자에 앉아 고장 난 DVD 플레이어 안을 드라이버로 쑤시거나 더럽고 두꺼운 창유리 밖으로 한없이 이어진 코르디예라 산맥을 바라보고 있기도 했다. 하지만 아이리스는 아무 데도 보이지 않았다. 어거스틴은 걱정하지 않았다. 이따금씩 숨어 있긴 했어도 어거스틴 없이는 절대 멀리 나가지 않았고 오래지 않아 다시 나타났다. 어디에 숨는지를, 그녀만의 비밀을, 굳이 알아보려 하지 않았다. 어차피 아이리스에게는 인형도, 그림책도, 그네도, 자기만의 것이라고 부를 것이 달리 없으니 그렇게라도 해야 공평할 것이다. 게다가 어거스틴은 그 이상 신경을 쓰지는 않기로 했던 터였다.

–

길고 긴 극지의 밤 동안. 대여섯 주 동안 온종일 완전한 어둠이 이어지고 다른 연구원들이 철수한 지 거의 두 달이 되었을 때, 아이리스가 침묵을 깨고 어거스틴에게 질문을 했다.

"아침은 언제 와?"

그때 아이리스의 말소리를 처음 들었다. 관제실의 창문을 내다보며 황량한 풍경의 미묘한 변화를 다른 세계의 언어로 읽어주기라도 하듯, 목구멍 깊은 곳에서 길게 떨려 나오는 음조로 기괴하게 흥얼거리는 목소리에는 어느 정도 익숙해졌지만 말이다. 그날 처음 입을 연 아이는 쉰 목소리로 속삭이듯 말을 했다. 생각보다 굵고 자신감 있는 목소리였다. 말을 못 하는 건가 아니면 영어를 못 하나 궁금하던 차였지만, 자연스럽고 유창해 보이는 말씨였고 미국 아니면 캐나다 억양이었다.

"이제 반쯤 지났지." 어거스틴은 놀라는 티를 내지 않고 말했다. 아이 역시 별일 아닌 것처럼 고개를 끄덕이고 둘이 저녁으로 먹던 육포를 계속 씹었다. 양손으로 긴 고기 조각을 잡고 마치 갓 이빨 사용법을 익힌 아기 육식 동물처럼 한 입 가득 육포를 물어뜯었다. 어거스틴은 아이에게 물병을 건네주고 나서 그동안 품어왔던 질문들을 모두 다시 떠올려보았다. 의외로 몇 가지 안 된다는 것을 깨달았다. 이름을 물어보았다.

"아이리스." 아이가 깜깜한 창문을 보면서 대답했다.

"예쁜 이름이네." 어거스틴이 대꾸하자 아이가 창문에 비친 자기 모습을 향해 인상을 찌푸렸다. 사랑스러운 어린 여성들에게 어거스틴이 해주던 말이 아니던가? 보통은 그러면 좋아하지 않았나?

"부모님은 누구시니?" 잠시 후 어거스틴이 다시 질문을 던져보았다. 물론 이미 했던 질문이지만 다시 물어보는 수밖에 없었다. 드디어 이 아이에 얽힌 수수께끼를 풀고 어떤 연구원의 아이였는지 알아낼 수 있을지도 모르니까. 아이리스는 계속 창밖을 보며 씹기만 했다. 그날은 더 이상 입을 열지 않았다. 다음 날도 마찬가지였다.

시간이 지나면서 어거스틴은 아이리스의 침묵을 좋아하게 됐다. 아이리스는 똑똑한 아이였다. 어거스틴은 그 무엇보다 지능에 가치를 두는 사람이었다. 처음 아이리스를 발견했을 때 질문을 퍼부으며 난리 치던 생각이 났다. 아직 무선 주파수 탐색을 멈추지 않고 누가 돌아와서 아이를 데려가리라는 희망을 버리지 않았을 때였다. 암담한 정적으로부터 누가 허둥지둥 나타나서 아이를 얼른 데리고 가면 다시 평화롭게 혼자 남겨질 수 있을 거라고 생각했다. 그럴 때에도, 즉 난데없이 아이가 나타나고 무선 수신기에서는 어떤 신호도 들어오지 않는 상황에 대해 어거스틴이 대체 왜, 어떻게 같은 질문들만 되풀이하고 있을 때에도, 아이리스는 그냥 주어진 현실을 받아들이고 적응하기 시작했다. 아이리스라는 존재에 대한, 아이리스의 침묵에 대한 어거스틴의 짜증도 점차 가라앉았다. 점차 그는 아이리스에게 감탄하며 아이를 존중하게 되었고 대답을 듣지 못한 질문들은 그냥 흘려보냈다. 어차피 길고 긴 밤이 그들의 산꼭대기를 뒤덮고 있는 동안에 중요한 질문은, 아이리스가 던진 질문 하나뿐이었다. 이 어둠이 언제 끝날 것인가.

–

"저 별이 실은 별이 아니라 행성이라고 하면 어떨 것 같아?" 예전에 어거스틴의 어머니가 하늘을 가리키며 그렇게 물은 적이 있었다. "내 말을 믿을 수 있겠니?" 응, 응. 어거스틴은 엄마를 믿는다고 열심히 대답했다. 엄마는 어거스틴에게 착한 아이, 똑똑한 아이라고 했다. 왜냐하면 옥상 위에서 빛나는 저 하얀 점은 목성이었으니까.

어거스틴은 어릴 때 어머니를 많이 좋아했다. 어머니가 동네의 다른 어머니들과 같지 않다는 것을 깨닫기 전까지는 말이다. 어거스틴은 어머니가 한껏 신이 났을 때면 같이 흥분하고 슬퍼할 때면 같이 풀이 죽었다. 주인을 따르고 싶어 안달 난 강아지처럼 열렬한 충성심으로 어머니의 기분을 따랐다. 지금도 눈을 감으면 흰머리가 섞인 어머니의 부스스한 갈색 머리와, 거울도 보지 않고 비뚤비뚤 와인색 립스틱을 칠한 입술, 그리고 미시건 주 그들의 동네 위에 떠 있는 가장 밝은 별을 가리키며 경외에 차 있던 눈빛이 떠올랐다.

그렇게 착하고 똑똑했던 소년도, 이렇게 황량한 장소에 낯설고 늙어빠진 보호자와 함께 혼자 남겨졌더라면, 울거나 비명을 지르거나 발을 동동 굴렸을지 모른다. 딱히 용감한 아이는 아니었지만 어쩔 수 없이 탈출 시도를 해보았을지도 모른다. 물품을 몇 개 챙겨 혹독한 바깥으로 걸어 나가 집으로 가보려다가 몇 시간 만에 돌아왔을 것이다. 게다가 만일 어린 어거스틴에게 돌아갈 집이 없어지고, 슬픔을 달래줄 어머니도 없어지고, 세상에 더 이상 그를 돌봐줄 사람이 하나도 남아 있지 않다는 말을 해주면, 어떻게 됐을까?

어거스틴은 지금 곁의 어린 동반자를 주의 깊게 살펴보았다. 나이가 들어서인지 추억에 사로잡히는 때가 많아졌다. 예전에는 과거에 빠져 산 적이 없었다. 하지만 어쩐지 툰드라에서의 생활이 모든 기억을 되살려내는 듯했다. 오래전에 잊었다고 생각했던 일들이 떠올랐다. 그가 몸담았던 열대 지방의 천문대들, 품에 안았던 여자들, 썼던 논문들, 했던 연설들을 회상했다. 어거스틴이 강연을 하면 수백 명의 청중이 모이던 때가 있었다. 강연을 마치고 나면 흠모자들이 서명을 받으려고 기다리고 있었다. 그의 서명을 받으려고 말이다! 어거스틴은 자신의 재능에서 헤어 나올 수 없었다. 섹스와 성공과 명성처럼, 한때는 그토록 의미 있어 보였던 모든 것들의 그림자가 그를 쫓아다녔다. 지금은 그중 어떤 것도 더 이상 의미가 없었다. 천문대 밖의 세상은 조용하고 텅 비어 있었다. 그 여자들도 죽었을 것이다. 논문들은 잿더미가 되고 강연장과 천문대들도 폐허가 되었을 것이다. 늘 어거스틴은 자신이 죽고 난 뒤 대학에서 그의 업적들을 가르치는 상상을 했다. 아직 태어나지도 않은 학자들이 세대를 거듭하며 그의 성취에 대해 논문을 쓰는 모습을 상상했다. 그가 해낸 발견이 세기를 거듭해 살아남는 상상을 했다. 그렇다면 자신의 죽음쯤이야 대수롭지 않다고 생각했다.

아이리스도 이전 삶에 대해 생각할까 궁금했다. 이전 삶을 그리워할까, 이제 다시 돌아갈 수 없다는 것을 알고 있을까. 아이리스에게도 어딘가에 집이 있고 형제나 자매가 있었을 것이다. 부모, 친구, 학교도. 아이리스는 그중 무엇이 가장 그리울까 궁금했다. 긴 밤이 끝나기를 기다리며 둘은 기지 주변을 함께 산책했다. 단단히 다져진 눈 위에 또 몰아치는 새로운 눈발을 헤치고 천천히 걸었다. 낮게 뜬 달이 둘의 앞길을 비춰주었다. 둘 다 가장 따뜻한 옷으로 몸을 감쌌다.

껍질 속의 달팽이들처럼 두꺼운 파카를 겹겹이 껴입었다. 코와 눈 위로 목도리를 둘둘 감아 아이리스의 표정이 보이지 않았다. 어거스틴의 눈썹과 속눈썹에 고드름이 매달려 시야 주변이 반짝이며 흐려졌다. 갑자기 아이리스가 걸음을 멈추고 커다란 장갑을 들어 북극성이 가물거리는 바로 머리 위 하늘을 가리켰다. 어거스틴도 고개를 들어 보았다.

"북극성." 목도리에 싸인 아이리스의 목소리가 들렸다.

어거스틴은 고개를 끄덕였지만 아이리스는 벌써 다시 걸어가고 있었다. 질문이 아니었던 것이다. 어거스틴도 잠시 후 아이를 따라가며, 처음으로 아이와 함께 있는 것이 진정 기쁘게 느껴졌다.

—

어거스틴이 천문대에 남겠다고 했던 당시엔 데이터를 계속 추적하고 별들의 변화를 기록하는 작업이 그렇게 중요하게 느껴졌다. 철수가 이루어지고 이어서 무선 수신기에서 누구의 신호도 잡히지 않자, 계속 관찰을 하고 분류를 하고 점검을 하는 게 더욱 생사가 달린 일처럼 느껴졌다. 그를 미치지 않도록 지켜주었던 것은 그 일, 쓸모와 중요성이라는 얇은 막뿐이었다. 익숙한 일과에 맞춰 계속 바쁘게 몸을 움직이려 고군분투했다. 문명이 종말을 맞이했다는 막막함이 어거스틴의 마음을 짓눌렀다. 광대함을 받아들이는 훈련이 된 그의 머리로도 감당하기가 힘들었다. 이전에 고민해본 그 어떤 문제보다도 낯설고 압도적인 사건이었다. 인류의 끝. 전 생애를 바친 작업의 소멸. 자신의 중요성에 대해서도 재조정이 필요했다. 하지만 그 대신 어거스틴은 우주에서 계속 밀려 들어오는 데이터들에 전념했다. 천문대 밖 세상은 침묵뿐이었지만 우주는 그렇지 않았다. 처음에는 망원경을 기술적으로 관리하는 일이, 데이터 축적 프로그램을 유지하는 일이, 그러고 나서는 침착하고 무심한 아이리스의 존재가 어거스틴을 미치지 않도록 지켜주었다. 아이리스는 이런 것들에 그다지 영향을 받지 않는 듯했다. 늘 쉽사리 책이나 식사, 북극의 풍경에 빠져버렸다. 어거스틴의 마음속에서 일어나는 공포에도 전염되지 않았다. 결국 어거스틴도 현 상태를 담담히 직면하게 되었다. 무용함을 받아들이고 그것도 넘어서게 되었다.

어거스틴은 속도를 늦췄다. 시한이 정해져 있는 것도 아니었고 끝이 보이는 것도 아니었다. 데이터는 꾸준했고 영향을 받아 달라지지도 않았다. 어거스틴은 호기심이 끌리는 대로 망원경을 다시 조정했고 길고 깊은 푸른 밤을 보내는 동안 기지의 버려진 건물들을 이리저리 돌아다니며 야외에서 시간을 더 보내기 시작했다. 사용할 물건들을 하나씩 하나씩 모두 관제탑 꼭대기 층으로 옮겼다. 눈보라를 뚫고 매트리스도 끌고 와 계단으로 올렸다. 아이리스는 뒤에서 조리 도구들이 담긴 상자를 끌고 따라왔다. 어거스틴이 숨을 돌리려고 멈춰서 돌아보면 아이도 곧잘 하고 있었다. 씩씩하고 강한 소녀였다. 숙소에서도 필요한 물건들을 꺼내 둘이 함께 3층으로 옮겼다. 3층에는 책상들과 컴퓨터, 서류로 가득한 책장뿐이었으니까. 그 밖에도 통조림과 동결건조식품들, 생수병, 발전기를 돌릴 연료, 배터리 등도 가져왔다. 아이리스가 게임 카드 한 벌도 챙겼다. 어거스틴은 어느 공동 침실에 버려져 있던 고풍스러운 갈색 톤의 지구본을 발견하고 겨드랑이 사이에 끼워서 가지고 왔다. 황동으로 된 자전축이 두꺼운 깃털 파카를 뚫고 갈비뼈를 쿡쿡 찔렀다.

  3층은 둘만 살기엔 꽤 넓은 곳이었지만 이사를 하고 보니 충격적일 정도로 쓸모없는 잡동사니가 많았다. 신기술이 개발되어 용도 폐기된 기계, 오래전에 오류가 증명된 가설을 펴는 논문들, 여기저기 귀퉁이가 접힌《우주와 망원경》과월호들. 새로 가져온 지구본을 놓을 곳을 찾다가 실패하자, 어거스틴은 지구본을 바닥에 놓았다. 그러고 나서 무거운 창문

하나를 용을 쓰며 열어서 낡고 먼지 쌓인 컴퓨터 모니터들을 인정사정없이 창밖으로 던져버렸다. 아이리스가 침낭들을 쌓아 올리다가 달려와 창밖을 내려다보았다. 하얀 눈 위에 검은 점 같은 조각들이 흩어지고 몇 개는 여전히 산비탈을 굴러 내려가고 있었다. 아이리스가 질문을 담은 눈으로 어거스틴을 쳐다보았다.

"쓰레기들이야." 어거스틴이 말하고 적갈색 지구본을 모니터들이 있던 자리에 놓았다. 훨씬 보기 좋았다. 과학 폐기물들 사이로 우아함이 조금 깃들었다. 나중에 달이 뜨면 나가서 잔해물을 좀 치워야겠지만 당장 모니터들을 창밖으로 던져버린 기분은 아주 좋았다. 작은 해방감이랄까. 어거스틴은 모니터에 딸려 있던 키보드와 마우스와 배배 꼬인 전선들을 그러모아 아이리스에게 건넸다. 아이리스는 조금도 망설이지 않고 어두운 밤 속으로 원반처럼 날려버렸다. 그리고 둘이 함께 쓰라리도록 차가운 공기 속으로 고개를 내밀고 그것들이 빙빙 돌며 어둠 속으로 사라지는 모습을 지켜보았다.

–

태양이 북극에 돌아온 후 둘은 해돋이와 해넘이를 보러 별관들을 다 지나서까지 산책을 나가기 시작했다. 처음에는 일줄에서 일몰까지 몇 분 걸리지 않았다. 태양은 지평선 아래서 자신의 도착을 예고하며 은은한 주황색 후광을 둥글게 퍼뜨리다가, 불쑥 솟아올라 맹렬한 분홍빛으로 동토를 넘실거리게 하고, 하얀 산봉우리들 위로 훌쩍 떠오르나 싶은 순간 바로 다시 가라앉기 시작하며, 마치 파스텔 톤 층층 케이크처럼 보랏빛과 장밋빛과 차가운 푸른빛 줄무늬를 하늘에 퍼뜨리곤 했다. 어거스틴과 아이리스는 근처 골짜기에 매일 나타나는 사향소 무리도 관찰하러 갔다. 눈 덮인 땅속을 주둥이로 쑤시는 사향소들이 먹는 풀은 그들에게는 보이지 않았지만, 어거스틴은 알고 있었다. 아직 눈 밑에 갇혀 있는 지푸라기 같은 줄기들이 눈을 뚫고 솟아 나오리라는 것을. 사향소들은 거대했고 그들의 너덜거리는 외투에는 비비 꼬인 털뭉치들이 주렁주렁 매달려 바닥을 쓸고 다녔다. 길고 휘어진 뿔은 하늘을 가리켰다. 역사 이전부터 존재해온 고대 생물처럼 보였다. 인간이 두 다리로 서기 훨씬 전부터 이곳에서 풀을 뜯어온 게 아닐까. 그러고 나서 인간이 세운 도시들이 부서져 내려 흙으로 돌아간 한참 후에도 그들은 여전히 여기서 풀을 뜯을 것이다. 아이리스는 사향소 무리에 매혹된 듯했다. 조용히 어거스틴을 잡아당기며 날마다 조금씩 가까이 다가앉게 만들었다.

그러다가 이제 태양이 하루에 대여섯 시간은 하늘에 머물게 되었을 때, 어거스틴은 저 짐승들을 새로운 관점에서 고려해보게 되었다. 천문대에는 약간의 무기가 있었다. 산탄총 보관대가 있었지만 어거스틴은 사용해본 적 없었다. 거의 1년을 보존 기한도 알 수 없는 무미건조한 음식만 먹다가 신선한 고기를 맛보면 어떨까 싶었다. 자신이 저 두꺼운 털가죽을 벗기는 상상을 해보았다. 몸통과 사지를 가르고 장기와 뼈와 고기를 분리해내는 모습을 생각만 해도 참을 수가 없었다. 어거스틴은 비위가 약했다. 그런 피와 폭력을 감당할 수 없었다. 하지만 비축물이 동이 난다면 어떨까? 그때는 감당할 수 있을까?

어거스틴은 미래에 아이리스가 이곳에서 어떻게 지낼지 생각해보려 애썼다. 하지만 다 소용없고 절망적이고 피곤하게 느껴졌다. 그리고 다른 감정도 있었다. 분노였다. 이런 책임이 그에게 남겨진 데 대한 분노였다. 놔두고 가버릴 수도 없었고 누구에게 떠넘길 수도 없었다. 안 그러려고 아무리 애를 써도 마음이 쓰일 수밖에 없기 때문에 느끼는 분노였다. 살아남기 위한 고군분투는 참으로 짜증스러웠다. 어거스틴은 그런 데 신경 쓰고 싶지 않았다. 그 대신, 기울어가는 태양이 그리는 점진적 궤적을 하염없이 감상하고 나서 별들이 나타나기를 느긋하게 기다리고 싶었다. 천체의 일부라기에는 너무 빠르게 움직이고 너무 밝게 빛나는 은빛 점 하나가 산맥 뒤에서 빼꼼 나타났다. 어거스틴은 그 물체가 짙어가는 푸른 어둠 속 40도 상공까지 올라오는 모습을 바라보았다. 잠시 뭔가 싶었지만, 그것이 다시 남서쪽으로 포물선을 그리며 내려가는 것을 보고, 국제 우주 정거장임을 깨달았다. 우주 정거장은 아직 공전을 하며, 어두워진 지구 위로 태양빛을 여전히 반사하고 있었다.

둘

설리의 시계는 0700GMT를 가리켰다. 휴스턴보다 다섯 시간 앞서고 모스크바보다는 네 시간 뒤지는 시각이었다. 우주 밖에서 시간은 별 의미가 없지만 어쨌든 그녀는 몸을 일으켰다. 지구 관제소에서 짜준 에테르 우주선 대원들의 일과는 분 단위로 엄격했다. 더 이상 지구 관제소에서 지시가 오지 않고 있지만, 우주인들은 대부분의 일과를 그대로 고수했다.

설리는 자신의 수면 칸, 천을 씌운 벽에 하나 붙어 있는 사진을 습관처럼 만져보고 일어나 앉았다. 1년 전 우주여행이 시작되기도 전부터 자르지 않은 다갈색 머리를 손가락으로 훑으며 땋기 시작했다. 방금 꾼 꿈을 음미해보았다. 생명 유지 장치와 중력 생성기의 끊임없는 윙윙 소리를 제외하면 사방이 조용했다. 처음 탔을 때는 그렇게 거대하게 느껴졌던 우주선이 지금은 바다에서 표류 중인 최소 크기의 구명정처럼 느껴졌다. 물론 이 우주선은 표류 중이 아니었다. 가야 하는 항로로 정확히 가고 있었다. 목성을 떠나온 지 며칠 안 됐지만 에테르 호는 드디어 지구로 향하고 있었다.

0705에 옆 수면 칸에서 데비가 부스럭거리는 소리가 들렸다. 설리는 침상 발치에 아무렇게나 벗어놓았던 남색 작업복을 집어 그대로 발을 넣고 끌어올렸다. 지퍼를 반만 채우고 팔소매를 허리에 감아 묶었다. 그리고 입고 잔 회색 민소매 윗도리 밑단을 허리춤에 찔러 넣었다. 조명이 들어오기 시작했다. 전등 조절기가 천천히 지구의 동틀 녘을 재현했다. 단계에 따라 완벽하게 구분되는 새벽의 밝기는 지구와 비슷한 환경을 제공하는 몇 안 되는 설비였다. 설리는 매일 아침 그 과정을 꼭 지켜보았다. 하지만 빛은 하얀색뿐이었다. 제작 기술자들이 약간의 분홍색이나 주황색을 더해놓지 않은 건

불만이었다.

꿈이 아직 기억났다. 지난주의 목성 탐사 이래 설리의 잠은 온통 목성으로 가득 찼다. 그 압도적인, 감당하기 힘든 덩치. 대기권이 휘감아내는 무늬들. 암모니아 결정체 구름들의 순환하는 흐름들 속에서 소용돌이치는 어두운 띠들과 빛나는 줄무늬들. 부드러운 모래색 지역에서부터 생생한 주홍빛의 용융 지대에 이르기까지 온갖 단계의 주황색 연속체. 주기가 10시간밖에 안 되는, 채찍질당하는 팽이처럼 행성을 돌리고 또 돌리는 숨 가쁜 자전 속도. 수 세기에 걸친 폭풍이 부글거리고 우르릉거리는 불투명한 표면. 그리고 목성의 달들! 태양계에서 가장 오래된 곰보 자국이 살갗에 얽힌 칼리스토와 얼음 딱지에 쌓인 가니메데. 녹물 빛깔의 갈라진 틈새들이 지하 바다를 드러내는 유로파. 마그마 불꽃이 솟아오르는 이오의 화산들.

이 네 개의 대형 위성, 즉 '갈릴레이의 달들'을 지켜보던 대원들은 종종 경외심에 휩싸여 영적인 침묵을 지켰다. 그들을 우주 밖으로 이끌었던 긴장감, 이번 임무가 그들의 능력 밖이고 그들은 실패하여 영영 돌아가지 못할지 모른다는 불안감은 사라졌다. 임무는 완수되었다. 그들은 성공했다. 설리와 동료들은 이렇게 먼 우주까지 탐험한 최초의 인간들이 되었지만, 의미는 그 이상이었다. 목성과 그 위성들은 에테르 호의 대원들을 바꾸어놓았다. 그들을 위로해주었고 그들이 사실 얼마나 조그마하며 미묘하고 대수롭지 않은 존재인지 보여주었다. 에테르 호의 대원 여섯 명은 지구에서의 삶이라는 사소하고 하찮은 꿈으로부터 깨어난 기분이었다. 그들은 더 이상 자신의 개인사에, 사적인 추억들에 얽매일 수 없었다. 그들이 목성에 도착했을 때 의식의 낯선 층 하나가 깨어나 넘쳐흘렀다. 어두웠던 방에 불이 켜진 듯, 선회하는 전구 아래 벌거벗고 앉아 있는 무한의 당당한 실체가 드러난 듯했다.

이바노프는 즉시 작업을 시작해 가니메데에서 모아 온 월석 표본을 검사하고 관찰된 표면 작용들과 내부 구조에 대한 보고서를 작성했다. 그는 마치 사랑에 빠진 남자처럼 식사와 운동 자전거 사이를 둥둥 떠다녔다. 늘 찌푸리고 있던 눈썹 사이 주름도 풀어져 거의 사교적인 사람의 표정이 되었다. 데비와 테베스는 우주선 정비 임무도 잊고 커다란 반구형 전망창에 모여, 그들을 둘러싼 깊이를 알 수 없는 풍경을 몇 시간씩, 때로는 몇 날씩 내다보았다. 긴 머리를 아무렇게나 쪽지어 묶고 숱 많은 속눈썹 아래 눈을 휘둥그레 뜬 어린 데비와 둥그런 검은 얼굴에 듬성한 이를 활짝 드러내고 웃는 테베스는 나란히 침묵 속에 교감하며 풍경에 빠져들었다. 테베스는 부드러운 남아프리카 발음으로 그들의 별 바라보기 시간을 "큰 그림을 보는 기회"라고 불렀다. 우주선 조종사이자 물리학 전문가인 탈은 목성의 우주 공간을 경험한 이후 활동적 에너지로 가득 찼다. 운동 기구에 남는 시간을 쏟으며 봐줄 사람만 있으면 무중력 공간에서 묘기를 선보이려 하고 끊임없이 지저분한 농담을 지껄였다. 그의 환희에는 전염성이 있었다. 우주선 사령관인 하퍼는 자신의 변화를 내면으로 풀어냈다. 바로 며칠 전 가니메데 위에서 바라본, 폭풍이 이는 목성의 띠들 모습을 스케치로 남겼다. 스케치북을 몇 권씩 채워나가며 사방에 희미한 연필심 가루를 묻혔다.

설리로 말하자면, 그녀는 통신 장비에 관심을 집중했다. 목성의 달들에 남겨두고 온 탐사 로봇들이 보내는 원격 신호를 하염없이 지켜보았다. 식사를 하거나 붙박이 자전거에서 할당된 시간을 채우려 어쩔 수 없이 통신 칸에서 빠져나와야 할 때도 길게 땋은 검은 머리를 신경질적으로 이리저리 넘기며 돌아갈 시간만 확인했다. 수년 만에 처음으로, 이 우주 탐사 프로그램에 참여하기 위해 치러야 했던 희생, 남겨두고 온 가족들에 대해 괴롭던 마음에 평화가 찾아들었다. 옳은 선택을 한 걸까, 이럴 가치가 있었을까 하는 회의가 사라졌다. 짐을 내려놓고 앞을 향해 날아가며 자신이 운명을 따라 왔다는 확신, 원래 이렇게 이곳에 오기로 돼 있었다는 확신, 잘 이해할 수는 없지만 결국 자신이 이 우주의 아주 작고도 고유한 한 조각이라는 확신을 느꼈다.

간밤의 꿈은 차차 흩어지고 설리의 마음은 벌써 통신 칸으로 달려가고 있었다. 양말을 신으면서도 간밤에는 또 어떤 신비로운 정보들이 무선 전파를 타고 우주선의 기기들로 흘러 들어왔을까 궁금했다. 그리고 한편으로, 반갑지 않은 생각도 침입했다. 암울한 예감이 슬슬 밀려들었다. 임무는 성공적으로 완수했다. 하지만 실은, 설리의 발견을 함께 나눌 사람이 아무도 없었다. 아무도 답변이 없었다. 목성 탐사가 시작되기 직전부터 지구 관제소와 통신이 두절되었다. 일주일에 걸친 목성 조사 기간 동안 에테르 호의 대원들은 담담히 기다리며 작업을 계속했다. 지구 관제소에서 연락이 끊길 거라는 메시지를 보내지도 않았다. 교신 방해 요소에 대한 사전 경고도 없었다. 심우주 통신망은 지구 자전을 고려하여 지구 전역에 세 군데 주 접속 지점에 설치돼 있었다. 모하비 사막의 골드스톤 시설이 끊겼더라도 스페인이나 오스트레일리아의 시설에서 계속 통신이 이어질 것이었다. 하지만 24시간 내내 아무 연락이 안 되었다. 그렇게 하루가 흐르고 또 하루가 흘러, 이제 거의 2주째였다. 통신 두절에는 많은 원인이 있을 수 있다. 처음에는 걱정하지 않았다. 하지만 아무 응답이 없는 시간이 점점 길어지고, 목성에 대한 흥분이 가라앉으며 지구로 돌아갈 기대감이 부풀자, 대원들 사이엔 짙은 불안의 그늘이 드리워지기 시작했다. 다들 말없이, 어찌할 바를 몰라 했다. 그들이 해낸 막중한 경험, 그들이 배우고 앞으로도 계속 밝혀낼 진리들에는 더 큰 규모의 청중이 필요했다. 에테르 호의 대원들은 자기들만을 위해 그 여정을 감내한 것이 아니었다. 전 세계를 위해 한 일이었다. 지구에서 그들을 추동했던 야망은 이곳 깊은 암흑 속에서는 한갓 허무한 허영에 지나지 않았다.

여정이 시작된 이래 처음으로 설리는 극단적 통신 불가능 상황에 대해 본격적으로 생각을 해보았다. 다른 대원들처럼 설리도 의식의 구획을 나눠, 당장의 업무 수행에 방해되는 현실을 무시하고 공포를 막는 훈련이 돼 있었다. 이토록 길고 불확실한 여정 중에도 눈앞의 상황에 맞춰 문제없이 기능을 해낼 수 있는 능력이었다. 하지만 이제 여러 생각들이 떠오르도록 내버려두자, 숨이 막힐 듯한 공포가 밀려왔다. 목성의 우주가 가득 부어주었던 몽롱한 평온은 순식간에 빠져나가버렸다. 설리는 갑자기 정신이 확 들었다. 막막하고 가차 없는 우주에 대한 섬뜩한 절망이 그녀를 덮쳤다. 통신 두절이 너무 길어지고 있었다. 데비와 테베스가 우주선 설비를 확인하고 또 확인했다. 설리도 통신 장비를 철저히 점검했다. 하지만 고장 난 곳은 없었다. 수신기는 수백만 광년 떨어진 천체로부터 시작해, 온 사방 우주의 웅얼거림들을 받아들이고 있었다. 아무 말도 없는 것은 지구뿐이었다.

–

원 데이터들이 설리 앞의 컴퓨터 화면으로 줄줄 쏟아지는 동안 그녀는 늘 가지고 다니는 기록판에 몽당연필로 메모를 했다. 통신 칸은 더웠고 전파 장비에서도 윙윙 소리가 나며 익숙한 백색 소음에 푹 둘러싸였다. 설리는 손에 쥐가 나도록 휘갈기던 메모를 잠시 멈추고 연필을 놓아 그대로 둥둥 띄운 다음 손가락을 털고 손목을 돌렸다. 다시 연필을 잡는데 땀 한 방울이 얼굴에서 떨어져 나와 눈앞에 둥둥 떠올랐다. 그러고 보니 열기가 너무 뜨거웠다. 기온 조절 프로그램이 잘못됐나 싶었다. 데비나 테베스에게 말해야겠다고 생각했다. 수신기가 과열되어서는 절대 안 되는 상황이었으니까. 살갗이 녹아내릴 것 같았다. 몸과 주변 환경 사이 경계가 흐려지며 하나의 뜨거운 덩어리가 되는 것 같았다. 통신 칸의 벽에 설치된 수신기들 중 하나에서 삑삑거리는 신호음이 일어났다. 어떤 주파수인지 확인해보았다. 지구 관제소와 통신이 끊긴 이후 설리는 수신기들이 모든 통신 가능 채널을 수시로 검색하도록 설정해놓았다. 지금까지는 아무 성과가 없었다. 이번 신호음도 음색으로 보아 지구로부터 온 건 아니었다. 목성의 달들에 남기고 온 탐사 로봇으로부터 온 송신이었다. 설리는 신호를 잡아 제대로 들어오게 했다.

목성과 위성 이오 사이의 잡음 폭풍이 마치 지구에서 듣던 소리들 같은, 즉 부서지는 파도나 나무를 흔드는 바람, 혹은 고래 울음이나 메아리의 반향 같은 소리들이 덧입혀진 쉭쉭, 휙휙 하는 소음으로 통신 칸을 가득 채웠다. 잡음 폭풍은 몇 분 후 잦아들고 항성간 물질들로 인한 윙 하는 배경음과 태양으로 인한 따닥거리는 소리만 남았다. 우주에서는 모든 것이 이토록 명확했다. 별들, 소리들, 사방에서 일어나는 온갖 전자기적 파장의 연속체들이 마치 밤의 초원에서 처음으로 반딧불들의 군무를 보던 때 같았다. 지구로부터의 개입이 없으니 모든 것이 달라 보였다. 더 예리하고 더 위험하고 더 난폭하고, 또한 더욱 아름다웠다.

하루하루 날이 갈수록 대원들은 지구와의 단절이 더욱 힘들게 느껴졌다. 이제 2주가 지나니 비상 상황으로 느껴지기 시작했다. 진공의 공간에 파동을 일으키며 전해져 왔던 지구 관제소의 지시가 없이는 모든 것이 진정 막막했다. 비록 지구로 가는 긴 비행을 시작했고 1년이라는 거리를 차차 줄이고 있는 상태였지만, 대원들은 그 어느 때보다도 아득한 기분이었다. 여섯 명의 대원들은 지구의 침묵에 대해, 그것이 그들에게나 그들이 남겨두고 온 사람들에게 의미하는 상황에 대해, 어느 정도 짐작을 하고 있었다.

설리는 그녀 앞의 화면을 통해 잡음 폭풍이 만들어내는 시각적 기록을 지켜보았다. 이오의 자기장과 그것이 목성에 미치는 영향은 그녀의 논문 주제 중 하나이기도 했다. 이 자료를 대학 때, 20년 전에 얻을 수 있었더라면 어땠을까. 설리는 잡음 폭풍의 녹음 파일을 처음으로 돌린 다음, 작업하면서 다시 들었다. 목성이 마치 어머니처럼, 많은 위성 자녀들을 자신의 대기권 품 안으로 불러들이는 것 같다는 생각이 들지 않을 수 없었다. 다양하게 울부짖는 그들을 달래어주고 나서 다시 어둠 속으로 돌려보내, 외로운 허공 속을 자유롭게 굴러다니게 하는 것이다. 설리는 특히 이오를 좋아했다. 목성에서 가장 가까우면서 가장 완강하고 요란하고 제멋대로인 폭탄처럼 화산과 방사능으로 들끓고 있는 위성이었다. 그 불협화음에 마음을 빼앗겨, 설리는 잠시 자신이 하고 있던 메모에 대해 잊어버렸다. 다시 연필이 손을 벗어나 둥둥 떠다녔다. 도표에 나타난 천체들 간의 에너지 파동을, 오로라처럼 목성의 극지에서 춤추는 자기장을 지켜보다가, 설리는 깜짝 놀랐다. 하퍼가 통신 칸 뒤쪽으로 날아와 목청을 가다듬었던 것이다.

"설리." 그는 이름을 부른 뒤 잠시 머뭇거렸다. 설리는 고개를 들다가 마침 연필을 보고 더 이상 멀어지기 전에 잡아챘다. 갑자기 하퍼의 시선을 느끼며 자신의 겨드랑이 땀 얼룩이라든지 땋은 머리에서 빠져나와 햇살처럼 퍼져 너울대는 머리카락 가닥들이 의식되었다.

하퍼의 느릿한 중서부 억양은 시기에 따라 차고 이지러짐이 보였다. 휴스턴에서는 그다지 드러나지 않았는데, 지구에서 수백 수십 억 킬로미터 떨어진 이곳에서는 점점 두드러졌다. 얼마나 신념이 확고하면 우주를 자기 고향처럼 느낄 수 있는 걸까, 설리는 가끔 궁금해졌다. 그는 누구보다 우주 비행 경험이 많아서, 열 번인가 열한 번이라는 세계 기록을 가지고 있었다. 지구 주위를 돌고 있던 에테르 호까지 대원들을 이동시킨 셔틀 우주선에서, 조종석에 앉아 대기권을 곧장 뚫고 솟아오르던 하퍼는 완벽한 지휘관이었다. 탈도 옆에 앉아 있었지만 하퍼를 대신할 사람은 없었다. 하지만 설리는 하퍼의 얼굴에서, 목성 탐사 직후의 평온이 지나가버린 표정을 볼 수 있었다. 설리처럼 하퍼도 괴로워하고 있었다. 하퍼는 이 칸에서 저 칸으로 돌아다니며 대원들을 하나하나 확인하고 유대감을 유지시키려 애썼다. 목성과의 밀월 기간은 끝났고 통신 두절의 영향과 지구로의 긴 여정이 시작되었다.

"하퍼 사령관." 설리가 인사를 건넸다. 하퍼는 고개를 저으며 미소를 지었다. 둥둥 떠다니는 생활이 오래될수록 직책은 우습게 느껴졌다.

"통신 전문가 설리번." 하퍼도 인사를 건넸다. 설리는 붕 떠오른 머리카락들을 습관적으로 가다듬어 다시 머리통에 붙이려 해보았지만 무중력 상태에서는 소용없었다. 하퍼는 손발을 휘저으며 통신 칸 안으로 좀 더 들어와 잡음 폭풍의 그래프를 자세히 보았다.

"이오인가?"

설리가 고개를 끄덕였다. "큰 폭풍이었어. 화산 활동이 멈추질 않으니. 탐사 로봇이 오래 버티지 못할 것 같아." 둘은 함께 두 천체 사이에서 지직거리며 일어나는 색깔들과 에너지의 파동을 바라보았다.

"다 끝날 때가 있는 거니까." 하퍼가 어깨를 으쓱하며 말했다. 둘 다 더 이상 말이 없었다. 할 말이 별로 없었다.

–

설리는 나머지 하루를 통신 칸에서 탐사 로봇의 원격 신호들을 지켜보고 혹시나 해서 우주 밖에서만 쓰게 돼 있는 S, X, Ka 주파수 대역도 훑으며 지냈다. 에테르 호에 할당된 수신 주파수는 늘 열려서 언제라도 지구로부터의 송신을 받을 준비가 되어 기다리고 있었지만 점점 더 가능성이 없어 보이고 있었다. 무선 교신이 전화를 거는 것처럼 손쉽고 기술자들과 천문학자들이 한꺼번에 대화를 하느라 북적일 때는 그런 환경을 당연하게 생각했다. 우주선이 점점 멀리 나아감에 따라 시차가 생겼고 간격도 벌어졌지만 그래도 지구 관제소와는 늘 연락이 되었다. 늘 전파 저쪽 끝에서 대원들을 기다리고 있었다. 예전에는 늘 누군가는 지켜봐주는 사람이 있었지만 지금은 아무도 없었다.

이따금씩 다른 프로젝트 때 사용된 탐사 로봇에서 신호가 포착되기도 했다. 몇 안 되긴 했지만 설리가 특히 즐겨 추적하는 신호는 보이저 3호였다. 태양계 넘어 항성간 우주로 여행을 떠난, 인류가 만든 세 번째 로봇 우주선으로 30년도 전에, 이전 세대 우주인들이 만든 우주선이었다. 이제 죽어가고 있어서 신호가 가슴 아플 정도로 희미했지만 수신기를 2296.48MHz에 맞추면 때로는 임종 침대에서 씨근거리는 자의 유언처럼 한두 마디의 정보를 포착할 수 있었다. 그 선임이던 보이저 1호가 마침내 소식이 끊겼다고 나사에서 발표하던 때를, 설리는 아직 기억하고 있다. 전력 공급 장치가 거덜 나서 더 이상 지구의 원거리 지시를 받을 수 없게 되었다고 했다. 그때 설리는 어린 소녀였다. 패서디나의 부엌 식탁에 앉아 학교 가기 전에 건포도 시리얼을 먹으며 어머니가 읽어주는 신문 기사를 들었다. "인류 최초의 항성간 우주 사절이 작별을 고하다."

보이저 3호도 선배의 길을 따라갔다. 명왕성 밖, 미생의 혜성들과 극저온의 결정체들로 가득한 오르트 성운을 지나 마침내 다른 태양계로 가는 길이었다. 언젠가 행성이든 항성이든 블랙홀이든 다른 천체의 중력에 이끌려 추락할 때까지, 이 태양계에서 저 태양계로 계속 떠다니며 은하계를 무한히 방랑할 것이다. 오싹한 운명이었다. 또한 신비한 운명이기도 했다. 목적지가 없다는 것은, 영원히 떠다닌다는 것은 어떤 기분일까, 설리는 상상하려 해보았다. 다른 로봇 방랑자들도 아직 있었다. 여전히 작동하는 기계도 있고 침묵 속으로 사라진 기계도 있었다. 하지만 보이저 3호는 특별했다. 설리가 우주의 무한함을 겨우 이해하기 시작했던 순간을 상기시켜주기 때문이다. 그때는 아직 어린 소녀였지만 그 막막함이 설리의 가슴에 전해졌다. 이제 설리도 방랑자였다. 설리는 이 여정이 어떻게 시작되었던지 떠올리며, 종착지에 대한 불안감에서 벗어나려 노력했다.

–

그들은 그곳을 '작은 지구'라 불렀다. 대관람차처럼 돌아가는 거대한 고리 모양의 원심력 생성기가 우주선 다른 구역들과는 분리되어 회전하며 가상의 중력을 만들어냈다. 그 고리 바깥을 따라 여섯 대원들의 수면 격실이 양쪽에 세 개씩 배치되고 가운데는 통로였다. 꽤 널찍한 수면 격실은 침대 사이를 두꺼운 커튼으로 가려놓고 옷가지를 넣은 선반과 서랍 몇 개, 가상의 해가 진 후 독서에 사용할 작은 조명을 갖춘 곳이었다. 수면 칸들 다음은 공용 공간이어서, 테이블과 두 개의 벤치가 벽에 설치되어 끌어내려 사용할 수 있었고 그 옆은 기초적인 주방이었다. 그리고 세 번째 공간은 운동실이어서 붙박이 자전거와 러닝머신, 근력 기구가 몇 개 있고 미래풍 회색 소파가 구비된 게임 콘솔도 같이 있었다. 게임용 소파와 수면 격실 사이에는 작은 화장실도 하나 있었다. 무중력 구역에도 화장실이 하나 있지만, 그곳은 인기가 상당히 없었다.

할당된 여가 시간에 설리와 하퍼는 보통 카드 게임을 했다. 하루 종일 통신 칸에 둥둥 떠 있다가 자신의 몸무게를 온전히 감당해야 하는 곳으로 돌아오면 피곤해졌지만 중력에 계속 적응하는 것은 중요한 일이었다. 좋은 점도 있었다. 카드들도 탁자 위에 가만 놓여 있었고 음식도 접시 위에, 연필은 귀 뒤에 그대로 꽂혀 있었다. 우주선 바깥의 막막함도, 그들을 둘러싸고 있는 수백만 수십억 광년의 미지의 우주에 대해서도 잠시 잊을 수 있었다. 지구에 돌아와 있는 척할 수도 있었다. 밖으로 몇 발짝만 나가면 흙과 나무와 푸른 하늘이 펼쳐질 것처럼 말이다. 정말 그럴 수는 없었지만.

하퍼가 끙 소리를 내며 클로버 J를 탁자 위에 패대기쳤다. 설리가 주워 들어 카드들을 부채꼴로 펼쳐 내려놓았다.

"한참 더 기다려야 나오나 했네."

"젠장, 속임수 좀 그만 부려!"

요즘 하는 게임은 루미였다. 여정이 시작된 지 6개월에 접어들 무렵, 화성을 지나 소행성대를 통과할 때는 전 대원이 포커 게임에 빠져들었다. 그러다 하나둘 떨어져 나가고 목성의 달들 탐사가 시작되자 전부 멈췄더랬다. 지금은 통신 두절로 불안감이 팽배한 가운데 다시 카드 게임이 재개되었다. 하지만 하는 사람은 하퍼와 설리뿐이었고 게임 종류도 루미로 바뀌었다.

"당신은 일부러 져주기도 쉽지가 않아." 설리가 말하며 또 다른 패들을 내려놓고 마지막 카드를 엎어서 탁자에 내리쳤다. 하퍼가 머리통을 팔로 감싸며 한숨을 쉬었다.

"그래 당신이 이겼다, 이 사기꾼."

둘은 카드를 센 다음 설리가 점수를 기록판에 적었다. 이오의 방사능 특성에 대한 메모가 휘갈겨진 종이의 한쪽 옆이었다. 머릿속으로 암산을 하는데 하퍼가 그림이라도 그리듯 설리를 찬찬히 지켜보는 게 느껴졌다. 하퍼의 시선이 설리 얼굴의 곡선들을 훑으며 목에서부터 시작돼 뺨으로 올라오는 붉은 기를 관찰했다. 관찰당하는 기분은 나쁘지 않았지만 좀 괴롭기도 했다. 그의 시선 아래 살갗이 화상을 입는 듯했다. 현재 결과도 기록판에 적었다.

"한 판 더?" 설리가 기록판에서 눈을 떼지 않고 물었다. 하퍼는 고개를 저었다.

"자전거 한 시간 더 타야 돼. 설욕은 내일 하지."

"정말 기대되는걸." 설리가 대꾸하며 카드를 쓸어 모아 상자에 넣었다. 일어나 탁자를 다시 벽에 세우며 말했다. "내일은 두뇌 장착하고 올 거지?"

"말조심해, 설리번."

에테르 호의 시간으로는 늦은 밤이었다. 설리는 수면 칸에서 하루 동안 적은 메모를 정리하려 했다. 하지만 벽에 하나 붙은 사진을 보자 더 이상 일할 마음이 내키지 않았다. 딸아이가 다섯 살이나 여섯 살 할로윈 때 반딧불이 의상을 입고 찍은 사진이었다. 잭이 의상을 만들어주었다. 검은 퉁방울눈과 더듬이, 통통하게 채워 넣고 반짝이게 만든 복부, 철사에 윤나는 검은 스타킹을 씌워 만든 날개. 루시는 지금 아홉 살이 되었을 것이다. 하지만 우주선 탑승 전 짐을 쌀 때, 더 최근 사진을 찾을 수가 없었다. 사진은 늘 잭이 찍었으니까.

–

이바노프는 늦게까지 실험실을 지켰다. 일에 더 몰두하며 수면을 줄였다. 설리는 그가 며칠 동안 식사하는 것을 못 봤다는 생각이 들었다. 어느 날 아침 복도의 온실에서 수경 재배 방울토마토를 한 움큼 딴 다음 이바노프의 실험실로 가지고 갔다.

"간식 좀 가져왔어." 설리는 허공에 뜬 빨강, 노랑, 주황의 방울들을 두 손으로 모아들이고 팔꿈치로 문을 열면서 말했다. 이바노프는 현미경에서 고개를 들지 않았다.

"배고프지 않아." 그가 여전히 이마를 접안대에 꼭 붙인 채 대답했다.

"이바노프, 계속 울적해 있을 거야? 몸을 챙겨야지. 나중에 먹을래?" 이바노프의 노란 머리가 무중력 상태에서 우스꽝스럽게 부풀어 올라, 원래 성격보다 부드럽고 명랑해 보였다. 설리가 잠시 착각했다.

"당신 일할 때 내가 방해한 적 있던가?" 이바노프가 휙 고개를 들며 설리에게 쏘아붙였다. 눈빛이 심상치 않았다. 슬픔과 분노로 이글거렸다. 말을 하는 입에서 침방울이 조금 튀어나왔다. "난 그런 적 없어." 그는 말하고서 다시 현미경으로 몸을 돌렸다.

설리는 통신 칸으로 가서 토마토를 먹으며 울지 않으려 애썼다. 다들 신경이 곤두서 있었다. 이런 상황에 대비한 훈련은 없었다. 우주인들 사이에 불화의 씨앗이 피어났다. 목성의 달 탐사가 가져다주었던 작은 공동체의 화합이 쪼개져 갈라지며 불안정한 중심부를 드러냈다. 지구 관제소에서 엄격하게 훈련받은 일과는 점차 무시되고 대원들은 지구로부터 결속을 잃고 서로에게서도 분열되어갔다. 자고 먹고 휴식하는 시간을 지키지 않게 되었으며 단합된 팀이라기보다는 분리된 개인으로 행동하기 시작했다. 이바노프는 성마르게 굴며 수 시간씩 실험실에 혼자 틀어박혀 은둔하듯 지냈다. 틀어박힌 사람은 그뿐이 아니었다. 탈은 비디오 게임의 세계로 빠져들었다. 그래서 '작은 지구'의 소파에 앉아 있는 모습을 자주 볼 수 있었지만 그의 정신은 다른 곳에 가 있었다.

탈은 칼리스토와 가니메데에 착륙선을 내려보내고, 에테르 호로 목성을 한 바퀴 돌아 나오는 정밀한 작업의 어려움에 짜릿한 환희를 느꼈다. 하지만 지구로 돌아오는 궤도가 안정을 찾고 지구 관제소와 교신이 안 되자 낙담하고 짜증을 부리게 됐다. 어린 아들 둘이 있는 휴스턴의 가족에게서 주기적으로 소식을 받지 못하면 기분 조절이 되지 않았다. 그 괴로움을 비디오 게임으로 풀기 시작했다. 다양한 조종 기구들, 조이스틱, 게임패드, 총, 운전대, 비행 모의 장치가 그의 울화를 대신 받았다. 그러다 보니 게임은 꼭 그 플라스틱 조각들이 '작은 지구' 어딘가로 날아가 꽂히고 히브리어와 영어가 섞인 발작적 욕설이 한바탕 쏟아져 중력 작동 구역 주변에 울려 퍼진 다음에야 끝이 났다.

특히 격했던 어느 폭발 이후 그가 게임기 앞에서 바람 빠진 풍선처럼 쭈그러져 있는 모습이 보였다. 그토록 매력적이고 사람을 끄는 활기와 낙천성으로 느껴졌던 경박한 성품이 수없이 반복 재생되는 우주선의 공기 속에서 소진돼버린 듯했다. 결국 탈은 저쪽 벽으로 내던져버렸던 운전대를 가지러

갔다. 말없이 부서진 조각들을 줍더니 탁자 위에 모아놓고 다시 맞추려 했다. 소용없는 일이었지만 탈은 남은 하루를 그렇게 보냈다. 플라스틱 조각을 본드로 붙이고 전선을 잇고 단추들을 다시 눌러보았다. 그저 할 일이 필요한 것뿐이었다. 테베스가 어깨에 손을 올릴 때까지 포기하지 않았다.

"그냥 두고, 대신 주조종실 일 좀 도와줘."

테베스의 말에 탈은 순순히 따라갔지만 다음 날 또 게임 장비 앞에 앉았다. 설리는 탈을 달래주는 것이 게임 그 자체, 그래픽과 음악과 효과음들의 반복인지 아니면 마지막에 난폭하게 감정을 표출할 핑계가 되어서 계속 자꾸 플레이를 하며 이기고, 지고, 이기고, 이기고, 이기고, 지고, 모든 것을 잊고 집중한 후의 신속한 방출을 원하는 것인지 알 수 없었다.

가장 어리면서도 의문의 여지 없이 가장 명석한 대원인 데비는 괴로운 표정으로 침묵을 지켰다. 탈과 이바노프가 격한 감정들을 신체로 발산하며 점점 더 공간을 많이 차지하는 것과 달리, 데비는 점점 줄어드는 듯했다. 그녀는 늘 동료들과 어울리기보다 기계와 보내는 시간이 많았고 그것이 그녀를 그렇게 특출한 기술자로 만드는 원인이기도 했다. 하지만 지구와의 통신 두절이 길어지자 데비는 인간뿐 아니라 기계와도 멀어졌다. 무엇도 데비의 관심을 끌지 못했다. 대원들에게도, 우주선의 기계들에게도 무관심해지며 혼자 겉돌기 시작했다.

테베스는 데비의 수리에서 실수들을 발견했다. 뻔히 보이는 문제들을 놓치고 이상한 잡음을 듣지 못했으며 오작동을 일으키는 부품들을 내버려두었다. 마치 몽유병에 걸린 사람 같았다. 어느 날 오후 테베스가 통신 칸에서 탐사 로봇의 데이터를 작업하고 있는 설리를 찾아와서 고민을 털어놓았다.

"데비 이상한 거 눈치 못 챘어?"

설리는 놀라지 않았다. 동료들 모두의 변화를 굳이 의식하지 않으려 애쓰고 있었지만 안 보일 수가 없었다. 에테르 호의 승무원들은 흩어져가고 있었다. 조금씩 올이 풀려갔다.

"나도 알아."

테베스와 설리는 데비를 다시 되돌리려고, 동료들에게로, 우주선으로 관심을 회복시키려고 노력했다. 테베스는 비록 일이 두 배가 되더라도 꼭 데비와 함께 일했다. 그리고 자신이 아직 젊을 때인 10년 전, 시작된 지 몇 년 안 된 남아프리카 우주 프로젝트에 뽑히게 된 사연을 들려주었다. 설리는 휴식 시간에 계속 데비와 함께했다. 데비가 필요한 만큼의 운동을 하고 규칙적으로 먹고 자는지 확인했다. 데비의 가족과 어린 시절에 대해서 물어보았다. 테베스와 설리는 최선을 다했지만 거기까지였다. 그들 둘조차 에테르 호와 지구 사이 커져가는 균열에 속수무책이었다. 지구에 가까이 갈수록 균열은 더 벌어졌다. 지구의 침묵이 계속될수록 불협화음은 더 커졌다.

–

다음 날 밤, 저녁 식사와 여가 시간이 끝난 후, 하퍼가 대원들을 한데 불러 모았다. 이바노프는 저녁도 먹지 않고 여가 시간도 건너뛰며 실험실에서 월석 표본들의 목록을 만들다가 마지막으로 나타났다. 와서는 역기를 들고 있던 탈 쪽을 한 번 노려본 후, 구석에 있는 러닝머신에 올라가 달리기 시작했다.

"역기 하고 싶다는 거야?" 탈이 짐짓 예의바른 척하며 물었다. 이바노프는 러닝머신의 속도 단추를 쳐서 올리며 무시했다.

"이제 다 모였으니 다시 통신 두절에 대해 이야기를 해봐야 할 것 같아." 하퍼가 말을 시작했다.

테베스는 탁자에서 아서 클라크의 옛날 소설《유년기의 끝》을 읽고 있었다. 읽던 책장 귀퉁이를 접더니 소파로 와서 하퍼 옆에 앉았다. 데비도 수면 칸에서 나와 테베스 옆에 앉았다. 탈은 운동 기구를 내려놓고 그 자리에 그냥 섰다. 설리는 수면 칸에서 나와 소파와 운동실을 보며 화장실 문에 기대어 섰다. 이바노프는 무시하고 조깅을 계속했다.

"몇 가지 의논하고 싶어서." 하퍼가 계속했다. "다들 상황을 알고 있지만, 굳이 말을 해보자면, 지구 관제소와 연락이 안 된 지 거의 3주째야. 이유는 알 수 없고." 하퍼가 동의를 구하듯 동료들을 둘러보았다. 설리가 고개를 끄덕여주었다. 탈은 입술을 잘근잘근 깨물기 시작했다. 테베스와 데비는 무표정하게 듣고 이바노프는 조깅을 계속했다.

"우리 통신기는 제대로 작동하고 있어. 탐사 로봇에서는 계속 데이터가 들어오고 이쪽에서 내보내는 명령도 수행되니까. 데비와 테베스는 우리 측 문제가 아닐 확률이 99.9퍼센트라고 하네." 그러고 나서 하퍼는 다시 말을 멈추고 동의를 구하듯 소파에 앉은 기술자들을 보았다. 테베스가 고개를 끄덕였다.

"에테르 호의 문제는 아니라고 생각해." 테베스는 각 단어를, 음절을, 또박또박 충실하게 발음했다.

"그렇다면 우리에겐 달갑지 않은 가능성들만 남아." 하퍼가 말했다.

러닝머신에서 이바노프가 코웃음을 치더니 정지 단추를

눌렀다. 러닝머신이 느려지다가 멈췄다. "달갑지 않다니." 이바노프가 씨근거리며 러시아어로 몇 마디 더 투덜거렸다. 손으로 머리칼을 갈퀴질하듯 쓸어 넘겼지만 하루 종일 무중력 상태에서 보낸 머리는 여전히 붕 떠 있었다. 어떤 말을 투덜거렸는지는 굳이 러시아어를 몰라도 알 것 같았다.

하퍼는 이바노프를 무시하고 말을 이었다. "어느 경우든 전 지구적 문제일 것 같아. 세 군데 우주 통신 시설이 모두 작동이 안 되는 거니까. 내가 보기엔 시설에 문제가 생겼거나, 사람에 문제가 생겼거나, 아니면 둘 다야. 다른 생각인 사람 있어?"

침묵이 흘렀다. 중력 생성기가 축을 중심으로 윙윙 돌았고 생명 유지 장치 배관에서 쉭쉭 소리가 났다. 우주선의 무중력 구역 어딘가에서 선체가 기긱거리는 소리도 들렸다.

"대기권에서 문제가 생긴 걸 수도 있어." 얼마 후 설리가 입을 열었다. "무선 전파 오염이라거나 지자기적 폭풍 같은 것들 말이야. 하지만 이렇게 오래 통신이 두절되려면 말도 안 되게 지독한 폭풍일 거야. 과거 기록을 봤을 때 이런 경우들은 금방 끝나고 태양 활동과 연계해서 일어나기 마련이지만…… 모르겠다, 그럴 수도 있으니까."

하퍼가 골똘한 표정이 되었다. "이렇게 장기간에 걸쳐 일어난 적이 있었나?"

이바노프가 답답하다는 듯 팔을 내저었다. "지자기적 폭풍? 말도 안 되는 소리 마, 설리번. 그렇다면 이렇게 오래갈 리가 없잖아."

설리가 말했다. "음…… 그럴 수도 있지. 예전에 자기 폭풍 때문에 캐나다의 전력망이 뒤집어진 적이 있어. 텍사스처럼 남쪽에서 오로라 북극광이 관측되기도 했고. 하지만 이바노프 말이 옳아. 이렇게 오래 지속되고 양쪽 반구 모두 교란시킨 경우는 들어본 적이 없어. 핵폭탄 같은 것 때문일 수도 있어. 예전에 핵폭발이 대기권에 미치는 영향에 대한 실험이 있었지. 하지만 아무 구체적 자료도 없이는 알 수가 없어. 그냥 추측일 수밖에." 설리는 기록판에 적어두었던 메모를 확인하며, 자신이 '핵폭탄'이라는 말을 뱉는 순간 중력 작동 구역에 내려앉은 한기를 어렴풋이 느낄 수 있었다. "소행성 충돌이나 대규모 폭발로 인한 대기 중 부유물 때문일 수도 있다고 생각해. 하지만 그렇다면 우리 우주선의 기기들에서도 뭐든 감지를 할 수 있었을 거야. 하지만 지구의 에너지 특성에는 별다른 변동이 없어. 정말 이상해."

"그러니까 우리는 좆됐는데 아무도 이유를 모른다는 거지." 이바노프가 끼어들었다. 그는 설리를 밀치다시피 지나가 화장실로 들어간 뒤 문을 쾅 닫았다.

탈이 한숨을 쉬었다. "저 말이 맞는 거지? 우리 쪽에서 잘 못되었을 수 있는 가능성 0.01퍼센트를 제외하면 말이야." 그러고서는 악몽에서 깨어나고 싶은 사람처럼 얼굴을 두 손으로 문질렀다. 이바노프의 말이 옳다는 것과 지구가 망한 듯 보이는 것, 둘 중 뭐가 더 화가 나는 일일지 알 수 없었다. 아무도 오랫동안 말이 없었다. 이바노프가 화장실 내 공용 약장을 열었다 닫는 소리만 들렸다.

"난 도무지 이해가 안 돼서." 탈이 계속했다. "핵전쟁이라도 일어난 거라면 우리가 모를 수가 없잖아. 소행성 충돌 같은 게 있었다고 해도 마찬가지고. 전 세계에 전염병이 퍼진 거라면, 젠장, 내가 질병학자도 아니고 하지만, 하루아침에 멀쩡하던 세상 사람들이 다 죽어버릴 수는 없는 거 아냐?"

데비는 부르르 떨었지만 아무 말도 하지 않았다.

"그래서 이제 어떻게 하지?" 테베스가 물었다. 그는 하퍼를 보고 있었다. 다들 그들의 사령관인 하퍼를 쳐다보고 있었고 그는 무기력하게 손바닥을 들어 보였다.

"이런 일은…… 유례가 없어서. 훈련 매뉴얼에서도 다루질 않고. 계획대로 계속해나가는 수밖에 없을 것 같아. 지구에 가까워지면 뭔가 다른 연락 방식을 시도해볼 수 있겠지.

그때까지는 할 수 있는 게 별로 없어. 누가 다른 아이디어가 있는 게 아니면." 네 명의 대원들이 천천히 고개를 저었다. "좋아, 그럼 계속 항로를 따라가면서 상황이 어떻게 되는지 지켜보기로 하지." 하퍼가 잠시 말을 멈추었다. "이바노프!" 하퍼가 외쳤다. "동의하지?"

화장실 문이 벌컥 열리며 이바노프가 칫솔을 입에서 꺼냈다. "다른 선택지라도 있는 척하는 게 기분이 좋다면, 그렇게 해, 동의할게." 그런 다음 그는 화장실 문을 확 닫았다.

탈이 눈을 굴리며 누구에게랄 것 없이 "짜증 나는 놈"이라고 중얼거렸다.

테베스는 아버지 같은 태도로 데비의 등을 다독거렸고 데비는 잠시 그의 어깨에 기대는 듯하더니 벌떡 일어나 자기 수면 칸으로 갔다. 데비가 커튼을 치고 잠시 후 불이 꺼졌다. 대원들은 힘없이 조용히 해산했다. 더 이상 할 말이 없었다. 테베스는 책을 다시 집어 들고 잠자리로 갔다. 탈은 역기를 들고 운동을 한 세트 더 한 다음에 치웠다. 설리는 자신의 조그만 수면 칸에서 딸의 사진을 잠시 쳐다보았다. 눈을 감고 귀를 기울였다. 중얼중얼하는 소리는 데비가 힌디어로 하는 기도였다. 시끄러운 음악 소리는 탈이 손에 쥔 비디오 게임 소리였고, 사각사각하는 하퍼의 연필 소리, 테베스가 바스락하며 책을 넘기는 소리, 그리고 그 모든 소리들의 배경에서 우주선이 윙윙거리고 있었다. 이바노프는 화장실을 떠나며 욕설을 중얼거렸지만, 나중에 설리가 잠에 빠져들 때, 그의 숨죽인 흐느낌을 들은 듯했다.

–

다음 날 설리는 0700 알람이 울리기 몇 분 전에 눈을 떴다. 알람을 끄고 뻣뻣하게 주름이 잡힌 커튼을 잠시 노려보았다. 그러고 나서 다시 눈을 감았다. 통신 칸으로 돌아가 일을 한다는 게 지긋지긋하게 느껴졌다. 지금 상황에서 일을 계속한다는 게 무슨 의미가 있는지 알 수 없었다. 컴퓨터로 밀려드는 데이터들에 더 이상 관심이 가지 않았다. 그 모든 새로운 정보들에서 끌어낼 수 있는 신기원을 이룰 결론들도, 손끝만 까딱하면 되는 세상을 뒤흔들 발견들도 마찬가지였다. 중력 작동 구역을 떠나고 싶지 않았다. 중력의 힘이 그녀를 계속 잡아주었으면 했다.

그날 밤 꿈에 다시 칼리스토가 나타났다. 바로 얼마 전에 그 위에 서서, 새끼 사슴 색의 줄무늬를 그리는 목성의 순환과 빙빙 도는 거대한 붉은 반점을 지켜보던 곳. 커튼 너머에서 첫 번째 빛이 강해지기 시작했지만 설리는 몸을 일으키지 않고 눈도 뜨지 않았다. 오늘은 싫었다. 꿈만큼이나 현실적인 빛이있지만 아름다움과는 거리가 멀었다. 설리는 다시 잠이 들어 목성의 달로 돌아갔다. 인공의 일출을 지켜보지 않았다.

셋

    어느 어두운 오후, 해는 졌지만 하늘이 아직 그 증거를 다 지우기 전, 어거스틴과 아이리스는 격납고로 향했다. 아이리스가 산책을, "긴 산책"을 나가자고 했고 격납고가 새로운 흥미로운 목적지로 보였다. 어거스틴도 한참 동안 가본 적이 없었다. 지난해 여름 마지막으로 비행기를 타고 이곳에 들어온 이래 처음이었다. 어쩐지 눈 위로 긴 어둠을 드리운 으스스한 푸른 여명이 그의 모험심을 휘저어놓았다. 천문대에서 밀려진 후에는 이른 저녁의 깊은 어둠이 내려앉을 것이다. 하지만 둘은 손전등을 챙겼고 떠나기 직전 어거스틴이 장총도 한 자루 들쳐 멨다. 탄약도 가득 든 걸 확인했다. 어깨뼈를 누르는 총신의 무게와 눈앞의 푸른 눈 위를 이리저리 훑는 강력한 노란 불빛이 걱정을 잠재워주었다.

어거스틴은 한 손에 손전등을, 다른 손에는 스키 폴대를 짚었다. 이리저리 밀리는 눈더미를 헤치며 나아가기가 녹록지 않았다. 관절염이 말썽이었다. 아이리스는 겁 없이 산비탈을 미끄러져 내려가, 손전등 불빛 밖으로 달려 나갔다. 느릿느릿 따라오는 어거스틴을 이따금씩 돌아보았다. 격납고까지 반도 가기 전에 어거스틴은 숨이 찼다. 무릎도 삐걱대고 허벅지도 저렸다. 스키를 타고 왔으면 좋았겠지만 아이리스에게는 너무 컸다. 아이리스는 걷게 하고 어거스틴만 눈길을 가르며 미끄러져 나가는 건 공평하지 않았다. 거의 한 시간이 지나서야 끝없는 눈밭 속에 철제 격납고 지붕이 보이기 시작했다. 아이리스는 더욱 빨리 걷기 시작했다. 부드러운 눈에 푹푹 빠지며 어기적거렸지만 짧은 다리를 힘차게 움직였다.

가까이 가보니 격납고의 거대한 미닫이문이 활짝 열려 있었다. 내부에도 눈이 쌓이고 있었다. 아직 눈이 들이치지 않은 콘크리트 바닥에 검은 기름 자국이 스며 있었다. 서둘러 떠난 모습이었다. 래칫 렌치의 소켓들이 땅에서 자라난 성좌의 육각형 별들처럼 흩어지고 빈 공구함은 근처에 뒹굴었다. 어거스틴은 눈을 감고 철수 때의 마지막 비행기를 상상해보았다. 연구원들이 타고, 짐을 끌어다 넣고, 마지막으로 정비사가 물건을 서둘러 챙기면서 잠금쇠를 잊고 공구함을 들어 올렸다가 부품들이 사방으로 흩어진다. 어거스틴은 천문대에서 허큘리스 수송기가 이륙하는 소리를 들었더랬다. 그리고 그것이 하늘 높이 떠올라 멀리 사라지는 것을 지켜보았다. 이제 길고 하얀 활주로로 나온 비행기를 떠올려보았다. 부조종사가 조종석 출입구에서 고개를 내밀고 빨리 오라고 소리친다. 정비사는 떨어진 부품들을 포기하기로 결심하고 빈 상자를 팽개친 다음, 비행기로 달려간다. 허술한 승강 계단을 올라간 다음, 뺑 차내고 출입구 문을 쾅 닫는다. 비행기는 우르릉거리며 하얀 활주로를 달리고 주둥이부터 하늘로 들어 올린다. 그리고 이제는 어거스틴과 연락이 닿지 않는 세계로 돌아갔다.

그 비행기가 공회전을 하던 자리는 이제 비어 있었다. 방치된 활주로에 어렴풋이 보이는 LED 조명에는 불이 꺼지고 주황색 깃발들은 눈에 반쯤 파묻혔다. 승강 계단은 한쪽에 쓰러진 채, 헐거운 바퀴 하나가 바람에 느릿느릿 돌아가고 있었다. 어거스틴은 두꺼운 손모아장갑을 낀 채 렌치 소켓 하나를 집어 들었다가 도로 떨어뜨렸다. 쩽그랑 소리를 내며 떨어지는 소켓, 그리고 격납고에 흩어진 퀴퀴한 기름 냄새, 연장과 기계 부속품이 아버지에 대한 기억을 일깨웠다. 어거스틴은 아버지가 자는 모습을 지켜보곤 했다. 아버지는 발을 안락의자의 받침 위에 올리고 입을 반쯤 벌리고 목구멍 안쪽을 긁어 나오는 듯한 코골이와 그 냄새, 꺼진 불이나 디젤 트럭의 하부에서 나는 것과 비슷한, 코를 찌르는 역한 냄새를 옷에서 풍겼다. 그 앞에선 텔레비전이 지직거리고 집 안쪽에서는 어머니가 부엌에서 일을 하거나 침실에 누워 있었다. 어거스틴은 카펫 위에 무릎을 꿇고 앉아 정강이에 눌리는 폴리에스터 섬유의 거친 감촉을 느끼며 텔레비전을 보는 척하고 있었지만 실은 아버지를 관찰했다.

어거스틴은 격납고에 있는 커다란 철제 연장 상자에서 눈을 좀 쓸어내고 제일 위 서랍을 힘주어 열었다. 온갖 크기의 두꺼운 볼트와 드릴 비트, 스크류드라이버, 엉킨 전선 타래 등이 뒤섞여 나왔다. 다시 서랍을 닫았다. 옆쪽에서 언뜻 움직임이 보여 바깥 활주로를 돌아보았다. 아이리스가 쓰러진 승강 계단을 정글짐처럼 타고 오르고 있었다.

"조심해라." 어거스틴이 외쳤다. 아이리스는 반항하듯 양손을 번쩍 들어 올리며 좁은 철제 뼈대 위를 줄타기하듯 종종종 걸었다. 어거스틴은 다시 격납고를 조사하며 어두운 구석으로 손전등을 비추고 눈밭에 파묻혀 알 수 없는 더미들을 발로 헤집어보았다. 쭈그러지고 얼어붙은 종이 상자들, 또 다른 연장 상자들, 타이어 더미 등이 나왔다. 그러다가 뻣뻣한 녹색 방수포를 덮은 후 고무 로프로 칭칭 감싼 큼지막한 물건을 발견했다. 로프를 풀고 방수포를 벗겨보니 스노모빌 두 대였다. '이게 있었지.' 어거스틴은 생각했다. 자신도 북극 기지에 들어오고 나갈 때마다 이걸 타고 활주로에서 천문대까지 짐들을 날랐더랬다. 이전에는 여름이 오면 천문대를 떠났었다. 눈이 녹으며 응결된 수증기 때문에 구름이 끼고 북극해에서 안개가 밀려들었다. 산 위로 올라와 하늘까지 뒤덮으니 연구를 할 수가 없었다. 어거스틴은 북극을 벗어나 따뜻한 지방으로 갔다. 카리브해, 인도네시아, 하와이 등 완전히 다른 세상으로 갔다. 사치스러운 리조트에 머물며 새우 칵테일과 생굴만 먹었다. 점심에 진을 마시고 수영장 옆 선베드에 뻗어 있다가 빨갛게 갈라지도록 탔다. '지금 진 몇 리터만 구할 수 있다면, 못 할 일이 뭘까.' 어거스틴은 생각했다.

스노모빌의 잘 빠진 몸체를 장갑 낀 손으로 쓸어보았다. 열쇠가 구멍에 그대로 꽂혀 있었다. 열쇠를 돌려서 켠 다음 공기 흡입 장치를 뽑았다. 그리고 시동줄을 확 잡아당겼다. 엔진이 내키지 않는 듯 그르렁거렸지만 시동이 걸리지는 않았다. 어거스틴은 계속 시동줄을 힘껏 잡아당겼다. 겨우 시동이 걸리고 피스톤이 스스로 펌프질을 시작했다. 기름을 태운 연기가 후드 아래서 울컥 뿜어져 나왔다. 엔진은 여전히 주춤거리면서도 일정한 속도로 돌기 시작했다. 연기도 옅어졌다. 어거스틴은 반들거리는 기계의 검은 등짝을 대견하게 다독거렸다. 딱히 갈 데가 있는 것은 아니었지만 마음대로 부릴 수 있는 탈것이 있다는 건 든든한 일이었다. 천문대로 돌아갈 때도 쓸 수 있을 것이다. 어거스틴은 흐뭇하게 웃으며 아이리스가 나머지 하나를 따로 탈 수 있을까 생각해보았다. 하지만 아이리스를 찾아보다가 스노모빌은 바로 잊어버렸다. 차가워진 엔진이 털털거리다가 죽는 소리도 못 들었을 정도였다.

활주로에 다른 물체가 있었다. 눈을 가늘게 뜨고 희미한 불빛을 반사하는 푸른 눈 속에 서 있는 존재의 윤곽을 분간해보았다. 네 발로 서 있는 칙칙한 하얀 털의 동물은 배경과 거의 구분이 되지 않았다. 아이리스가 넋 놓고 바라보고 있지 않았더라면 어거스틴은 알아채지도 못했을 것이다. 아이리스가 동물을 향해 움직였다. 쓰러진 승강 계단의 얇은 금속 기둥을 따라 종종거리고 나가며 츳츳거렸다. 이제는 익숙해진, 목구멍 깊은 곳에서 울려 나오는 그 이상한 노래도 흥얼거렸다. 동물은 고개를 갸웃 기울였다. 늑대였다.

생각할 틈도 없이 어거스틴은 등에서 장총을 벗어 들었다. 두꺼운 캔버스천 총띠가 방풍 소재 파카에 쓸려 쐐액 소리를 냈고 어거스틴은 순간 동작을 멈췄다. 늑대가 고개를 휙 돌리고 그를 보며 으르렁거렸다. 녀석의 눈동자에서 희미한 불꽃이 튀며 눈이 대리석처럼 반들거렸다. 늑대가 격납고를 향해 한 걸음 떼었다. 어거스틴은 숨을 죽이고 기다렸다. 아이리스는 살금살금 계단 철골을 잡고 다가가며 늑대의 털을 쓰다듬으려고 손을 뻗었다. 늑대는 눈 위에 앉더니 아이리스를 바라보았다. 발을 움직거리고 귀를 쫑긋거리며 아이리스의 노래를 들었다. 어거스틴은 장갑을 벗고 손가락을 꿈틀거리며 준비했다. 10대 이후로 총을 쏴본 적은 없었다. 고향 미시건에서 집 근처 숲으로 아버지와 사냥을 가면, 부자는 침묵 중에 한없이 기다리다가, 뭔가 그들의 사정거리 안에 나타나는 순간, 겨냥을 하고 방아쇠를 당겼다. 어거스틴은 사냥의 모든 순간이 싫었다.

어거스틴이 장총을 들고 개머리판을 어깨에 올렸다. 조준경 안에 늑대가 들어왔다. 가늠자를 텁수룩한 머리에 맞췄다. 아이리스는 여전히 살금살금 다가가고 있었다. 장갑도 떨어뜨리고 손을 뻗으며 부드럽고 다정하게 츳츳 소리를 냈다. 어거스틴의 손가락이 방아쇠를 더듬는데 늑대가 움직였다. 고개를 휙 젖히고 우워오 울부짖었다. 애달프고 외로운 소리였다. 그러고 나서 아이리스에게 한 걸음 더 다가갔다. 어거스틴은 다시 조준했지만 늑대가 뒷다리를 일으켰다. 아이리스의 조그만 손을 향해 주둥이를 내밀었다. 어거스틴은 방아쇠를 당겼다.

–

총 소리가 산 위까지 울려 퍼졌을 것이다. 산봉우리에서 산봉우리로 튕겨 나가며 반향이 골짜기들 안까지 메아리쳤을 것이다. 하지만 어거스틴은 듣지 못했다. 적막에 휩싸인 채 늑대의 머리가 휙 꺾이고 붉은 피가 분무처럼 눈 위에 흩뿌려지는 광경을 지켜보았다. 몸통이 붕 떠올랐다가, 찌그러지듯 바닥에 떨어졌다. 그렇게 끝났을 때, 어거스틴에게는 아이리스의 비명 소리만 들리고 있었다.

어거스틴은 켜진 손전등도 스노모빌 좌석에 놓아둔 채 아이리스에게 경중경중 달려갔다. 아이리스는 아슬아슬 균형을 잡고 있던 계단에서 굴러떨어져 눈 위에 얼굴을 처박았다. 머리칼과 속눈썹이 하얀 가루투성이가 되고 눈과 뺨이 추위에 발갛게 돼서도 비명을 지르고 있었다. 늑대의 시체를 끌어안고 조그만 손으로 하얀 털을 부여잡았다. 어거스틴은 서두르려 애썼지만 숨이 차서 아이리스를 부르기도 힘들었다. 눈 속에 한 걸음 한 걸음 빠져들 때마다 등에 멘 장총의 무게가 폐에 남은 공기를 푹푹 밀어냈다. 드디어 아이리스와 늑대가 있는 곳에 도착하니, 늑대가 아직 살아 있었다. 총을 맞은 목에서 피가 흘러나와 눈 속으로 스며들면서 헐떡이던 배의 움직임이 느려졌다. 아이리스를 죽은 동물에게서 떼어 내려는데, 늑대가 마치 새끼에게 하듯 분홍색 혀를 널름거리며 아이리스의 얼굴에서 눈물과 눈가루를 닦아냈다.

　늑대의 피가 아이리스의 얼굴, 머리, 손에 묻었지만 아이리스는 전혀 모르는 듯했다. 늑대가 몇 번 더 그렁거리는 숨을 몰아쉬다가 더운 김을 푹 뿜고 혀를 늘어뜨렸다. 번득이던 눈빛이 흐려지며 어둠 속으로 사라졌다. 바람이 그들 주위 눈을 휘저으며 얼음 파편이 수백 개의 조그만 칼날처럼 날아다녔다. 어거스틴이 아이리스의 작고 떨리는 어깨에 손을 얹었다. 아이리스는 어거스틴의 손을 떨쳐내지 않았지만 죽은 늑대의 털에서 손을 놓지 않았다. 애를 끊는 듯한 흐느낌도 멈추지 않았다. 눈가루기 맨살을 찔러대도 따뜻하고 텁수룩한 모피에 단단히 얽은 손을 놓지 않았다.

"이렇게 돼서 미안한데……" 어거스틴이 입을 떼었지만 뭐라고 해야 할지 알 수 없었다. 다시 시도해보았다. "미안한데……"

하지만 뭔가 생각이 있어서 한 행동이 아니었다. 목표물을 발견하고 아무 생각 없이 행동을 취했을 뿐이다. 그리고 어거스틴은 차츰 가라앉는 아드레날린을 느끼며, 다시 같은 상황이 되면 같은 행동을 할 것임을 알 수 있었다. 아이리스를 지키기 위해서였다. 그들 주위에 도사리고 있는 온갖 위험으로부터 안전하게 지키려는 행동이었다. 실은 늑대가 무해한 존재였을 수도 있다. 아마 그랬을 것이다. 하지만 뭔가 다른 이유도 있었다. 원초적 감각, 마치 공포처럼 시큼한 맛이 목구멍 저 아래서부터 올라왔다. 그것은 어쩌면 외로움의 맛일 수도 있었다. 어거스틴은 하늘을, 별들을 올려다보았다. 늘 그랬듯이 저 별들이 그의 내부에서 차오르는 막막한 감정들을 하찮게 만들어주길 기다렸다. 하지만 이번에는 되지 않았다. 어거스틴은 모든 감정을 느낄 수 있었고 별들은 그저 차갑게, 밝게, 멀리서 무정하게 눈짓할 뿐이었다. 어거스틴은 다시 한 번 짐을 꾸려 떠나고 싶은 충동에 가득 찼다. 하지만 물론 더 이상 갈 곳은 없었다. 그는 그 자리에 그대로 서 있었다. 계속 하늘을 올려다보며 아이리스의 어깨에 손을 올리고서, 수십 년 만에 처음으로 느낄 수 있었다. 무기력을, 외로움을, 두려움을. 만일 눈가에서 눈물이 얼어붙어버리지 않았더라면, 그는 눈물을 흘렸을지도 모른다.

–

손전등을 격납고 어디 놓아두었는데 방전되어 잃어버렸다. 그래서 둘은 천문대까지 어둠 속을 걸어 돌아갔다. 다행히 별빛 밝은 하늘 위에 천문대의 둥근 지붕이 시커먼 윤곽을 드러내고 있었다. 어거스틴은 스키 폴대도 잃어버렸다. 지팡이도 없이 천천히 움직이는 무릎이 통증으로 터질 듯했다. 장총을 다른 어깨로 옮겨 멨다. 활주로에 두고 올 걸 그랬다는 생각이 들었다. 아예 가져오지 말 걸 그랬다는 생각이 들었다. 묵직한 총신에 부딪혀 어깨와 등에 멍이 들었다. 발사 때의 반동으로 가슴도 아팠다.

아이리스는 심각한 표정이었지만 눈물은 말랐다. 천문대로 돌아가며 나지막하고 황량한 흥얼거림을 다시 시작했다. 어거스틴은 노래 소리가 고마웠다. 아직 귓가에 가시지 않은 아까의 비명을 묻어버릴 다른 소리라면 뭐든 고마웠다. 둘은 늑대의 시체 위에 눈을 덮고 불룩 솟은 무덤을 최대한 다졌다. 아이리스는 장갑을 쟁기 삼아 눈가루를 시체 위로 온 힘을 다해 밀어 올렸다. 비탄에 잠긴 눈빛과 울음 섞인 숨소리가 아니었더라면 뒷마당에서 노는 여느 어린이와 다를 게 없는 모습이었다. 하지만 둘이 작업을 끝냈을 땐 눈사람 대신, 붉은 피가 여기저기 묻은 눈 더미만 어둠 속에서 희끄무레 빛났다.

천문대에 도착해 아이리스는 곧장 그들의 집인 3층으로 향했다. 어거스틴은 별관 중 하나의 무기고에 총을 집어넣었다. 장총들은 급격한 온도 변화로 문제가 생기지 않도록 난방을 하지 않는 건물에 보관해야 했다. 처음 북극 기지에 왔을 때 북극에서 총에 사용하는 특수 윤활제에 대해 배운 기억이 떠올랐다. 당시에는 관심을 전혀 기울이지 않았더랬다. 그에게 총에 대해 가르치던 남자는 과학자가 되기 전에 해병대였는데, 화기를 다루며 애지중지하는 모습이 어거스틴의 아버지를 떠올리게 했다. 어거스틴은 불쑥 그 남자에게, 자기는 북극에 있는 동안 총기를 사용하지 않을 거라고 말해버렸다.

천문대에 올라가 문을 밀어 열고 들어가자 다리가 풀려버렸다. 어거스틴은 1층의 의자에 쓰러지듯 주저앉아서 다시 근육에 힘이 돌아오길 기다렸다. 경련이 사라지는 데 한 시간 가까이 걸렸다. 3층을 걸어 올라가야 따뜻해질 수 있었다. 어거스틴은 난간을 잡고 겨우 몸을 끌어올렸다. 난방이 되는 관제실로 벌컥 들어서며 숨을 몹시 헐떡였다. 바닥에 놓인 매트리스와 침낭들 위로 곧장 쓰러졌다. 한 겹 한 겹 마지막 힘을 다해 옷을 벗었다. 장화를, 파카를, 모자와 장갑을 벗었다. 어거스틴은 누워서 생각했다. 왜 그냥 쫓아버리지 않았을까? 허공이나 그런 곳에 대고 쏴서 탕 하는 경고 사격 소리만으로도 늑대는 도망쳤을 텐데. 몇 분 후 어거스틴은 잠이 들었다.

–

어거스틴이 깨어나보니 다시 태양이 뜨고 있었다. 관제실의 두꺼운 창문을 통해 엷은 빛줄기가 들어왔다. 시계는 정오를 가리켰다. 어거스틴은 한참 더 누워 있다가 일어났다. 무거운 몸을 끌고 창가로 가보니 태양은 벌써 짧은 하루의 절정에 도달했다가 기울고 있었다. 아이리스가 밖에, 별관들도 지나 꽤 멀리 산기슭에 앉아 지평선을 바라보고 있는 모습이 보였다. 처음에는 짜증이 나면서 혼자서 너무 멀리 가지 말라고 말해주고 싶었지만 곧 그에겐 아이를 막을 권리도, 제재할 권리도 없다는 것을 깨달았다. 아이리스가 어거스틴보다 툰드라를 더 잘 이해했다. 아이리스는 이곳에서 어거스틴으로서는 영영 따라잡지 못할 만큼 잘 적응하고 있었다. 하지만 아이리스를 안전하게 지키는 건 어거스틴의 임무가 아닌가? 달리 그럴 사람이 없으니까 말이다. 어거스틴이 잘못하더라도 도와줄 사람도, 개입할 사람도 없었다. 인터넷도 안 되니 물어볼 데도 없었다. 다시 한 번 어거스틴은 두려워졌다. 그리고 다시 한 번, 오래 품고 있기엔 너무 낯설고 불쾌한 그 감정을 멀리 밀어냈다. 창문에 비친 자신의 모습을 노려보았다. 눈 코 입 주변으로 살갗이 쭈글쭈글 주름져 있었다. 마치 확 구겨서 뭉쳤다가 다시 편 종이 같았다. 기억했던 것보다 더 나이 들고 지쳐 보였다.

식품 보관장에서 그래놀라 바를 하나 꺼내어 아이리스가 가장 좋아하는 탁자 자리에 앉아 먹었다. 어거스틴이 아이리스에게 주었던 북극 야생 도감이 펼쳐진 채 엎어져 있었다. 책등이 수없이 갈라졌다. 집어 들어보니 북극늑대 사진이 나왔다. 어거스틴은 하얀 늑대의 42개 이빨에 대한 부분을 읽고 또 읽으며 새끼들 사진 쪽은 보지 않으려 애썼다. "북극늑대는 일반적으로 사람을 두려워하지 않는다. 너무 고립된 곳에서 살아와서 인간을 만난 적이 거의 없기 때문이다." 어거스틴은 책을 탁 덮었다. 42개의 이빨.

–

아이리스는 계속 밖에서 꼼짝 않고 앉아 있었다. 해가 산맥 뒤로 저물었을 때 어거스틴은 읽으려 노력하고 있던 낡은 천체물리학 학술지를 치워버렸다. 그동안 관제탑에 남아 있던 모든 학술지와 잡지, 책을 읽고 또 읽어왔다. 이상한 기분이 들었다. 자기 마음에서 일어나지만 마치 낯선 타인의 것처럼 느껴지는 감정들이 깊이 물결치고 있었다. 이름을 붙일수도, 제대로 인지할 수도 없고 정면으로 들여다보고 싶지도 않은 감정들이었다. 어거스틴은 눈을 감고 늘 그랬던 것처럼 우주에서 바라본 푸른 지구의 모습을 머릿속에 떠올려보았다. 그리고 그 너머 텅 빈 광막함에 대해 생각해보았다. 그리고 태양계의 모습을, 행성 하나하나를 그려보았다. 그러고 나서 은하계를, 그리고 계속해서 그 너머 우주로 나아가며 경외감에 휩싸여 다른 감정들은 모두 쓸려 나가길 기다렸다. 하지만 그렇게 되지 않았다. 오로지 눈앞의 창에 비친 자신의 초췌한 모습만 보일 뿐이었다. 허연 머리와 뻣뻣한 수염, 푹 꺼진 눈구멍만 눈에 들어왔다. 죽은 늑대, 그리고 맨손으로 이빨이 가득한 주둥이를 향해 손을 뻗던 작은 소녀가 떠올랐다. 양심의 가책 때문인가, 아니면 비겁함 때문일까? 어거스틴은 생각했다. 어쩌면 아파서 그런지도 모르겠다는 생각이 들었다. 손등을 이마에 대보았다. 뜨끈했다. 병이 난 것이다. 몸속에서 차오르며 피를 부글거리게 만드는 열기를 느낄 수 있었다. 귀가 윙 울리고 눈 뒤에서 쿡쿡 쑤시는 압통이 시작되었다. 머릿속이 둥둥 울리고 있었다. 이거였나? 이렇게 끝나는 건가? 1층 소장 사무실에 있는 구급상자를 가져올까 생각했다. 그럴 가치가 있을까? 그 안에 들어 있지 않은 약품이 얼마나 많은지, 자신이 가지고 있는 의학 지식이 얼마나 부족한지, 이곳에 구비되어 있지 않은 의학 장비가 얼마나 많은지 생각해보았다. 어차피 사용할 줄도 모르지만 말이다. 어거스틴은 다시 침대로 돌아가 죽음을 생각했다. 잠이 들기 전, 아직 밖에, 툰드라에 홀로 남겨진 아이리스를 생각했다. 철썩거리며 밀려들어 천천히 몸을 삼켜버리는 파도처럼 뇌까지 완전히 잠에 빠져들기 직전, 죽음이란 게 정말 이런 건가 싶었다. 그가 영영 깨어나지 않으면 아이리스는 어떻게 될까 걱정했다.

넷

에테르 호의 대원들은 시간을 주체하지 못했다. 시간이 너무 많았다. 매일 낮이, 매일 밤이, 며칠이, 몇 주가, 몇 달이 반복될 것이었다. 지구에서 무엇이 그들을 기다리고 있는지 모르는 상태로는, 할당된 업무도, 일과도, 계속할 이유가 없어졌다. 의미가 없었다. 다시는 지구의 중력을 느끼지 못하게 된다면, 그들의 신체에 중력의 작용을, 무게를 계속 일깨워주기 위한 모든 약물과 운동이 다 무슨 소용이란 말인가? 복성의 달들에 대한 조사와 발견을 함께 나눌 사람이 없다면 연구를 계속할 이유가 뭐란 말인가? 그들의 행성과 그들이 알던 모든 사람이 불에 타거나 얼어붙거나 증발되거나 질병에 걸렸거나 혹은 다른 뭔가 마찬가지 끔찍한 이유로 절멸한 거라면, 대원들이 만사에 무관심해지거나 우울해진다고 대수일까? 누구를 위해서 지구로 돌아가고 있는 것일까? 늦잠을 자거나 과식을 하면 안 되나? 잠을 자지 않거나 먹지 않는 게 문제가 되나? 절망감을 느끼는 게 더 적절하지 않을까? 그들의 상황에 더 어울리지 않는가?

모든 게 더욱 천천히 움직이는 듯했다. 팽팽한 불안감이 대원들 사이에 자리 잡았다. 알 수 없는 미래에 대한 무기력감이 모두를 서서히 집어삼켰다. 설리는 자신의 타자 치는 속도가 느려지고 있음을 깨달았다. 글씨도 천천히, 움직임은 되도록 적게, 생각도 점점 적게 하고 있었다. 처음에는 무슨 일이 일어난 건지 알아내려고 함께 노력하면서 다들 열성을 보이기도 했지만, 곧 자포자기하게 되었다. 알 길이 없었다. 분석할 데이터도 없었다. 침묵의 지구까지는 열 달이나 더 남았다. 불확실한 집까지 너무 긴 여정이었다. 향수병이 설리를, 모두를 잠식했다. 남겨두고 온 사람들이, 장소들이,

물건들이 그리웠다. 다시는 보지 못할 것이라는 생각이 들기 시작했다. 설리는 딸아이 루시를 생각했다. 열정적이고 높다란 목소리의 아이, 조그만 금발머리, 영롱한 갈색 눈동자가 설리의 머릿속에 폭풍의 눈을 형성하며 예전 그들의 조그만 집을 빙글빙글 뛰어놀던 것처럼 설리의 추억 속을 맴돌았다. 루시의 사진만 가득 든 저장 장치를 하나 가지고 올 걸 그랬다고, 아니, 여러 개 가지고 올 걸 그랬다고 후회했다. 아무리 그래도 엄마인데 최소한 열 장은 가지고 왔어야 하는 거 아닐까? 더구나 2년에 걸친 여행 동안 딸아이는 어엿한 소녀로 자라날 텐데. 하지만 설리는 에테르 호에 승선해 있는 동안 동료들에게서 말고는 동영상을 받은 적이 없었다. 동영상이라도 있었으면 얼마나 소중히 여기며 보고 또 보았을까. 하지만 루시에게서 아무것도 받지 못했다. 잭에게서도. 지구를 떠날 때만 해도 가족과 멀어진 것이 그다지 가슴 아프지 않았다. 그러다가 갑자기 이 모든 비극이 최근에 닥친 것처럼 느껴졌다. 사실 몇 년 된 일이었는데 말이다. 설리는 없는 사진들을 머릿속에서 만들어보려 애썼다. 크리스마스와 생일들, 그리고 설리와 잭이 이혼하기 전에 루시랑 함께 여행 갔던 콜로라도에서의 급류 타기. 배경은 선명하게 떠올랐다. 크리스마스 장식을 달고 비딱하게 서 있던 가문비나무, 낡은 아파트의 녹색 체크무늬 소파, 주방에 달린 고추 모양 조명, 싱크대 가상자리의 식물 화분들, 자동차 여행을 떠나기 위해 집을 잔뜩 실은 빨간 랜드로버, 하지만 루시와 잭은 얼굴을 떠올리기가 어려웠다.

잭, 10년 동안 설리의 남편이었던 그와 이혼한 지 5년 되었다. 설리는 잭의 머리칼부터 떠올려보았다. 늘 설리가 바라던 길이보다 짧게 깎아버리던. 그러고 나서 하나씩 얼굴 생김을 그려보았다. 녹색 눈. 그 눈을 감싸던 숱 많은 속눈썹. 검은 눈썹. 하도 많이 부러져서인지 약간 휘어진 코. 양쪽에 보조개가 있는 입, 얇은 입술, 건강한 치아. 그들이 만난 날을 떠올려보았다. 그들이 결혼한 날, 설리가 잭을 떠난 날, 매순간, 말 하나하나를 기억해보려 노력했다. 그들이 함께했던 삶의 광경들을 되살려보려 노력했다. 설리가 박사 논문을 마무리하고 잭이 학부에서 분자물리학을 가르치는 동안, 그리고 처음 임신했을 때 같이 살던 토론토의 조그만 아파트, 유산 후에 이사 갔던 벽돌 건물 꼭대기 집에는 커다란 창들이 있었다. 임신 사실을 안 지 얼마 되지도 않아서 아기를 잃었다고 알리자 잭은 너무나 실망했었다. 임신한 지 겨우 6주밖에 안 돼서 설리는 실감 날 틈조차 없었다. 통증을 느끼자마자 유산임을 알 수 있었다. 피가 속옷을 적신 것을 보고 오히려 안도했다. 뒷정리를 하고 나서 이부프로펜 네 알을 삼킨 다음 잭에게 어떻게 말할까 걱정했다. 그날 오후 설리의 무릎에 놓인 잭의 머리를 쓰다듬으며 설리도 잭의 표정처럼 슬픔을 느끼려 노력을 해보았다. 하지만 아무것도 느낄 수 없었다. 커다란 거실 창에서 빛이 저물도록 둘은 계속 소파에 있었다. 커튼도 내리지 않은 유리창이 어두워져, 높다란 검은 눈처럼 그들을 들여다보았다. 혹은 그 높다란 검은 눈이 밖을 내다보았던 것인지, 설리는 알 수 없었다.

　1년 후 시청에서 올린 결혼식. 회색 타일이 깔린 복도와 거기 줄지어 놓인 윤나는 검은색 나무 벤치에서 다른 커플들이 앉아 차례를 기다렸다. 4년 후 민트색 병원 방에서 태어난 루시. 아기를 안으며 감격에 겨워하던 잭의 얼굴, 잭이 아기를 건네자 받아 안으며 설리의 가슴에서 피어나던 또렷한 두려움. 장판 깔린 부엌에서 루시의 첫 걸음마, 베이비시터에게 맡기고 외출하려 했더니 처음으로 했던 말 "아빠, 안 돼." 이번 목성 탐사 프로그램에 설리가 탑승 후보로 뽑히던 날도 떠올랐다. 잭과 다섯 살 된 루시를 떠나 휴스턴으로 향하던 날이 기억났다. 처음에는 이런 기념비적인 순간들을 추억했다. 모든 것이 바뀌어버린 날들이었다. 하지만 시간이 지날수록 작은 일들에 대해 더 많이 생각하기 시작했다.

루시의 머릿결, 아기 때는 갓 자아낸 금실 같다가 자라며 어두워지던 털색. 태어난 직후 투명한 피부 아래서 맥박 치던 핏줄. 잭의 널찍한 가슴팍. 셔츠 단추를 한 개 풀고 소매를 접어 올리며 넥타이는 하지 않고 재킷도 입지 않던 습관. 그의 쇄골이 그리던 선. 조금 보풀거리던 가슴털. 어쩔 수 없이 셔츠에 늘 묻어 있던 칠판과 분필 자국. 설리가 박사 학위를 받은 후 이사 간 밴쿠버의 집. 거기 가스레인지 위에 걸려 있던 구리 냄비들. 산딸기처럼 붉은 현관문 색깔. 루시가 제일 좋아했던, 노란 별 무늬가 새겨진 진한 파란색 이불.

에테르 호의 사람들은 추억의 고치 같은 각각의 수면 격실에서 개인적인 회상에 빠져들었다. 현재의 지긋지긋한 용건들을 애써 해결해나가며 서로 간결한 대화를 주고받지 않을 때면, 모두의 얼굴엔 지나가버린 것들에 깊이 침잠한 표정이 고스란히 드러났다. 가끔 설리는 다들 무슨 생각을 할까 상상하며 그들을 관찰했다. 대원들은 출발 전 휴스턴에서 거의 2년간 합숙 훈련을 받으며 가까워졌지만, 가상의 재난을 연습하며 동료들에게 했던 말은, 지구에서 멀리 떠나온 상황에서 세상이 종말을 맞이했을 때 하는 생각과, 아주 다른 것일 수밖에 없었다.

–

　우주선에 탑승하기 1년쯤 전 휴스턴에서, 설리는 우연히 이바노프의 가족이 노천카페에서 이른 저녁을 먹는 모습을 발견했다. 길 건너편에 주차를 하고 주차 기계에 동전을 밀어넣으며 지켜보았다. 건너가서 인사를 건넬까 하다가 말았다. 다들 태양처럼 환하게 웃으며 다섯 개의 백금발 머리가 민들레 솜털처럼 보풀거렸다. 이바노프는 막내딸의 음식을 잘라주려고 몸을 쭉 뺐고 그의 아내는 손에 식기를 들고 신이 나서 마구 손짓하고 있었다. 남편과 아이들은 음식이 가득 든 입을 벌리고 크게 웃었다.

　웨이터가 와서 그들 탁자에 음식을 더 내려놓자 아이들이 일제히 "감사합니다" 하고 길 건너까지 들리도록 크게 외쳤다. 웨이터도 빈 접시를 가득 모아 들며 환하게 웃었다. 설리의 시선이 한동안 이바노프의 아내에 머물렀다. 그녀는 이제 샐러드를 가득 꽂은 포크를 휘저으며 말하고 있었다. 설리는 자신이 가족과 저렇게 기분 좋을 때가 있었나 하는 의문이 들었다. 자신이 끼어들어서는 안 되는 장면을 엿보고 있다는 생각이 들 때까지, 주차 기계 옆에서 미적거렸다. 그러고 나서 저쪽의 청과물상에 가서 자신만을 위한 식재료를 샀다. 이바노프는 일터에서 항상 심각해 보였다. 하지만 그날 저녁에 가족들과는 전혀 그렇지 않았다. 설리가 복숭아를 골라 들고 따뜻한 묵직함이 느껴지는 과일을 잠시 움켜쥐고 있었더니, 섬세한 솜털이 손바닥에 느껴지면서 딸아이가 태어나던 날 머리통의 감촉이 기억났다.

–

통신 두절이 6주가 되었을 때, 이바노프가 실험실에서 늦게 나와 '작은 지구'로 돌아왔다. 다른 대원 몇 명은 저녁을 함께 먹은 후였다. 이바노프는 곧장 자기 수면 칸으로 들어가더니 커튼을 확 닫았다.

테베스가 닫힌 커튼을 잠시 쳐다보더니 수면 칸 옆 벽에 노크를 했다. "스튜 있는데 먹지 않을래, 이바노프?"

늘 그렇듯 게임 칸에 있던 탈이 코웃음 치고 잔뜩 비꼬는 투로 말했다. "안 나올걸. 울다 지쳐 잠이 드느라 너무 바쁠 테니까."

설리는 자기 수면 칸에서 원격으로 들어온 데이터들을 확인하고 있다가 숨을 죽였다. 설리가 들은 울음소리가 맞았던 걸까. 잠시 침묵이 흐르다가 이바노프가 커튼을 박차고 나와 탈에게 달려들었다. 미처 일어날 새도 없이 앉아 있는 탈에게 그대로 주먹을 날리고 멱살을 잡고 일으켜 세웠다. 탈이 히브리어로 욕설을 외치며 이바노프의 손아귀를 뿌리쳤다. 테베스가 끼어들어 탈을 소파 쪽으로 끌고 갔다. 이바노프가 바닥에 침을 뱉었다. 벌겋게 달아오른 얼굴로 다시 무중력 구역으로 성큼성큼 가버렸다. 탈이 게임 컨트롤러를 발로 차서 날리는데 하퍼가 도착했다. '작은 지구'가 조용해졌다. 설리는 자기 수면 칸에서 일어나 앉아 어찌할 바를 모르고 있었다. 하퍼와 테베스가 작은 소리로 의논하더니 결론에 도달한 듯, 테베스가 무중력 구역으로 향했다. 하퍼는 멍하니 턱을 문지르다가 탈의 수면 칸으로 갔다. 설리는 엿듣고 싶지 않아서 커튼을 쳐버렸다.

예전에, 지구와의 교신이 쉽고 또렷하고 아무 문제도 없던 때에 탈은 아내와 아들들과 몇 시간씩 대화를 하곤 했다. 아들들은 에테르 호가 출발할 당시 여덟 살, 열한 살이었다. 출발 일주일 전에 휴스턴의 훈련 시설에서 일주일 간격인 소년들의 생일을 축하하는 작은 파티가 열렸다. 아이들도 텍사스에서 탈과 같은 게임을 하고 있었다. 에테르 호에 탑승해서도 탈은 점수를 높게 유지하려 신경을 썼고 가족들과 영상 통화를 할 때마다 서로 점수를 비교했다. 이후에 점점 시차가 벌어지며 일방적 메시지 전달밖에 못 하게 되었을 때도 경쟁은 계속되었다. 며칠 전에도 설리는 탈이 어느 경주 게임에서 아들들의 기록을 깨는 것을 지켜보았다. 승리의 주먹을 허공으로 내지르고 나서, 탈의 얼굴은 바로 구겨졌다. 그리고 숨이 가빠지며 컨트롤러를 손에서 떨어뜨렸다. 설리는 탈 옆으로 가서 앉았다. 그리고 조심스레 등에 손을 올려놓았다. 그러자 뜻밖에도 탈이 설리의 어깨에 얼굴을 묻었다. 이렇게 약한 모습은 처음 보았다.

"내가 이겼다고." 탈이 설리의 까끌한 작업복 소매에 대고 말했다. 둘이 말없이 앉아 있는 동안 승리의 음악이 계속 반복되며 일정하게 울리는 공허한 북소리 위로 트럼펫 음이 째져 나왔다.

–

휴스턴에서 훈련이 막바지에 접어들고 우주선 발사가 가까워지던 몇 주 동안, 대원들의 흥분이 점점 쌓여가면서 그들의 동료애도 강해졌다. 목성의 달 착륙 모의 훈련을 하루 종일 하고 난 어느 금요일 밤, 다들 근처 술집으로 한잔하러 나갔다. 테베스가 동전을 한 움큼 쥐고 주크박스의 음악 목록을 훑는 동안 데비는 그 옆에서 크랜베리 주스에 빨대를 꽂아 마시며 주크박스의 작동 방식 그 자체를 지켜보았다. 탈, 이바노프, 하퍼는 테킬라 잔을 바에 나란히 놓고 있었고, 탈이 목성의 대형 위성 네 개를 기념해 네 잔을 마셔야 한다고 고집을 부렸다. 설리는 늦게 도착해 문간에서 술집 안의 풍경을 훑어보았다. 바텐더가 라임 조각들을 내놓는 동안 테베스가 첫 번째로 고른 노래가 주크박스에서 흘러나왔다.

하퍼가 설리를 부르고서 한 잔 주문해주었다. "얼른 마셔서 따라와야지." 설리 앞으로 테킬라 잔이 미끄러져 왔다. "이번 잔은 칼리스토를 위해." 한 번에 털어 넣고서 하퍼가 내미는 라임 조각에는 손을 내저었다.

탈이 씩 웃었다. "잘했어. 한 잔 더!"

이바노프는 빈 잔으로 바를 두드렸다. "그럼, 그럼!" 붉게 달아오른 얼굴이었다. 탈은 스툴 의자에서 들썩이며 대원들이 네 잔을 차례로 들이켤 때마다 목성의 달 이름을 각각 외쳤다.

"가니메데!" 탈이 소리쳤다.

설리가 또 다른 잔을 탁 내려놓으며 화답했다. "그 다정하기 짝이 없는 자기권!" 이바노프는 엄숙한 얼굴로 고개만 끄덕였지만 나름대로 흥분한 모습이었다. 다들 그랬다.

주크박스 쪽에선 테베스와 데비가 "가니메데" 함성을 이었다. 다른 손님들이 어리둥절해했다. 아직 이른 시간이었고 술집 안은 비교적 조용했지만, 그러다가 설리가 정신을 차려

보니 몇 시간이 흐른 후였고 자신은 취했으며 술집 안은 만석이었다. 데비와 하퍼가 주크박스 근처에서 춤을 추고 있었다. 데비는 무릎을 경중거리며 팔을 머리 부근에서 휘젓고 하퍼는 트위스트 비슷하게 몸을 비틀며 이따금씩 하늘을 밀어 올리는 손짓을 했다. 탈, 설리, 이바노프, 테베스는 바에 모여 있었다. 탈은 농담을 하며 웃다가 코로 맥주를 뿜었고 이바노프는 설리 옆에서 어깨에 팔을 걸치고 흔들거렸다.

"유리가 누구야?" 이바노프가 어리둥절한 표정으로 물었다. 설리와 테베스는 서로 눈치를 보았다. 웃어야 할지, 화제를 바꿔야 할지 난감했다. 전에도 탈이 유리에 대한 농담을 한 적 있었지만 그때는 이바노프가 없었다.

"네가 매사에 까칠한 게 그자 때문 아니야?" 탈은 정신없이 웃느라 말도 제대로 못 이었다. "유리 가가린 말이야. 요즘도 네 머릿속에서 잘 살아 있나?"

이바노프는 여전히 설리의 어깨에 기대 흔들거렸지만 표정이 심각해졌다. 한참 침묵이 흘렀다. "잘 살아 있지." 목소리는 높아졌지만 쾌활한 말투였다. "네 못생긴 얼굴을 매일 안 보면 더 잘 살 텐데."

하퍼가 설리의 어깨를 두드렸다. 설리가 돌아보니 땀으로 얼굴이 번들거렸다. 데비도 뒤쪽에서 설리를 향해 손짓하고

있었다. "우리랑 같이 춤출래? 우리 노래가 나오네." 하퍼가
말했다.

설리는 고개를 끄덕였다. 하퍼는 대원 전체의 노래라는 뜻
이었지만, 설리는 바 스툴에서 미끄러져 내려가 사람들 틈새
를 뚫고 지나가며, 노래 〈스페이스 오디티(Space Oddity)〉에
맞춰 밀쳐지고 흔들리고 휘말리면서, 잠시, 이것이 그들 둘
만을 위한 노래라고 생각했다. 우리 노래. 데이비드 보위의
목소리가 술집을 가득 채우고 하퍼는 설리를 데리고 댄스 플
로어로, 데비에게로 갔다. 데비는 계속 손짓하고 있었다. 하
퍼가 뒤로 손을 뻗어 실리의 손을 잡고 잡아끌었다. 그리고
군중 한가운데로 나아갔다.

–

이바노프와 탈이 싸운 지 2주 후, 에테르 호가 여전히 소행
성대를 지나고 있을 때, 설리가 깨어보니 데비가 어둠 속에
서 속삭거리고 있었다.

"혹시 깨어 있어?" 데비가 커튼 너머에서 물었다.

설리는 눈을 비비고 커튼을 열었다. 데비에게 들어오라고
손짓했다. 둘은 어둠 속에 나란히 누워, 서로의 체온이 너덜
너덜해진 신경을 달래주길 기다렸다. 조명이 꺼지면 알 수

없는 미래에 대한 불안에 사로잡히거나 과거의 회상에 빠져드는 것 말고는 할 수 있는 게 없어서, 잔뜩 곤두선 신경이 폭발하기 직전이었다. 가까이 몸을 붙이고 누운 데비가 숨죽여 우는 동안, 떨림이 느껴졌다. 설리는 손을 뻗어, 동료를 감싸 안고 걱정하지 말라고 해주고 싶었다. 하지만 거짓말을 할수 없었다. 게다가 이렇게 줄이 끊겨버린 사람에게 어떻게 다가가야 할지 알 수 없었다. 데비는 날이 지날수록 점점 더 말이 없어졌다. 요즘에는 거의 한 마디도 하지 않았다. 설리는 가만히 누워 있다가 발에 힘을 뺐다. 발이 옆으로 벌어지며 데비의 발에 살며시 닿았다. 설리가 다시 잠에 빠지려 할때 데비가 말을 시작했다.

"계속 같은 꿈을 꿔." 데비가 속삭였다. "콜카타에 있는 우리 엄마의 부엌 냄새랑 색깔이 먼저 보여. 향긋한 냄새랑 흐릿한 형체만. 그러다가 오빠들이 보여. 내 맞은편에 앉아 서로 옆구리를 찌르면서 밥이랑 달을 손으로 떠먹어…… 그리고 식탁 머리에서 차이를 홀짝이며 우리 셋을 보고 미소를 짓는 부모님이 보여. 늘 같은 꿈이 반복돼. 우린 그냥 앉아서 몇 시간씩 먹기만 하는 것 같아. 그러다가 결국 다 사라져. 난 갑자기 그들이 사라진 걸 깨달아. 난 혼자고 잠에서 깨어나지." 데비가 길고 느린 한숨을 쉬었다. "그렇게 아름답게 시작되었다가, 깨어나보면 난 여기 있어. 다시는 그들을 보지 못할 걸 아는 거야. 어떻게 꿈이 마음을 그렇게 아프게 만들 수가 있지?"

그러다가 두 여자는 스르르 잠이 들었다. 그리고 밤 동안 그들은 서로 몸을 겹치며, 마치 강해지려는 것처럼 팔다리를 한데 얽었다. 설리가 깨어보니 데비의 얼굴에서 조용히 눈물이 흘러내리고 있었다. 눈물이 코 옆에 고였다가 베개를 적셨다. 설리는 만일 루시가 악몽을 꾸고 자신의 침대에 기어들어왔더라면 어땠을까 생각해보았다. 부드러운 면 잠옷에 감싸인 조그맣고 따뜻한 몸, 축축하고 따뜻한 얼굴이 떨리는 숨을 깊숙이 토해낸다면. 설리는 그럴 때 루시에게 무슨 말을 해주었는지, 어떻게 위로해주었는지 기억해내려 애썼다. 하지만 기억이 안 났다. 루시를 다시 침대로 데리고 간 건 언제나 잭이었다. 설리가 데비에게 조금 더 몸을 가까이 가져갔다. 그리고 그녀도 같이 울었다.

–

설리는 휴스턴에서 데비를 만나자마자 좋아하게 되었다.

데비는 조용한 여자였다. 작은 몸집과 커다란 갈색 눈은 순수하고 어리고 심지어 어리숙해 보였다. 그 속에서 움직이고 있는 치밀하게 분석적인 두뇌와는 딴판이었다. 휴스턴에서 수중 훈련을 시작했을 때, 설리는 우주인들을 들어 올려 풀장 안팎으로 이동시키는 기중기 아래서, 데비가 도르래를 찬찬히 올려다보는 모습을 본 적 있었다. 탈과 테베스는 수면 아래서 우주 유영 모의 훈련, 이른바 '에바(EVA)'를 마무리하고 두 여자는 다음 차례를 기다리는 중이었다. 마침내 데비가 재미있다는 듯 웃으며 기중기에서 고개를 돌리고 다시 풀장을 보았다.

"신기하네." 데비가 중얼거렸다.

"뭐가?" 설리가 물었다.

"우리 아버지한테도 창고에 똑같은 기계가 있거든. 정말 똑같은 거야. 아버지한테 알려줘야지. 그 기계를 선택한 걸 자랑스러워하실 거야."

풀장 수면이 출렁이며 거품이 부글부글 올라왔다. 투광 조명이 밝혀진 물속에서 거대한 에테르 호의 실물 모형이 가물거렸다. 풀장 벽면에 줄줄이 붙어 있는 국기들의 물에 비친 그림자가 넘실거렸다. 형형색색의 서로 다른 국가들이 한데 뒤섞였다가 다시 분리되기를 반복했다. 설리가 깊은 물속을 들여다보았다. 우주인 하나가 떠오르기 시작했다. 잠수사 둘이 커다란 하얀 우주복에 고리를 걸자 머리 위 전동 도르래가 윙윙 돌아가며 우주인을 끌어올리기 시작했다. 데비는 기중기를 다시 한 번 올려다보았다. 설리는 떠오르는 우주인에게 시선을 고정시켰다.

"신기하네." 데비가 다시 한 번 말했다.

탈의 하얀 헬멧이 쫙 풀리며 물이 쏟아졌다. 설리는 참고 있는지도 몰랐던 숨을 훅 내쉬었다.

–

에테르 호가 소행성대를 지나가는 동안, 아직 지구까지는 몇 달이나 남았고, 대원들은 넋을 놓기 시작했다. 테베스만 빼고 다들 그랬다. 테베스는 더욱 잠이 줄고 집중을 못 하게 된 데비를 참을성 있게 이끌고 일을 시켰고, 이따금씩 탈도 게임 칸에서 나오게 구슬려, 온실 통로로 데려가 야채를 수확하게 만들 수 있었다. 실험실로 가서 이바노프가 뭘 하는지 알아보며 친절하고 세심하게 질문을 던졌고 그를 위해 음식도 남겨두었다. 설리는 테베스가 이 모든 일을 하는 모습을 흥미롭게, 주의 깊게 지켜보았다. 테베스는 하퍼와 마주 앉아 조용히 이야기를 나누기도 했는데, 그러고 나면 하퍼의 얼굴은 한결 부드러워지고 고개를 조금 더 들고 다녔다. 테베스는 강인했고 희망을 주었지만, 여섯 명 중 한 명일 뿐이었다. 그들을 그들 자신으로부터 구원할 순 없었고 상황을 조금 부드럽게 만들려 노력할 뿐이었다. 그는 다른 사람들보다 현재 상황을 잘 이해하고 있었다.

어느 날 아침, '작은 지구'에 일출이 시작된 직후, 설리는 테베스와 주방 탁자에 마주 앉아 미적지근한 커피를 마셨다. 테베스는 책을 읽고 있었다. 그는 일을 하지 않을 때는 책을 읽었다. 다른 대원들은 잠을 자거나 무중력 구역에서 일을 하고 있었다. '작은 지구'는 조용하고 그들 둘뿐이었다. 하지만 그렇더라도, 설리는 테베스에게 그의 가족이 어떻게 죽었는지 물으면서 목소리를 한껏 낮추어 속삭였다. 물론 답을 알고 있었지만, 설리가 듣고 싶은 것은 자동차 사고의 끔찍한 세부 사항들이 아니었다. 다른 것, 뭐라 말을 찾기 힘든 어떤 것에 대해서 묻고 싶었다. 테베스는 《어둠의 왼손》의 한 귀퉁이를 접고 책을 덮어 탁자 위에 놓았다.

"왜 알고 싶지?" 그도 나지막이 물었다.

"그냥 이해하고 싶어서." 설리는 절망감에 갈라지는 목소리를 가다듬려 애쓰며 이를 악물었다. "어떻게 계속 이러고 있을 수가 있어? 어떻게 조각조각 부서지지 않고 멀쩡한 모습일 수가 있지?"

테베스는 한참 생각에 잠겼다. 짧게 깎은 머리를 손으로 훑자 엄지가 귀를 스쳤다. 관자놀이에서 시작된 흰머리가 머리 위로 올라가고 있었다. 마치 오래된 벽을 타고 오르는 담쟁이덩굴처럼 설리와 처음 만났을 때부터 조금씩 번지기 시작하더니 이제는 정수리까지 위협하고 있었다. 하지만 턱은 매끈했다. 다른 남자들은 면도를 포기해 점점 텁수룩하고 꾀죄죄해졌다. 하지만 테베스는 아니었다. 현재의 테베스는 과거의 테베스와 놀랄 만큼 비슷했다. 다른 사람들은 바뀌었다. 움츠러들고 어두워지고 더 날카로워졌다. 하지만 테베스는 탐사가 처음 시작될 때 그대로의 모습이었다. 테베스가 설리에게 미소를 짓자 벌어진 앞니가 보였다.

"난 달리 돌아갈 곳이 없으니까 이러고 있는 거야. 그 사실을 받아들이는 데 한참 걸렸어. 나도 당신처럼 조각조각 나 있어. 다만 분리를 시켜두는 것뿐. 어떻게 설명해야 할지 잘 모르겠지만, 한 번에 한 조각씩이라고 할까. 당신도 배우게 되겠지."

"하지만 만일, 만일 배우지 못하면?"

"그럼 마는 거지." 테베스가 어깨를 으쓱했다. 그의 목소리는 평온했고, 낮게 울리며 중력 생성기의 윙윙 소리와 조화를 이루었다. 남아프리카 억양은 둥글둥글하고 매끄러웠으며 음절들이 입 안에서 노래처럼 맞아떨어졌다. "이런 건 모두에게 다르겠지. 하지만 당신은 배우고 있는 것 같은데. 한동안 정신이 딴 데 가 있는 것 같더니, 다시 자리를 찾은 것 같아. 나한테 이런 질문도 하고. 나는 어떻게 하나 하면……이를 닦을 때는 오직 이 닦는 생각만 해. 공기 여과기를 갈 때는 공기 여과기만 생각하고. 외로운 생각이 들면 누구 하나와 대화를 시작하고, 그럼 둘 다에게 도움이 되지. 설리, 이 순간이 바로 우리가 살아야 하는 곳이야. 지구에 있는 사람들을 걱정한다고 해서 우리가 도울 수 있는 사람은 아무도 없어."

설리는 불만족스레 한숨을 쉬었다.

"원하던 대답이 아니야?" 테베스가 씁쓸한 미소를 지었다. 눈빛에 슬픔이 어렸다.

"그런 건 아니야. 그냥…… 힘들어서."

테베스가 고개를 끄덕였다. "나도 알아. 하지만 당신은 과학자잖아. 상황은 잘 알고 있겠지. 우리는 우주의 원리를 알아내려 공부하고 있는데, 결국에 우리가 정말 아는 것은 모든 것에는 끝이 있다는 것뿐이네. 시간과 죽음만 빼고 말이야. 그 사실을 떠올리기가 쉽지는 않지." 테베스가 설리의 손등을 토닥거렸다. "하지만 잊기는 더 힘들어."

—

　고든 하퍼는 휴스턴의 훈련 시설에 마지막으로 들어온 대원이었다. 다른 사람들보다 일주일 늦었다. 그는 플로리다에서 따로 혼자 신입 교육을, 지휘관 교육을 받았다. 그가 도착할 때쯤엔 동료들 사이의 유대감이 이미 공고해졌다. 그는 전에도 최소한 다섯 번 이상 사령관 역할을 맡은 적이 있었다. 하지만 이번 임무는 달랐다. 대원들이 중성 부력 실험실에서 우주복을 입고 차례로 풀장에 집어넣어져 에테르 호 모형을 고치는 '에바' 훈련을 하던 어느 혹독한 아침, 하퍼가 합류했다. 하퍼가 도착했을 때 설리와 데비는 물속에 있었다. 둘이 올라와보니 하퍼가 옛 친구인 테베스와 인사를 하고, 탈의 농담에 미소를 짓고, 이바노프에게 그가 쓴 천체지질학 논문에 대한 질문을 하고 있었다.

　설리가 한참을 걸려 물속에서 나오고 우주복에서 나오는 동안 에테르 호 남자들끼리의 작은 동아리가 형성되었다. 설리는 호기심과 약간의 우려를 가지고 하퍼를 관찰했다. 그리고 좋은 느낌으로 결론 내렸다. 더 많이 말하기보다는 더 많이 들으려 하는 남자 같았다. 그리고 모여 선 남자들 사이에 대화 기회가 골고루 주어졌다. 다들 미소를 짓고 있었다. 이바노프는 아니었지만 그는 원래 잘 웃지 않았다. 모두 즐거

위 보였다. 하퍼가 모두를 편하게 해주는 것 같다는 생각이
들었다.

국제 우주 정거장에서 떠다니거나 활주로에서 주황색 우
주복을 입고 있는 하퍼의 사진들을 본 적이 있었다. 하지만
지금은 나이가 들었고 얼굴도 각이 졌으며 피부도 더 탔다.
생각보다 몸집이 컸다. 다른 세 남자보다 훌쩍 큰 키여서 이
바노프보다는 5센티미터 정도, 테베스보다는 10센티미터가
량, 탈보다는 거의 30센티미터 가까이 컸다.

"지금까지 훈련은 어땠죠?" 하퍼가 셋을 향해 묻고 있었
다. "잘되고 있나?"

이바노프와 테베스가 고개를 끄덕였고 탈은 뭐라 농담을
지껄였는데 설리는 잘 못 들었다. 넷이 웃음을 터뜨리고 설
리는 우주복 안에서 몸에 힘을 주었다. 기술 보조자들이 그
녀를 기중기에서 떼어내는 속도가 너무 느리게 느껴졌다. 빨
리 저들 사이에 끼고 싶었다.

하퍼는 다들 훈련 때 입는 밝은 파랑 작업복을 입고 있었
다. 왼쪽 어깨에는 커다란 미국 국기가 붙고 가슴에는 더욱
큰 미공군 휘장이 바느질돼 있었다. 주머니에 손을 넣고 소
매는 팔꿈치까지 밀어 올렸다. 모랫빛 머리는 짧게 깎았는
데, 턱과 목덜미 부근의 피부는 덜 타서, 마치 최근에 머리도

깎고 면도도 해서, 가려져 있던 피부가 드러난 것 같았다.

설리가 드디어 우주복에서 나가 그들 쪽으로 걸어가 인사를 했다. 하퍼를 만나서 반가웠음에도 불구하고 갑자기 수줍어진 설리는 하퍼의 청회색 눈동자를 그다지 오래 마주 보지 못하고 시선을 피하고 말았다. 왠지 그가 피부를 꿰뚫어 보는 듯해서, 몸통 속에서 빨라져버린 심장 근육을 들여다볼 수 있을 것 같아서였다.

"통신 전문가 설리번이군요." 하퍼가 먼저 말했다. "같이 일하게 되어 너무 기뻐요. 장비 운용 계획을 얼른 듣고 싶네."

둘은 악수를 했다. 설리는 하퍼가 손목시계를 안쪽으로 찬 것을 보았다. 금으로 된 골동품 시계에 가죽 띠가 닳아빠진 것이었다. 하퍼의 큰 손은 따뜻하고 건조했으며 손아귀 힘은 세면서도 동시에 부드러웠다.

"감사합니다, 사령관. 영광이에요. 만나서 반갑습니다."

하퍼가 설리의 손을 놔주었다. 설리는 어쩐지, 손목시계를 팔목 안쪽으로 차는 사람들에게 늘 친밀감을 느꼈다. 마치 시간을 확인할 때마다 손바닥을 노출하고 정맥을 보여주며 자신의 사적인 일부분을 드러내주는 사람들 같아서였다. 잠시 후 호각이 울렸고 대원들은 회의실로 이동했다. 거기서 하퍼 사령관이 정식으로 소개되었다. 대원들은 반들거리는 회의실 탁자에 둘러앉아 하퍼의 경력에 대해 들었다. 에테르 호 대원들을 선발한 위원회의 수장이었으며 이번 우주 탐사 프로그램 관리자인 잉거 클라우스라는 이름의 여성이 15분이 넘도록 하퍼의 업적과 성취를 나열하여 마침내 하퍼는 얼굴이 붉어지고 다들 이제 좀 연단을 넘겼으면 고대하게 되었다. 마침내 그녀가 하퍼에게 자리를 양보하자 하퍼는 앞으로 나와 인사하고 대원 전체를 처음으로 호명했다. 하퍼가 뭐라고 했더라? 설리는 기억해내려 애썼다. 하퍼는 메모카드를 가지고 있었다. 그리고 풀장 옆에서 편하게 대화한 후였음에도, 그는 긴장하고 있었다. "여러분과 일하게 되어 영광입니다. 우리가 팀을 이루어 우리 종족이, 인류가, 미지의 세계로 한 발 나아가게 되었습니다."

에테르 호에서, 통신 두절이 계속되어도 하퍼는 대원들이 조금씩 지구에 가까워지고 있음을 느끼게 해주는 주춧돌, 밧줄 역할을 계속했다. 데비에게는 우주선의 기계들 원리에 대한 교육을 요청했다. 생명 유지 장치와 방사능 보호막, 중력 생성기에 대해 끈기 있게 질문하며 데비를 현재로 돌아오도록 격려했다. 탈과는 함께 비디오 게임을 하며 게임에 대한 열렬한 훈수를 겸손하게 받아들였다. 이바노프도 하퍼가 실험실에 들를 때는 예의바르게 행동했다. 작업 내용을 보여주며 그 중요성을 그다지 거만하지 않은 말투로 설명했다. 테베스와의 오랜 우정은 더욱 깊어졌다. 설리는 하퍼가 자기보다 나이 많은 테베스의 금욕적 침착함에서 힘을 얻는다는 걸 알 수 있었다. 그 침착함을 자기 몸에 받아들여, 다른 대원들을 향해 사용했다. 하퍼와 테베스는 전에도 한 번 이상 우주여행을 함께했고 모두 살아남았다. 둘이 함께 모두를 제정신으로 지키고 있었다.

하퍼는 설리의 통신 칸으로 와서 탐사 로봇에 대해 듣거나 카드 게임을 함께하거나 목성의 데이터를 처리하는 설리의 모습을 스케치했다. 설리에게는 그렇게 애를 쓰지 않아도 됐다. 설리는 하퍼와 함께 있는 것을 좋아했고 고대하게 되었다. 둘은 '작은 지구'의 주방 탁자에 몇 시간이고 마주 앉아 있곤 했다. 때로 설리는 하퍼가 운동하는 동안 딱딱한 과학 논문을 읽어주기도 했다. 그러면 하퍼는 땀에 번들거리는 얼굴로 논문에서 어색하게 격식 부리는 문구들을 콕 집어내 놀리곤 했다. 설리도 하퍼에게 맞장구를 쳐주었다. 비록 자신의 연구에 대한 하퍼의 질문들이 하퍼를 위해서가 아니라 설리를 위해서가 아닌가 하는 생각이 들긴 했지만 말이다. 때로 둘은 고향 이야기를 하기도 했다. 그리운 것들에 대해서. 하지만 고향은 불확실하고 위험한 변수였다. 희망 어린 분위기를 다시 차갑고 어두운 의식의 바닥으로 끌고 들어갈 수도 있는 납덩이였다.

설리는 테베스가 해준 말에 대해 점점 더 생각하게 되었다. 부서진 상태로 살아남는 방법에 대해서였다. 탈, 이바노프, 데비는 점점 더 엇갈린 채 겉돌기 시작했다. 추억에서 헤어 나오지 못하거나 불안한 미래에 사로잡혀, 설리가 말을 걸어도 온전히 현재로 돌아오지 못했다. 설리는 자신도 그렇게 되지 않으려 노력했다. 이를 닦을 때는 이를 닦는 것만 생각하고, 밴쿠버의 집이나 잭의 로션 냄새, 루시의 목욕 물장구 소리를 떠올리지 않으려 애썼다. 자신이 다른 해, 다른 장소에 사로잡혀 있는 것을 깨달을 때면 열까지 센 다음 주변의 에테르 호를 둘러보고 여전히 지나고 있는 소행성대를, 계속 가까워지고 있는 침묵의 지구를 환기했다. 설리는 하루의 기록을 남기고, 통신기들의 소리를 끈 다음, 둥둥 뜬 몸을 움직여 '작은 지구'로 돌아가곤 했다. 중력의 힘이 다시 근육들을 잡아끄는 것을 느끼며, 위장 속의 음식물이 안착되는 것을 느끼며, 땋은 머리가 등으로 내려앉는 것을 느꼈다. 그러면 다시 집에 돌아온 것이었다. '작은 지구'는 지금 중요한 유일한 집이었다. 운이 좋으면 하퍼도 와 있었다. 탁자에 앉아 카드를 섞고 있었다.

"이리 와, 설리. 이번에는 가만두지 않겠어." 하퍼가 말하고, 설리는 앉아 게임을 할 것이었다.

다섯

태양이 너무 빨리 뜨고 져서 어거스틴은 얼마나 오래 누워 있었는지 알 수가 없었다. 꿈속을 넘나들며 고열에 시달리다가 깜깜한 중에 깨어나 일어나려 애쓰며 거미줄에 걸린 파리처럼 침낭 더미에서 몸부림을 치곤 했다. 어떤 때는 눈을 떠보면 아이리스가 내려다보며 물이나 치킨 수프가 든 파란 양철 머그를 내밀었다. 하지만 어거스틴은 팔을 들어 머그를 받을 힘도 없었다. 심지어 뜨겁고 묵직한 머릿속을 굴러다니는 단어들을 조합해, '이리 와'나 '내가 얼마나?' '지금 몇 시?' 같은 말을 하도록 혀에 명령도 내릴 수 없었다. 어거스틴은 다시 눈을 감고 잠이 들곤 했다.

열에 들뜬 꿈속에서 어거스틴은 다시 젊은 남자가 되었다. 다리는 튼튼하고 시력은 또렷하고 널찍한 손바닥과 길고 곧은 손가락의 손은 부드럽고 볕에 그을었다. 머리는 검은색, 턱은 깨끗이 면도되어 검은 수염 뿌리는 늘 살짝 비쳐 보일 따름이었다. 팔다리도 민첩하고 유연하며 즉각 반응했다. 어거스틴은 하와이, 아프리카, 오스트레일리아에 있었다. 단추도 거의 채우지 않은 하얀 면 셔츠를 입고 다림질한 카키 바지를 발목까지 접어 입었다. 술집이나 교실이나 천문대에서 예쁜 여자들을 꼬셨다. 혹은 올리브색 야상을 입고 어둠 속에 서 있었다. 주머니에는 비죽비죽 장비가 꽂혀 있고 먹을 것과 까끌거리는 석영이나 특이한 모양과 색의 돌멩이 조각들이 뒤섞인 채, 그가 현재 지나고 있는 지구의 한구석에서 올려다보이는, 별이 빛나는 밤하늘을 바라보았다. 거기에는 종려나무나 유칼립투스, 억새가 자랐다. 맑은 물가에 하얀 모래, 드문드문 바오밥 나무가 자라는 황톳빛 메사. 색색의 날개와 휘어진 부리를 가진 긴 다리 새들, 조그만 회색 도마

뱀, 커다란 녹색 도마뱀, 아프리카 들개인 딩고들, 어거스틴이 한때 먹이를 주던 집 없는 똥개. 꿈속에서 세상은 다시 드넓고 야성적이며 다채로워졌고 어거스틴은 그 일부였다. 존재한다는 것만으로도 신이 났다. 거대한 망원경들과 윙윙거리는 기계들이 끝없이 늘어선 관제실이 있었다. 아름다운 여자들, 여대생들, 지역 주민들, 방문 학자들이 있었고 어거스틴은 할 수만 있으면 그들 모두와 자려 했다.

꿈에서 그는 여전히 젊었고 자기 자신과 사랑에 빠지려던 참이었다. 자신이 원하는 것은 무엇이든 가질 수 있고 가져야 한다는 확신이 점점 더 자라나고 있었다. 어거스틴은 똑똑했고 야심찼고 위대한 일을 성취할 운명이었다. 그가 쓰는 논문들이 최고의 학술지들에 실리고 있었다. 수많은 곳에서 자리를 제안했다. 《타임》지의 '젊은 과학자' 특집에 포함되었다. 30대 후반에 찬사와 존경이 쏟아졌다. 그의 업적에는 숭배의 말이 딸린 논평이 뒤따랐다. 천재라는 말이 떠돌았다. 모든 천문대에서 그가 와서 연구하기를 원했다. 모든 대학에서 와서 가르쳐달라고 빌었다. 인기가 폭발했다. 한동안은 말이다.

하지만 망상은 어거스틴의 친구가 아니었다. 태양이 희미해지고 별들이 빛나기 시작했다. 시계가 거꾸로 돌아갔다.

어거스틴은 우스꽝스러운 여드름이 숭숭 난 열여섯이 되었다. 정신병원 로비에서 남자 둘이 어머니를 부축해 감금 병동으로 데려가는 동안 아버지가 접수대에서 서류에 서명하는 모습을 바라보았다. 어거스틴은 텅 빈 집에 아버지와 둘이 남아, 아버지와 숲에서 사냥을 하고, 아버지와 트럭을 타며, 계속 지뢰 위에 발을 올린 상태에서 살았다. 대학에 입학해서 집을 떠나기 전에 병원에 가서 약에 취한 어머니를 만났다. 무릎 위에 올린 손을 떨며 눈을 반쯤 감은 채 저녁 식사를 차리는 이야기를 중얼거리는 어머니의 말을 들었다. 그리고 10년 후 아버지의 무덤을 방문했다. 갓 깐 잔디 위에 침을 뱉고 묘비를 걷어차다가 발가락이 부러졌다. 어거스틴은 이런 풍경들 속의 자기 모습을 멀찍이서 지켜보았다. 자신의 얼굴들을 다시, 또다시 보았다. 자신이 학대했던 여자들, 속인 동료들, 그리고 무시하고 경멸했던 보조 인력들, 조수들, 실험실 기술진의 눈을 통해 자신의 얼굴들을 보았다. 늘 너무 바쁘고 야심만만해 관심을 기울일 틈이 없던 사람들이었다. 처음으로 자신이 입힌 피해를 볼 수 있었다. 상처와 슬픔과 울분을 볼 수 있었다. 어거스틴은 수치심을 느꼈고 질병의 깍지에 깊이 싸여 그 감정에 이름을 붙였다.

온기와 아름다움과 풍광은 손에 잡힐 듯했지만 어거스틴

이 움켜쥐려 하면 스르르 흩어져버렸다. 다른, 더 고통스러운 추억들이 실시간으로 정산되었다. 수 분씩, 수 초씩 경험한 감각들, 감정들이 오래, 길게 되풀이되었다. 사냥칼로 살아 있는 사슴의 팽팽한 가죽을 가르던 느낌. 사슴의 혈액이 불룩거리며 솟아 나오고 코를 찌르는 금속성 냄새. 그리고 후회와 죄책감, 위장이나 내장, 폐의 깊숙한 안쪽에서 작열하는, 예전에는 신체적 질병으로 오해도 했던 감정들이었다. 벽에, 자신의 몸에, 어머니의 몸에 내리꽂히는 아버지의 주먹질 소리. 병원으로 가기 전 어머니, 조각보를 정교하게 이어 만든 혼수 퀼트 이불 아래 누워 꼼짝도 않고 며칠씩, 몇 주씩 누워 있다가 불사조처럼 일어나 거실로 박차고 들어와 눈빛을 이글거리며 어서, 어서, 어서 일을, 일을, 일을 해치우려다가, 가지고 있던 모든 에너지, 돈, 시간을 써버리고 나서야 멈춰 다시 담요 속으로 무너져 들어가, 다음에 다시 일어날 때까지 혹은 정말 못 움직이는 건지 보려고 아버지가 끌어낼 때까지 또 동면하곤 했다. 병중의 어거스틴은 이런 순간들에, 잊고 싶던 기억들의 방 안에 사로잡혀 있었다.

–

얼마나 지났는지 몰라도 한참 후 열이 가라앉았다. 악몽도 사라졌다. 어거스틴은 자신이 깨어났음을 알 수 있었다. 허약해진 상태였지만 의식이 돌아왔고 배가 고팠다. 몸을 일으켜 앉아서 관제실을 돌아보았다. 얼굴을 문질러 정신을 차렸다. 방은 변함이 없었다. 고개를 돌리다가 아이리스를 발견하고 짧은 안도의 한숨을 내쉬었다. 아이리스는 창턱에 앉아 황혼의 툰드라를 내다보고 있었다. 어거스틴이 일어나 침낭 더미를 걷어차는 소리를 듣고 고개를 돌렸다. 그러고 보니 아이리스가 미소 짓는 것은 처음 보았다. 아랫니 하나가 없었다. 벌어진 잇새로 분홍색 잇몸이 반짝였다. 왼쪽 뺨에 볼우물이 남은 채 조그만 콧등 위로 홍조가 올라왔다.

"몰골이 끔찍해. 그래도 일어나서 기뻐."

목소리를 듣는 일도 여전히 드물었기에, 다시 한 번 그 굵고 걸걸한 음색에 놀랐다. 어쨌든 들으니 마음이 놓였다. 아이리스는 침낭 더미 주변을 조심성 많은 동물처럼 빙빙 돌면서 흥분을 누르고 이리저리 관찰을 마친 후 다가왔다. 진공 포장된 육포와 완두콩 캔, 그리고 숟가락을 꺼내더니 어거스틴에게 내밀었다.

"치킨 수프도 줄까?" 아이리스가 덧붙였다. 어거스틴은 완두콩 뚜껑을 따고 떠먹기 시작했다. 아이리스가 육포 포장을 이빨로 뜯고 그 옆에 놓았다. 그러고 나서 전기 주전자를 데

우러 갔다. 어거스틴은 게걸스레 먹었다. 갑자기 다시 힘이 났다. 캔을 다 비운 후 수염에 묻은 콩 즙을 손등으로 닦으며 육포를 집었다.

"내가 얼마나 잤지?"

아이리스가 고개를 갸웃했다. "5일쯤?"

어거스틴이 고개를 끄덕였다. 그런 것 같았다. "그럼 너는…… 넌 괜찮니?"

아이리스는 이상한 표정으로 어거스틴을 보더니 대답 없이 주전자로 몸을 돌렸다. 치킨 수프 고형제 포장지를 벗겨 양철 머그에 넣고 물이 끓기를 기다렸다. 머그가 너무 뜨거워 들지 못하고 조리대 위에서 잠시 식히는 동안 아이리스는 다시 창턱으로 돌아가 침묵 속에 어두워가는 툰드라를 내다보았다.

–

어거스틴은 관제탑의 계단에서 위축된 근육들을 시험해보았다. 쓰러지지 않고 느릿느릿 1층으로 내려갔다가 다시 3층으로 올라올 수 있게 되자, 집 밖으로 나서보기로 했다. 바깥의 눈과 얼음을 헤치고 나아가야 하는 일은 계단보다 더 빠르게 어거스틴을 지치게 했지만, 그는 매일 나갔다. 어떤 때는 한 번 이상 나갔다. 시간이 지나고 지구력이 돌아왔다. 산을 깎아 만든 좁은 길을 따라 내려가며 버려진 별관들이 모여 있는 구역을 지나 밖으로, 산길로 나갔다. 헉헉거리는 약한 모습이었지만 어거스틴은 살아 있었고 그 단순한 사실의 기쁨이 지치고 늙은 몸에 넘쳐흘렀다. 살아남았다는 기쁨도, 묵직한 회한도, 그에게는 낯선 감정이었지만 아무리 몰아내려 애를 써도 둘 다 그를 놔주려 하지 않았다. 열에 들떠 꾸었던 악몽들에서 느낀 감정이 아직 생생하게 남아 있었다. 운동 때문에 근육도 쑤셨지만, 생소한 감정들이 타인의 피처럼 그의 핏줄 속을 휩쓸고 돌아다녔다.

이런 산책길에 아이리스도 종종 따라 나왔다. 어거스틴을 앞질러 달려 나가거나, 천천히 뒤를 따랐다. 겨우 한 시간 남짓 되던 일광 시간이 몇 시간으로 길어지고 오후 내내 이어졌다. 낮이 길어지자 어거스틴은 더 멀리 산책을 나가기 시작했다. 그러면서도 늘 아이리스의 녹색 방울 모자가 따라오는지 확인했다. 그가 열병을 앓은 이후 아이리스는 달라진 것 같았다. 키도 자라고 더 활달해졌으며 말도 더 했다. 예전에는 시야 주변에, 멀찍이 떨어져 있었다. 관제실에서도 먼 곳에 앉거나 별관들 사이를 살금살금 돌아다녔다. 이제 어거스틴은 아이리스에게서 눈을 뗄 수 없을 것 같았다. 아이리스는 사방에 있었다. 여전히 미소를 짓는 일은 드물었지만, 어쩐지 늘 둥근 뺨 바로 아래서 살짝 드러나는 듯, 보기 좋았다.

어느 날 하늘에 태양이 대여섯 시간 머물다가 가라앉기 시작하며 낮게 걸려 있을 때, 어거스틴은 열병을 앓은 후 처음으로 격납고보다 더 멀리 나아갔다. 이제 어거스틴은 반복해서 북쪽으로, 산들 쪽으로 갔다. 남쪽으로, 툰드라의 격납고와 늑대가 묻힌 곳, 하얀 무덤 위로 분홍색 피가 튀긴 곳으로는 절대 가지 않았다. 북쪽으로, 북극해가 지구의 꼭대기까지 뻗어 올라간, 우리 구체의 정수리를 덮고 있는 푸른 얼음 뚜껑을 향해 갔다. 해안은 수 킬로미터 떨어져 있었다. 걸어서 거기까지 갈 수 있으리라 생각한 적은 없지만, 바람만 알맞은 방향에서 불어오면 녹기 시작한 바다에서 빙하를 타고 올라 그의 간절하게 벌름거리는 콧구멍 앞까지 날아드는 쩽한 소금기를 맡아볼 수도 있지 않을까 싶었다. 더 멀리 갈수록 소금 냄새는 더 강해질 것이었다.

그날, 둘은 벌써 한참을 걸어온 터라 어거스틴은 다리에 경련이 일어나고 아이리스조차 걸음걸이가 느려져 조그만 발을 눈 속에서 질질 끌고 있었다. 하지만 어거스틴은 더 멀리 가고 싶었다. 뭔가 앞에 있다고, 뭔지는 모르지만 꼭 봐야 하는 게 있다고 자신을 독려했다. 태양이 산맥 뒤로 미끄러지며, 실크 스카프를 허공에 던지는 무용수처럼 하늘에 색색의 빛을 쏘아 보냈다. 어거스틴이 눈 속으로 녹아드는 일몰을 감상하고 있을 때, 그것이 보였다. 시시각각 변화하는 북쪽 하늘을 배경으로 분명한 동물의 윤곽이 드러났다. 저번에 본 곰이라는 확신이 들었다. 뭔가 특징적인 생김 때문이 아니라, 심장 박동이 다시 빨라졌기 때문이다. 큰 덩치와 길고 너덜거리며 나이가 들어 누렇게 된 털, 곰인 건 분명했다. 어거스틴과는 적어도 1킬로미터는 떨어져 있었다. 사실 몇 킬로미터는 될 테지만 마치 망원경으로 보는 것처럼 자세히 보였다. 어거스틴은 저 동물을 찾아온 거였나. 곰의 바로 앞에 서 있는 것처럼, 아니 그 거대하게 솟아오른 등허리를 타고 앉아, 뻑뻑한 털을 손가락으로 깊숙이 움켜잡고 널찍하고 두툼한 가슴통을 발과 다리로 꽉 조이고 있는 기분이었다. 손가락 사이 두꺼운 모피가 느껴지는 듯했다. 털의 누런색이, 분홍색 주둥이가 보이는 듯했다. 싸하고 역한 묵은 피 냄새가 나는 것 같았다.

곰이 산봉우리 위에서 멈춰 주둥이를 들었다. 고개를 이리저리 돌리다가 드디어 어거스틴 쪽을 보았다. 아이리스는 눈바지를 썰매 삼아 작은 비탈길을 미끄러져 내려갔다. 어거스틴이 뭘 보고 있는지도 모르면서, 모자의 녹색 방울을 달랑거렸다. 어거스틴과 곰은 서로를 바라보았다. 수 킬로미터에 걸친 눈과 비죽비죽한 바위와 쌩쌩 부는 바람을 사이에 두고, 어거스틴은 곰에게서 이상한 동족 의식이 전해져 오는 것을 느꼈다. 곰의 거대한 몸집이, 단순한 욕구와 명확한 목표가 부러웠다. 하지만 그 모든 풍광 속에 한 줄기 외로움 역시 천천히 휘몰아치고 있었다. 염원과 절망이 뒤섞인 외로움이었다. 어거스틴은 곰을 보며 가슴을 찌르는 듯한 슬픔을 느꼈다. 산등성이에 혼자 남아, 오직 생존만을 위해 기계적으로 움직이는 동물. 죽이고 물어뜯고 눈 위에서 구르며, 눈속에 굴을 파고 필요하면 푹 잠이 들고, 바다까지 한참을 오가야 할 것이었다. 그게 다였다. 그것밖에 몰랐다. 그것밖에 필요 없었다. 어떤 감정이 어거스틴의 속을 휘저었다. 그것은 욕구불만이었다. 곰뿐 아니라 자신에게 느끼는 불만이었다. 어거스틴은 열병을 이겨내고 살아남았다. 하지만 무엇을 위해서였을까? 어거스틴이 눈앞의 산비탈을 내려다보았다. 마침 아이리스가 데굴데굴 구르다가 멈춰 일어나 앉았다. 녹색 방울 모자에 눈이 잔뜩 묻었다. 어거스틴을 보고 손을 흔들며 웃었다. 놀고 있는 아이의 모습 그대로였다. 창백하던 얼굴이 분홍빛으로 달아올랐다. 어거스틴이 다시 산등성이를 돌아보자 곰은 사라지고 없었다.

"아이리스, 돌아갈 시간이야." 어거스틴이 외쳤다. 집으로 돌아가는 길에 아이리스는 가까이, 바로 옆이나 앞에서 걸으며 이따금씩 확인하려 돌아보기도 했다. 마지막으로 천문대, 관제실이 있는 산으로 오르는 길에, 아이리스는 어거스틴의 장갑 낀 손을 잡더니, 건물 안으로 들어갈 때까지 놓지 않았다.

–

북극으로 올 때, 어거스틴은 자신의 삶이 이렇게 조용히, 단순하게 끝나는 것이 맞춤하다고 느꼈다. 그의 온전한 정신과, 쇠약해지는 육체와, 사나운 풍광과 함께 말이다. 다른 연구원들이 철수하기 전부터도, 종말로 짐작되는 으스스한 침묵이 이어지기 전부터도, 심지어 이 모든 것 이전부터 어거스틴은 이곳으로 죽으러 왔다. 북극으로 오기 몇 주 전, 남태평양의 따뜻한 바닷가에서 북극에서의 연구 계획을 짜고 있을 때, 어거스틴은 이것이 그의 마지막 연구가 되리라는 것을 짐작했다. 업적의 종악장, 마감석, 언젠가 어거스틴의 전기를 쓸 작가를 위한 과감한 결론이었다. 어거스틴에게 자신의 연구 작업의 끝맺음은 삶의 끝맺음과 불가분하게 연결된 것이었다. 연구 작업이 끝난 후에도 그의 심장이 몇 년 더 의미 없이 박동 칠 수는 있을 것이다. 아닐 수도 있지만 그러든지 그러지 않든지 상관없었다. 그의 유산이 과학의 전당에서 밝게 타오르는 한, 북극점에서 몇 도 내려온 장소에서 깜빡거리다가 혼자 죽어도 만족했다. 어쩌면 기지의 철수는 그 과정을 더 편하게 만들어주었을 뿐이다. 하지만 어거스틴이 북극의 산맥 저편, 커다랗고 누런 북극곰을 마주 보는 동안 뭔가 바뀌었다. 어거스틴은 아이리스를 생각했다. 부재보다는 현존이 감사하게 느껴졌다. 이런 감정이 너무 낯설고 뜻밖이었고 그의 내면의 어떤 부분을, 오래되고 묵직하고 완강했던 어떤 부분을 움직여놓았다. 그리고 그 자리에서 무언가 시작되었다.

천문대에서 아이리스와 지내던 초기에는 그저 어거스틴이 죽으면 아이는 어떻게 되려나 하는 생각만 하다 말았을 뿐이다. 하지만 곰을 보고 나서 해가 하늘에 점점 더 오래 걸려 있게 되자 어거스틴은 그 문제에 대해 열심히 궁리하기 시작했다. 자신의 생애 이후, 아이리스의 생애에 대해서까지 고민을 하게 된 것이다. 아이리스를 위해서는 좀 다른 욕망이 생겼다. 교류하고 사랑하고 공동체를 이루었으면 했다. 어거스틴이 자신에게 제공했던 공허감과 똑같은 것을 아이리스에게 넘겨주어야 하는 무능을, 더 이상 변명만 하고 있기는 싫었다.

다른 과학자들이 철수한 후, 아직 남은 인류가 있는지 연락해보려 했고 북극 밖에서 무슨 일이 일어났는지 알아보려 했었지만, 사실 그다지 내키지 않았더랬다. 그리고 위성에서도 아무 신호가 없고 상업 라디오 방송도 모두 꺼진 것을 깨닫고는, 탐색을 포기했었다. 그냥 연락할 사람이 아무도 안 남았다고 편하게 결론 내렸다. 모든 것이 끝났다고. 그렇게 버려져 혼자 남은 상황이 괴롭지도 않았다. 어차피 그럴 계획이었으니까.

하지만 상황이 바뀌었다. 어거스틴은 갑자기 다른 이들을 찾아야겠다는 의지에 불타올랐다. 생존자들이 있을 가능성은 늘 마음 한구석에서 의식하고 있었다. 하지만 찾을 마음이 있다 한들, 천문대의 위치상 연락될 가능성이 희박했다. 설령 남아 있는 한 줌의 인류와 연락이 된다고 해도 그들을 만나러 갈 방법도 없었다. 그런데 이제는 갑자기, 연락이라도 해보는 것이 중요해졌다. 확률은 알고 있었다. 찾아봐야 아무 소득 없을 가능성이 컸다. 그들을 보러 와줄 사람도, 구하러 올 사람도 없었다. 그렇더라도 어거스틴은 이 새로운 욕망에, 낯선 의무감에, 의지에 들끓었다. 망원경을 버리고 무전기에 집중했다.

–

　어거스틴은 열 살이 넘어서부터 자신의 신체보다 무선 장비에 대해 더 잘 알았다. 전선과 나사와 반도체 다이오드를 조립해 광석 수신기를 만들었고 재빨리 더 복잡한 과제들에 달려들어, 송신기, 수신기, 복호기를 만들었다. 진공관으로 라디오를 만들었고 트랜지스터로도, 아날로그와 디지털 라디오를 둘 다 만들어보았다. 조립식을 사기도 했고, 낡은 가전을 분해하거나 주운 고물에서 빼내기도 했다. 구할 수 있는 부품을 최대한 모아 뒷마당에 커다란 안테나를 세우고 델타 상자를 나무들 위에 배치했다. 그렇게 놀이 시간을 보냈다. 결국 어거스틴의 새로운 취미가 아버지의 주의를 끌었다. 그리고 둘 사이 형성된 유대감에 둘 다 놀랐다. 아버지는 자동차 공장의 기계공이었다. 그가 낮 동안 씨름하는 기계는 집보다 큰 것들이었다. 그래서 아들이 조그만 기계들을 가지고 뚝딱거리는 것을 보고 호기심을 드러냈다. 이전의 어거스틴은 늘 어머니와 시간을 보내는 아들이었다. 반죽을 젓고 감자 껍질을 벗기고 미용실에 따라갔다. 엄마가 요리를 할 수 있는 상태가 됐을 때는 부엌 식탁에서 숙제를 했고, 엄마가 그렇지 않아서 침실에 있을 때는 강아지처럼 침대 발치에 웅크리고 있었다. 어거스틴은 어머니의 마스코트였다. 어떤 상태이든 그에 따라 맞춰주며 따라다니는 작은 소년이었다. 어린애였을 때도 어거스틴은, 왜인지는 몰라도 아버지가 모자간의 유대감을 싫어한다는 사실을 알 수 있었다.

어거스틴은 어머니의 기분 전환을 민감하게 느꼈다. 어머니가 미처 바뀌기 전에도 어둠이 내려오는 것을 감지할 수 있었다. 언제 어머니가 어두운 침실에서 뒹굴도록 놔두어야 할지, 언제 블라인드를 걷어 올려야 할지, 어거스틴은 알고 있었다. 일을 보러 나갔다가도 상황이 좋지 않아질 때 어머니를 구슬려 집으로 돌아오는 방법도 알고 있었고 어머니가 조종당한다고 의심하지 않도록 다루어내는 미묘한 기술도 익혔다. 어머니는 어거스틴을 귀여운 아이, 믿음직한 친구, 변치 않는 동반자로만 알고 있었다. 아버지뿐 아니라 어거스틴이 아닌 누구도 어머니를 진정시킬 수 없었다. 필요에 따라 어머니의 상태를 조종하기도 했지만, 억제시키는 정도가 어머니를 보호하기 위한 유일한 방법이었다. 그래도 점점 더 기술이 늘어나면서, 어거스틴은 어머니의 고통의 원인을 알아냈다고 생각하기 시작했다. 문제를 고치고, 어머니를 낫게 할 수 있다고 느꼈다.

어거스틴이 열한 살이 되던 겨울, 어머니는 침대로 들어가서 봄이 될 때까지 일어나지 않았다. 그해 겨울이 돼서야 어거스틴은 어머니라는 수수께끼를 영원히 풀 수 없으리라는 걸 깨달았다. 아무리 노력하고 실력이 늘어도, 어머니는 그의 이해를 벗어난 존재였다. 갑자기 어거스틴은 철저한 외로움을 느꼈다. 어머니 없이는 무엇을 해야 할지 알 수 없었다. 침대에 누워 아기처럼 아무것도 못 하는 어머니를 아버지가 닦달하는 동안 어거스틴은 지하실로 후퇴해 전자 제품의 명확성에서 새로운 기쁨을 발견했다. 전선들의 연결, 전류의 흐름, 딱딱 맞아떨어지는 단순한 기제, 허공에서 교향곡과 목소리를 뽑아내는 마법과도 같은 결과. 학교에서 받은 전류와 전력과 전파에 대한 기본적인 수업만으로도 충분히 시작할 수 있었다. 어거스틴은 늘 착실한 학생이었다. 어둡고 퀴퀴한 지하실 노란 전구의 둥근 불빛 아래서 나머지는 독학으로 깨쳤다. 아주 가끔 아버지가 부서져가는 나무 계단을 내려와 아들 곁에 앉았고, 더욱 드문 경우에는 어거스틴도 아버지의 방문이 반가웠다. 대부분 아버지는 아들을 야단치러 왔고 실수를 지적하거나 실패를 보고 고소해했다. 그때쯤에는 어거스틴의 지능이 평범하지 않다는 것을 그 집에 사는 모두가 분명히 알게 되었고 아버지는 기회만 있으면 온갖 구실을 잡아 그 점에 대해 벌을 주려 했다.

이제, 수십 년이 지나, 얼어붙은 북극에서 어거스틴은 마치 어제 일처럼 생생하게 그때의 지하실을 머릿속에 떠올릴 수 있었다. 혼자 작업대에 앉아 전선 타래들과 게르마늄 트랜지스터, 초보적인 증폭기, 발진기, 믹싱 장치, 필터를 앞에 늘어놓고 있었다. 오른쪽에는 전원을 켜서 예열하고 있는 납땜인두를 놔두고 왼쪽에는 최근 연구한 도식, 즉 지저분한 연필 스케치와 조그만 화살표들과 전류 방향을 메모한 서툰 기호들을 그려두었다. 이런 추억들에 아버지가 끼어드는 것은 달갑지 않지만, 이따금씩 목소리가 비집고 들어왔다.

"트랜지스터라디오 못 만드는 멍청이도 있나?"

"이건 두 살짜리가 만든 것같이 생겼네."

천문대 관제실에서 어거스틴은 혹시 자신이 실수한 건 없는지, 위성 전화들과 광대역 통신망을 다시 한 번 점검했다. 극지 기지에서 접속 성공률은 원래 제멋대로였다. 대부분 위성들에 의지했지만, 위성 전화도, 광대역 통신망도 안 되고 위성 연결은 말할 것도 없는 상황에서는 '아마추어 무선 통신'밖에 없었다. 어거스틴은 관제탑과 별관들을 뒤져 쓸 만한 물건은 모두 모았지만 얼마 안 됐다. 만약에 대비한 장비들일 뿐이었다. 설치된 시스템도 수준에 못 미쳤다. 엘즈미어 섬의 북쪽 끝에 있는 군 기지와 간신히 연락할 수 있는 정도로, 대부분 지나가는 비행기와의 연락에 사용되었다. 전력 공급도 약했고 안테나 민감도는 더욱 약했다. 전파 신호가 아주 가까이 있거나 아주 강력하거나 아니면 운 좋게 상공파를 타야 수신될 수 있을 것이었다. 그것도 들을 사람이 어딘가 남아 있다는 전제하에서지만 말이다.

그러고 있자니 지하실에서 보내던 날들이 기억났다. 기계를 켜고 처음 불특정 호출 신호인 'CQ'를 보내던 날. 송신은 단순하고 직설적인 한 가지 목적만을 가지고 있었다. 어거스틴은 누군가를 찾고 있었다. 누구인지는 중요하지 않았다. 어거스틴은 다양한 교신 확인 카드를 모아 차곡차곡 보관했다. 교신 확인 카드란 두 아마추어 무선 통신사들 사이에서 교신을 기념하기 위해 주고받는 엽서 같은 것이다. 무선 통신사가 살고 있는 주의 윤곽이 그려진 카드에 호출 부호를 휘갈긴 소박한 엽서도 있었고 무선 통신사가 안테나에 원숭이처럼, 혹은 빨래처럼 매달린 만화를 그린 재밌는 카드도 있었다. 반쯤 벗은 풍만한 여자가 무선 장비 위에 널브러져 마이크를 들고 웅얼거리는 지저분한 카드들도 있었다. 어거스틴은 지하실의 마이크 앞에 앉아 비어 있는 아마추어 무선 통신 주파수들을 탐색해나가곤 했다. 다이얼을 돌리면서 호출을 하다보면, 1분도 걸리고 몇 시간이 걸릴 때도 있었지만, 결국에는 누군가 응답을 해주었다.

"KBiZFI, 여기는 아무개다!" 목소리 하나가 나타나 그의 스피커를 가득 채우면 그들은 살고 있는 지역을 서로 알려주고, 어거스틴은 가지고 있는 지도책에 위치를 표시한 다음 거리를 쟀다. 원거리 접촉일수록 더욱 좋았다. 교신 확인 카드는 그냥 재미로 주고받았다. 어거스틴을 흥분시킨 것은 접속 자체, 자신이 나라를 가로질러, 세계를 가로질러 신호를 쏘아 보내고 어딘가와, 어디로든 직접 연결될 수 있다는 사실이었다. 저쪽에 늘 누군가 있었다. 어거스틴이 모르는 누군가, 얼굴도 모르고 만날 일도 없지만 목소리는 마찬가지인 사람이었다. 처음 연결이 된 후에는 굳이 무선으로 수다를 떨려 하지 않았다. 그저 누가 있다는 사실을 알아보려 무선을 송신했고 누가 있다는 사실만 알게 되면 만족했다. 첫 번째 교신이 이루어진 후 기상 조건이 우수하고 신호가 멀리까지 뻗어 가면 두 번째, 세 번째, 대여섯 번의 교신을 계속 시도할 때도 있었다. 호출을 끝내면 장비를 끄고 카드를 몇 장 썼다. 별들이 흩어져 있는 우주로 신호를 쏘아 보내는 지구 그림 위에 굵은 글씨로 자신의 호출 부호가 적힌 단순한 카드였다. 그런 다음에 지하실의 적요 속에서 전자 기기들을 가지고 조몰락거렸다. 어린 시절 가장 행복했던 순간들이었다. 잔인한 급우들도 없었고 어머니의 변덕도, 아버지의 트집도 없이 그곳엔 어거스틴 혼자, 그리고 자신의 장비들과 자신의 마음속 웅얼거림뿐이었다.

북극에서 어거스틴은 장비들을 섬세하게 조율하고 나서야 모두 전원을 켰다. 아이리스는 그 작업을 막연한 호기심으로 지켜보면서도 아무 말이 없었다. 어거스틴이 송출을 시작했을 때 아이리스는 밖에 나가 별관들을 돌아다니고 있었다. 창문을 통해 하얀 눈 속 소녀의 자그마한 몸집을 지켜보며 어거스틴은 마이크를 들었다. 그리고 송출 버튼을 눌렀다. 잠시 목청을 가다듬고, 다시 한 번 버튼을 눌렀다.

"CQ, CQ, 여기는 KBiZFI. 킬로-브라보-원-줄루-폭스트롯-인디아, 오버. CQ, 누구 없는가?"

여섯

설리는 통신 칸에서 이 기계 저 기계로 떠다녔다. 무릎은 굽히고 발목을 서로 엇갈린 다음 팔을 이용해 헤엄치듯 움직였다. 땋은 머리는 뒤에 둥둥 떠다니고 허리에 묶었던 작업복 팔 부분은 풀려서 또 다른 팔들처럼 양쪽에서 흐느적거렸다. 에테르 호는 소행성대로 깊숙이 들어서서, 목성 쪽에서 오는 탐사 로봇들의 통신에 시간차가 생겼다. 신호들이 에테르 호의 수신기에 도착할 즈음엔 이미 옛날 정보가 돼버렸고, 에테르 호가 조금씩 목성에서 멀어져 지구로 가까워짐에 따라 매일매일이 더 옛날이 되어갔다. 최근에 설리는 탐사 로봇들을 소홀히 하고 대신 지구의 무선 주파수를 탐색해왔다. 통신 채널 전체를 처음부터 끝까지 훑고 또 훑었다. 심해 우주 용도로 지정된 주파수만 지켜보고 있을 순 없었다. 잡음이라도 있어야 했다. 위성의 지직거림, 엇나간 텔레비전 신호, 초단파, 극초단파로 전송돼 전리층에서 우주로 빠져나온 주파수 등 뭐라도 있어야 한다고 설리는 생각했다. 이렇게까지 조용한 건 너무 이상했다. 이래서는 안 됐고 이럴 수도 없었다.

다른 대원들에게는 말하지 않았다. 매일 암울한 상황을 재확인시켜주는 것 이외에는, 아무것도 나타나지 않는 파동을 가지고 할 말도 별로 없었다. 그래도 주파수를 훑는 작업은 하루를 버텨낼 힘을 주었다. 뭐라도 하고 있는 기분이었다. 어쨌거나 점점 더 지구에 가까이 갈수록 더 많이 알아낼 수 있을 것이었다. 지금에 와서는 목성 탐사가 얼마나 의미 없이 느껴지는지, 생각하면 이상한 일이었다. 수신기로 단 한 사람의 목소리만 들을 수 있어도 그들이 목성에서 수집한 모든 자료와 그들이 알아낸 모든 지식들을 맞바꿀 수 있을 터였다. 단 한 사람의 목소리만이라도. 그냥 한번 해보는 소리나 과장이 아니라 진심이었다. 설리는 목성 탐사보다 중요한 건 없다는 믿음으로 에테르 호에 승선했다. 하지만 지금은 모든 게 더 중요해 보였다. 그들의 임무 전체가 하찮고 의미 없어 보였다. 그러나 하루가 지나고 또 하루가 지나도 기계 방랑자들의 2진법 신호들과 항성과 행성들에서 오는 우주 광선들 이외에는 아무것도 수신되지 않았다.

설리는 다시 '작은 지구'로 돌아가며, 이리 꺾이고 저리 돌아가는 우주선의 통로들을 헤엄쳐 지나갔다. 에테르 호의 밝은 회색 공간들은 텅 빈 듯 보여도 실은 그 뒤에 보관소와 전자 기기 같은 내장들을 차곡차곡 숨기고 있었다. 설리는 수경 재배 화분들이 벽에 설치된 온실 통로로 머리부터 들어가며, 허리에 묶었던 작업복 소매를 푼 다음 팔에 꿰어 입었다. 온실 통로 끝의 출입 분기점으로 다가가 손을 뻗어, 벽에 고정된 가로대들 가운데 하나를 잡았다. 그런 다음 몸을 뒤집어 '작은 지구'로 들어가는 출입구로 발을 먼저 집어넣었다. 짧은 출입구를 통과하는 동안 몸에 중력이 돌아왔다. 그리고 중력 작동 구역의 착륙대 위로 쿵 하고 떨어졌다. 소파와 운동 기구들 사이였다. 마치 뒤꿈치에 흡입 빨판이라도 달린 것처럼 설리의 발이 바닥에 달라붙었다. 몸이 중력에 맞취 균형을 찾을 때까지 잠시 기다렸다. 작업복 앞지퍼를 올린 다음, 땋은 머리를 작업복 밖으로 꺼냈다. 땋은 머리가 길쭉한 밧줄처럼 묵직하게 어깨에 내려앉았다. 원심력 생성기에 의한 중력 때문에 즉시, 몇 시간 달리기를 하거나 며칠 밤을 새운 것처럼 몸이 지친 기분이 들었다. 걸을 만한 상태가 되자마자 소파로 가서 탈 옆에 앉았다. 피로감을 숨기고 탈이 슈팅 게임을 마치는 모습을 지켜보았다. 2년에 걸친 우주여행이 몸에 영향을 미치지 않을 수 없었다. 근육이 약해지고 건강이 안 좋아지는 게 느껴졌다. 출발할 때는 인생 최고의 신체 상태였지만 말이다. 지구에 도착해 24시간 중력에 다시 적응해야 하면 어떤 느낌일까, 순간적으로 궁금해졌지만 곧 머릿속에서 의문을 몰아냈다. 지금은 궁금해해봐야 소용없었다. 탈이 게임기를 바닥에 던지고 설리를 보았다.

"한 판 할래?"

설리가 고개를 저었다. "아니. 나중에."

탈이 한숨을 쉬고 다시 화면으로 고개를 돌렸다. 설리는 일어나 주방 쪽으로 갔다. 테베스와 하퍼가 앉아서 독서를 하고 있었다. 하퍼는 태블릿으로, 테베스는 고집을 부려 가지고 탄 또 다른 종이책을 읽고 있었다. 아이작 아시모프의 작품이었다. 테베스가 종이책을 가져가겠다고 하자 처음에는 난리가 났다. 테베스는 그래 봐야 얼마 안 된다고 고집을 부렸고, 테베스가 고집을 부리는 것은 처음 있는 일이었기에 탐사 감독 위원회에서 개입해 반대론자들을 막아주었다. 위원회에서 '심리학적 필요 장비'로 추가 화물을 승인해주었다. 당시 대원들은 비웃었지만 지금 테베스가 책장을 넘기는 모습을 보면서 설리는 다시금 그 용어를 떠올렸다. 심리학적 필요 장비. 인간의 심리가 이런 시험에 든 적이 있던가? 준비를 더 잘했어야 하는 게 아닐까? 더 광범위한 훈련을 받아야 했던 게 아닐까? 이제 와서 어떤 도구가 대원들에게 도움이 될까? 우스운 일이지만 이 책들이, 한때 그들의 고향 행성에서 자라던 나무로부터 만들어낸, 지어낸 이야기들로 가득한 종이 뭉치가 테베스를 다른 이들보다 단단하게 현실에 붙들어 매어주고 있는 것 같았다.

설리가 다가가 벤치에 앉자 테베스와 하퍼가 올려다보았다. "통신 일은 어때?"

테베스의 질문에 설리는 어깨를 으쓱했다. "좋아. 둘 다 제시간에 먹었어?"

둘이 고개를 끄덕였다. "당신 것도 남겼어." 하퍼가 말했다. "부를까 하다가 뭔가 한창 하고 있을 것 같아서."

조리대 위에 접시가 놓여 있었다. 시험관 쇠고기 몇 줄기,

수경 재배 케일, 그리고 동결건조 으깬 감자가 있었다. 접시에 공들여 배치된 정찬을 보고 설리는 미소를 짓지 않을 수 없었다. 평소보다 꽤 신경을 쓴 것이었다.

"와, 우아한데?" 설리가 접시를 탁자로 가져오며 말했다.

테베스가 하퍼를 향해 엄지를 내밀었다. "사령관이 오늘 애썼지. 혼자 다 한 거야."

설리가 포크로 으깬 감자를 가득 뜬 다음 케일 잎사귀를 찍었다. "제대로인데."

"별거 아냐." 하퍼가 쑥스러운 척했다. 어쩌면 진짜 쑥스러운지도 몰랐다. 하퍼가 태블릿을 내려놓고 목을 좀 빼며 탈도 들을 수 있게 외쳤다. "카드 게임 한 판 할 사람?"

하퍼는 설리를 보며 말하고 있었다. 게임을 하려 할 사람은 설리뿐이었으니까. 탈도, 테베스도 거절했고, 데비도 자기 수면 칸 커튼 뒤에서 "고맙지만 괜찮아" 하고 웅얼거렸다.

"당신은, 설리번?" 하퍼가 끈질기게 물었다.

"할게. 근데 좀 있다가." 설리가 데비의 멍한 대답을 생각하며 말했다. 설리는 데비의 수면 칸으로 가서 커튼 옆의 벽면을 노크했다. "저기, 나 좀 들어가도 돼?" 대답을 기다리지 않고 들어갔다. 커튼 뒤의 데비는 베개를 끌어안고 모로 누워 있었다. 얼굴을 베개 윗면에 파묻고 양 허벅지로 베개 아래쪽을 꽉 조이고 있었다.

"그래." 데비가 뒤늦게 웅얼거렸지만 움직이지는 않았다.

"오늘 뭐 했어?" 설리가 침대에 앉으며 물었다. 데비가 어깨만 짧게 으쓱이고 아무 말도 하지 않았다. "뭐 좀 먹었어?"

"응." 데비가 건성으로 대답했다. 그러다 잠시 후 불쑥 말했다. "얘기 좀 해줘."

설리는 데비가 말을 더 하길 기다렸지만 조용했다. 얘기 좀 해달라니. 설리는 머리 뒤에서 손을 깍지 끼고 벌렁 누웠다. 들려줄 이야기가 없나 머리를 굴려보았다. 들려줄 만한 이야기가? 아침에 온실 통로를 지나간 기억이 났다. 그리고 그날 했던 생각들이 머릿속에서 다시 흘러나왔다. 하지만 지구에 대한 건 빼고 이야기를 시작했다.

"열매를 못 맺고 있던 노란 토마토 있잖아. 오늘 보니까 꽃이 몇 송이 피었더라고. 이제 뭔가 열리려나봐. 그리고 탈이 그러는데, 소행성대는 거의 지나갔대. 몇 주만 더 가면 된다는군." 설리는 발을 천장으로 올려 대고 자신의 신발을 바라보았다. 모두에게 지급된 고무 단화였다. 이런 각도에서 쳐다보니 외계인의 발굽이라도 되는 것처럼 이상해 보였다. 다리를 다시 침대에 털썩 내려놓았다.

"목성 탐사 로봇들은 모두 자료를 잘 전송하고 있어. 하지만 들어오는 정보가 너무 많아서 도무지 모두 정리할 마음이 내키질 않아. 신경을 계속 쓰기가 힘들어." 설리는 잠시 말을 멈추었다. 갑자기 위험한 주제로 향해 가고 있었다. 데비는 아무 말도 없었다. 설리는 다른 방향으로 말을 이어갔다. 목소리를 은밀하게 낮추었다. "오늘 실험실에서 나오는 이바노프랑 마주쳤어. 거의 부딪칠 뻔했지. 또 재수 없게 굴더라고. 이 우주선이 이렇게 지랄 맞게 작은 게 내 탓이라는 듯이, 마치 우리만 없으면 자기 혼자 여기서 훨씬 잘 지낼 수 있는 것처럼. 자기 뭐 같은 기분을 암석 표본에 쏟아내면서 말이지."

이번에는 먹혔다. 데비는 약간 돌아누우며 힘없는 미소를 지어 보였다. "이바노프는 암석 표본한테는 절대 화 안 낼걸."

둘은 조용히 함께 웃었지만 데비의 입술을 스치던 미소는 순식간에 쪼그라들며 거의 바로 사라졌다.

"겁에 질리는 것보다는 화를 내는 게 쉬우니까 그러는 것 같아." 데비가 말하고 나서 다시 베개를 더 꽉 끌어안았다. "난 정말 피곤해. 이해하지? 그래도 인사하러 와줘서 고마워."

설리가 고개를 끄덕였다. "뭐 필요한 거 있으면 말해줘." 말한 뒤 잠시 꾸물거리다가 수면 칸에서 나왔다.

하퍼가 탁자에서 점수판을 준비하고 카드를 섞으며 기다리고 있었다. "할까?"

"응, 오늘 또 누구 혼 좀 내줘야 하려나." 설리는 농담을 건넸지만 데비가 그토록 상태가 안 좋은 걸 보고 나니 공허하게만 느껴졌다. 설리의 접시에는 아직 반 넘게 음식이 남아 있었다. 아까는 그래도 미적지근했는데 이제는 차갑게 식었다. 별로 상관없었다. 케일 잎을 꾹꾹 접어서 입 안에 넣고 입가에 묻은 올리브기름을 닦아냈다. 둘은 또 루미 게임을 했다. 설리가 첫 판을 이겼고 두 번째 판도 이겼다. 한 시간 뒤 테베스는 인사를 하고 자러 갔다. 하퍼가 세 번째 카드를 섞었다. 그리고 모아서 내려놓은 다음 스페이스 에이스를 뒤집자, 설리는 어릴 때 혼자 하는 카드 게임을 배웠던 기억이 났다. 원심력 생성기가 만들어낸 은회색 톤 '작은 지구'는 스르르 사라지고 순간 설리의 눈앞에 어머니의 섬세하고 가는 손가락이 떠올랐다. 모하비 사막 한복판에서 살 때, 모조 나무 책상 위에 카드들을 착착 내려놓던 모습이었다.

설리가 여덟 살쯤 되던 해 어느 오후였다. 설리는 늘 어머니를 이름으로 불렀는데, '진'이 심우주 통신망 골드스톤 센터에서 종일 일해야 하던 시절이었다. 모녀 둘은 사막에서 살았다. 팔팔 끓는 듯 뜨겁던 어느 날, 진은 오후 내내 신호

처리 회의에 들어가야 했고 설리를 돌봐줄 사람도, 집에 데려다줄 사람도 없었다. 진은 어느 인턴에게서 카드를 빌려 회의 사이에 설리를 데리고 사무실로 갔다. 칸막이 자리보다 별로 크다고 할 수도 없는 비좁은 곳에 설리를 앉히고 카드를 배열하는 법을 알려주었다. 설리는 어머니의 플라스틱 명판 '진 설리번 박사'를 만지작거리며 열심히 듣는 척했다.

"자, 이렇게 차례대로 빨간색에는 검은색을 놓고 검은색에는 빨간색을 놓는 거야. 그래서 에이스까지 차례로 패를 맞춰 정리하는 거지. 알겠지, 우리 꼬마?"

설리는 사실 베이비시터에게 배워서 게임 방법을 알고 있었지만, 진이 게임 방법을 알려줄까 물었을 때 격하게 고개를 끄덕였다. 어머니와 5분 더 같이 있을 수 있는 기회였으니까. 진의 사무실에 갇혀 있어야 하는 건 이미 익숙해져서 상관없었다. 설리로서는 어머니와 가까이 있을수록 좋았다. 진과 설리는 늘 둘뿐이었고 설리는 그냥 그편이 좋았다. 설리는 왜 아버지는 없냐고 묻지 않았다. 아버지가 있으면 어떤지 알 수 없었으니까.

하퍼가 자기 패를 집어 들자 설리도 반사적으로 자기 패를 집어 들고 한참 노려보았다. 몇 분이 지나서야 눈에 들어온 하트 J, 10, 9를 부채꼴로 펴서 내려놓고, 뽑은 다음, 버렸고,

보기 싫은 검은 에이스를 3으로 덮었다. 카드 패 위로 하퍼를 넘겨다보았다. 이미 설리를 보고 있던 그의 눈과 마주쳤다. 군데군데 깊은 주름이 팬 얼굴이었다. 주름들을 문장처럼 읽어보려 노력했다. 눈썹 위의 구부정한 이음표 셋. 입가의 괄호들. 눈가에서 퍼져나간 붙임표 대여섯 개는 마치 햇살 같았다. 엷은 흉터가 모래색 눈썹 한쪽을 지나갔다. 턱에서 수염 자국들을 가로지르는 흉터도 하나 있었다.

"지금 무슨 생각 해?" 하퍼가 물었다. 지나치게 친밀한 질문에 설리는 흠칫 놀랐다. 연인들 사이에서나 물을 법한 질문이었다. 갑자기 속마음을 들킨 기분에 설리는 눈을 깜빡여 자기도 모르게 고이고 있던 물기를 몰아냈다. 다른 사람 앞에서 눈물을 보이고 싶지 않았다. 꽉 메었던 목이 풀려 목소리가 정상적으로 나올 때까지 기다렸다.

"골드스톤에 살던 때가 생각나서. 내가 어릴 때 어머니가 거기 신호 처리 센터에서 일했거든."

하퍼는 시선을 돌리지 않았다. 밝은 눈동자가 차가운 하늘색을 띠었다. "그 어머니에 그 딸이네." 그러고서 더 이상 말을 잇지 않았다. 설리가 말을 계속하길 기다렸다.

"어느 여름날 어머니가 나한테 혼자서 하는 카드 게임을 가르쳐줬던 기억이 났지. 난 벌써 하는 법을 알고 있었는데,

어머니가 나한테 관심을 가져주는 게 좋아서 가만히 있었어." 설리가 카드를 배열하고, 재배열하며 말했다. "지금 생각하면 웃기지만 그때는 몇 분이라도 더 엄마랑 같이 있을 수만 있으면 무슨 짓이든 했을 거야. 그때 엄마는 온통 일만 했거든. 그러다가 결혼을 하고 아이 둘을 더 나은 다음엔 일을 아주 그만두었지만, 이미 나는 나이가 들고 쌍둥이들이 더…… 모르겠다. 나는 더 이상 어머니가 그다지 필요 없어졌고 어머니도 내가 필요 없었지."

하퍼는 천천히 카드를 하나 가져가서 흘긋 보고는 내려놓았다. "당신이 몇 살 때였는데?"

"열 살 때 어머니가 결혼했어. 새아버지랑 같이 어머니 고향이던 캐나다로 갔지. 새아버지는 어머니의 고등학교 때 남자친구였거든. 어머니는 대학원 때문에 미국으로 왔다가 골드스톤에서 일하게 된 거야. 모르겠어, 어머니는 어느 시점에 그냥 포기했던 것 같아. 내가 좀 더 크고 어머니가 심우주 통신망 센터에서 기반을 다지게 되면 편해질 거라고 생각했는데, 오히려 점점 힘들어졌던 거지. 어머니는 기회를 잡을 수 없었고, 그때 이 남자가, 새아버지가 있었던 거야. 이 완벽하게 착한 남자가 계속 기다리고 있었어. 그 모든 세월 동안 늘 연락을 하고, 전화를 하고 편지를 쓰고. 마침내 어머니는 그냥…… 포기해버렸지. 일을 그만두고 캐나다로 갔어. 결혼하고 바로 쌍둥이를 낳았고. 내가 열한 살 때."

하퍼의 이마에 난 줄표들이 꿈틀거리더니 위로 올라갔다. 설리는 동정 어린 표정을 피해 카드만 노려보았다. '그만 닥치자.' 설리는 자신을 질책했다. 입 밖에 내어 말하고 나니 너무나 간단한 이야기처럼 들렸다. 평범한 어린 시절이었다. 결혼과 출산도. 하지만 설리는 아직도 골드스톤을 떠나 춥고 외로운 캐나다로 갔던 기억을 떠올리고 있었다. 사랑하던 멋진 어머니를 울부짖는 두 아기에게 빼앗겼던 기억을, 친절하지만 데면데면했던 새아버지를 얻은 기억을 말이다. 미워할 수 있을 정도로 잔인하지 못했고 애정을 느낄 정도로 사랑을 베풀어주지도 않았던 남자. 설리는 진과 둘이서만 망원경을 가지고 녹슨 녹색 엘카미노의 뒷좌석에 앉아 사막으로 나가곤 하던 기억을 떠올렸다. 차창을 내리고 달리며 진의 긴 머리가 낡은 차 실내에 검은 회오리바람처럼 요동치고 설리는 손을 뻗어 창밖의 차갑고 건조한 밤바람을 느끼려 했다.

둘은 망원경을 설치하고 담요를 깔고 몇 시간씩 앉아 있었다. 진은 설리에게 행성들, 별자리들, 별무리들, 가스 구름들을 보여주었다. 이따금씩 국제 우주 정거장도 느닷없이 시야에 들어오며 순간적인 밝은 빛을 반짝였다. 그러다가 곧장 또 다른 세상의 모습에 자리를 내주었다. 다음 날 설리는 피곤하지만 충만한 기분으로 학교에 도착하곤 했다. 어머니가 설리에게 우주를 보여주었고 학교 수업 정도는 너무 쉬워서 잠을 자면서도 들을 수 있었다. 캐나다에서 어머니가 결혼을 하고 임신을 한 후 쌍둥이에게 모든 시간을 빼앗겨버리자, 설리는 혼자 망원경을 끌고 추운 2층 테라스로 나가곤 했다. 침엽수가 빽빽하게 둘러싸, 뾰족한 잎들이 시야를 가로막고 흔들거리던 테라스에서는 어머니도 곁에 없으니 별들이 그다지 분명히 보이지 않았다. 그래도 별자리들은 설리를 위로해주었다. 그리고 이 새로운 장소의 차가운 외로움 속에서도 설리는 점점 자라서 지도를 발견하고 독법을 배울 수 있었다. 이곳은 위도가 달랐지만 기준점은 같았다. 높은 침엽수 잎사귀 끝에서 반짝이는 북극성은 변함없이 볼 수 있었으니까.

"어쨌든." 설리는 입을 떼었지만 무슨 화제로 바꿔야 할지 알 수 없었다. 하퍼가 카드 한 패를 내려놓고 버렸다. "당신은 형제나 자매가 있었어? 아니 있어?" 설리가 침묵을 채우고 개인 정보 교환의 균형을 맞추려 질문을 짜냈다. 정보 교환으로도 점수를 기록해야 할 것 같았다.

"으응." 하퍼가 잘 기억이 안 난다는 것처럼 천천히 대답했다. 이것으로 끝내려나 싶었다. "남동생 둘, 여동생 하나." 설리는 다시 기다렸다. 몇 번 더 카드를 뽑고 버린 후에 하퍼가 결국 입을 열었다.

"남동생 둘은 죽었어. 하지만 없는 걸로 치자니 기분이 너무 이상해서. 한 명은 몇 년 전에 약물 과용으로, 다른 하나는 10대 때 익사로. 여동생은 결혼해서 몬태나 주 미줄라에서 살아. 귀여운 여자애 둘 낳고. 남편은 진짜 꼴통이지만." 하퍼가 카드 한 패를 테이블에 착 던진 후 씨익 웃었다. "아무래도 당신이 불리한데, 통신 전문가." 하지만 설리가 훨씬 앞서가고 있었다. 설리는 고개를 절레절레 흔들었다.

"꿈은 꿀 수 있지, 하퍼." 하퍼가 말이라는 것은 짐작할 수 있었다. 무리에서 이탈하는 새끼 오리들을 쿡쿡 찔러서 데리고 오듯이, 하퍼는 대원들을 이끌어주고 있었다. 이미 두 동생을 잃은 큰형이 말이다. 군중 뒤쪽에 서 있는 하퍼는 상상하기 어려웠다. 중간쯤도 마찬가지였다. 그는 언제나 앞에서 무리를 이끌며, 뒤처진 이들을 보호할 터였다.

설리는 짧고 아름다웠던, 외동으로서의 자신의 삶을 생각해보았다. 혀끝에 느껴질 듯한 사막 모래의 맛과 검은 공단 같은 밤하늘에 바늘 구멍처럼 빛나던 별빛들. 눈을 감으면 당장 그곳으로 돌아갈 수 있었다. 추억에 푹 잠겨, 어머니 곁에 누워, 처음 배운 별자리인 작은곰자리를 찾아내며 엘카미노의 뒷타이어에 등을 기대고 있을 것이었다. 하지만 설리는 눈을 감지 않았다. 눈앞의 남자에게 시선을 고정하고 그 얼굴, 목, 손의 짜임새에 자신의 현재를 붙들어 매었다. 그의 모랫빛 머리칼에 흰머리가 침투하며 은빛 그림자 같은 무채색조를 만들어냈다. 몇 달 전 화성 궤도를 지날 때 탈이 다듬어준 게 마지막이라 덥수룩하게 자랐다. 웃자란 수풀처럼 비죽 일어나서, 자다가 방금 일어난 사람 같다. 곱슬머리가 눈에 띄게 꼬부라져 하퍼가 움직일 때마다 달랑거리는 곳도 있다. 설리의 딸도 아주 어릴 때 저랬던 게 기억났다. 생각은 계속 되돌아가지 않기가 불가능해 보였고, 다시는 보지 못할 것들에 대한 생각을 멈추는 것도 불가능해 보였다.

그 판이 끝나고 둘은 카드를 헤아렸다. 하퍼가 가까스로 승리를 거두었다. 그는 안도의 한숨을 쉬었다. "휴, 한 번만 더 지면 진짜 쭈그러져야 되나 했는데, 안 그래도 되겠네."

그는 카드를 한데 모아 들고 탁탁 치며 정돈하기 시작했다. "한 판 더?"

설리가 어깨를 으쓱했다. "한 판만 더 할까?"

설리는 하퍼가 카드를 섞는 것을 지켜보았다. 소매를 팔꿈치까지 추켜올려 팔뚝에 무성한 금발 털과 손목뼈의 튼실

한 옹이가 보였다. 시계도 차고 있었다. 처음 만난 날 차고 있던 그것이었다. 늘 같은 시계를 팔목 안쪽, 숫자판이 맥박 부근에 닿고 걸쇠는 밖으로 향하도록 차고 있었다. 넓적한 손, 굳은살이 박인 손바닥, 손끝까지 바짝 깎은 손톱. 설리는 하퍼가 누구를 그리워하고 있을지, 누구를 남겨두고 왔을지 궁금했다. 이 하릴없는 순간, 그는 누구를 생각하고 있을까. 친구? 연인? 스승? 설리는 다른 대원들과 마찬가지로 하퍼의 이력도 외우고 있었다. 하지만 하퍼가 공군에서 우주비행사로 두 번 선발된 이후 항공우주학으로 박사 학위를 받았다는 것을 아는 것은 하퍼에 대해 잘 안다고 할 수 없었다. 그가 아버지를 존경했는지, 몇 번이나 사랑에 빠져보았는지, 10대 시절 몬태나 주에서 석양을 바라보며 무슨 꿈을 꾸었는지 아는 것과는 달랐다. 하퍼가 지구 역사상 그 누구보다도 많은 수의 지구 대기권 너머 여행을 했다는 것은 알고 있었다. 설리보다 요리를 잘하지만, 루미 게임은 형편없다는 것도. 유커 게임은 괜찮고 포커도 나쁘지 않았다. 하지만 그가 스프링 공책에 무슨 글을 끄적이는지, 그리고 잠이 들 때 누구 생각을 하는지는 몰랐다.

설리는 하퍼에게 물어보는 대신 대답을 상상해보았다. 아버지를 아주 사랑했고 돌아가신 후 사무치게 그리워해왔다고. 어머니는 아직 살아 있지만 아버지만큼 사랑하지는 않는다고. 사랑은 몇 번 해보았는데, 한 번은 10대 때, 뜨겁고도 성실하게 불태웠지만 그러다가 꺼지고 말았다고. 그리고 다시 20대 후반에, 어떤 여자에게 청혼을 했을 때, 그녀는 그러겠다고 했지만 그의 동료와 바람을 피우고 떠났고 이후 그는 상심하여 사랑을 조심하게 되었다고.

세 번째 사랑은 그의 얼굴에 고스란히 드러나 있지만 설리는 볼 수가 없었다.

대신, 머릿속을 맴도는 그 모든 질문들 중에서 설리는 다음 질문을 선택했다. "고향에서 제일 그리운 게 뭐야?"

설리는 손에 든 카드를 정리하면서 카드는 보지 않고 하퍼의 얼굴에 시선을 고정했다. 입을 꽉 다물자 불거지는 턱 관절과 회한으로 움찔하는 입 모양을 보았다.

"내 개, 베스. 초콜릿 색 래브라도인데, 8년을 키웠지. 그전엔 그 애 엄마를 키웠고. 바보 같지만 베스가 미치도록 그리워. 옆집에 맡겼는데, 나만큼이나 베스를 사랑하는 남자야. 난 우리 베스하고만큼 사람이랑 그렇게 잘 지내는 편은 아니어서."

중력 작동 구역 건너편에서 탈이 게임기를 끄고 느릿느릿 화장실에 들어갔다가 나왔다. 설리와 하퍼에게 졸음에 겨운 진지한 표정으로 고개를 끄덕이고는 자기 수면 칸으로 들어가 커튼을 닫았다.

"당신은?" 하퍼가 물었다.

"내 딸 루시. 그리고 뜨거운 목욕도."

하퍼가 웃었다. "나는 목욕보다는 산이 그리운 것 같아. 탁 트인 평원도." 그러고는 목소리를 깔고 속삭였다. "들판에서 5분만 걷게 해주면 이바노프를 우주선 문밖으로 밀어버릴 수도 있을 것 같아."

설리는 숨 죽여 쿡쿡 웃었다. 그때 마침 이바노프가 출입 분기점에서 뚝 떨어져 들어왔다. 묘한 타이밍에 설리는 웃음보가 터지고 말았다. 이바노프가 시무룩한 얼굴로 지나가는 동안 설리는 손으로 얼굴을 가렸다. 이바노프는 한 마디 말도 없이 수면 칸으로 들어갔다. 하퍼가 설리에게 엄한 표정을 지어 보였다.

"정신 차려, 설리번."

설리는 입을 꾹 다물고 고개를 끄덕였다. 갑자기 설리는 이바노프가 겁이 난 거라고 했던 데비의 말이 기억났다. 시무룩한 표정도 실은 슬픈 표정이 아닐까 싶었다. 이바노프는 보기보다 마음이 약한 사람이 아닐까. 이바노프 수면 칸의 불이 꺼졌다.

"그럼 남편은?" 하퍼가 카드를 뽑으며 물었다.

"전남편이라서." 설리는 그렇게 말하고 나서 뭐라고 말을 덧붙이려 했지만 실은 별로 할 수 있는 말이 없다는 걸 깨달았다. 잭은 지뢰밭이었다. 깊이 심겨진 분개, 치명적인 기쁨의 파편들을 품은 화제였다. 소파에서 잭이 가슴 위에 두 살 난 루시를 얹고 잠들어, 둘이서 코골이 이중창을 벌이던 모습 같은, 밝고 아늑한 추억을 일단 떠올린다고 하더라도, 곧바로 옆에 깊이 파묻혀 있던 쓰디쓴 감정들의 생각지도 못한 폭발에 날아가버릴 것이었다. 루시는 8개월이 됐을 때부터 설리랑 잠들기를 못 했으니까. 설리는 화제를 바꾸었다.

"몬태나 주 대평원에서 검은 종마 같은 걸 타고 껑충껑충 돌아다니는 풍경이 그려지네. 베스는 옆에서 달려가고. 저기, 나 궁금했던 게 있는데…… 당신은 왜 계속 괴짜 과학자들이랑 이러고 있는 거야? 이미 세계 기록도 깼는데, 왜 은퇴하지 않았어?"

하퍼가 미소를 지었다. "나도 늘 한 번만 더 다녀오자고 생각했던 것 같아. 한 번만 더 갔다 와서 그만두자고. 그러고 나면 누가 또 다녀오겠냐고 묻지. 그럼 난, 제길 뭐 어때, 하는 거야. 당신도 꽤 괴짜이긴 하지만. 나도 이번엔 이렇게 될 줄 알았더라면 그냥 집에 있었겠지."

설리는 경악한 척하며 입을 떡 벌렸다. "뭐라고?"

"알았어, 알았어. 터무니없는 소리지. 하지만 난 정말 이번 탐사를 마지막으로 은퇴하려고 했어. 땅도 다 마련해뒀다고. 지구에 돌아가면 당신도 나랑 베스를 만나러 와. 알았지?"

지구에 돌아가면. 그 구절이 정체된 재활용 공기 위로 덩그러니 떠올랐다. 설리는 그것들을 얼른 흩어버리고 환상 속의 초대에 호응하기로 했다.

"그럼, 꼭 가야지." 생각하니 좋았다. 설리는 하퍼의 집에 가본 적이 없었지만, 뭔가 수만 평의 광막한 공간에 둘러싸인 아담하고 외진 집, 널찍한 현관 입구까지 이르는 긴 진입로가 머릿속에 그려졌다. 진입로에는 흙투성이 트럭이 주차돼 있고 현관 앞에는 베스가 앉아 있다. 상상 속에서 그곳은 설리의 집도 되었다. 현실에서 설리의 집은 더 이상 없었다. 2년의 탐사 여행을 위해 아파트를 포기하고 짐들을 창고에 맡기고 떠나왔다. 돌아갈 어딘가, 누군가 생겼다고 생각하니 기분이 좋았다. 하퍼가 빤히 보는 게 느껴졌다.

"왜?" 설리가 물었다.

"아냐. 그냥 궁금해서."

"뭐가?"

하퍼가 고개를 저었다. "착륙하면 물어볼게."

"지금 농담해?"

"농담 아냐. 나한테도 기대할 게 있어야지." 하퍼가 한쪽 눈을 찡긋했다. "우리 모두 뭔가 기다리는 게 있어야 해."

둘은 또 한 시간을 게임하며 보냈다. "늦었다."

하퍼의 말에 설리는 카드를 치우기 시작했다. 하퍼가 반쯤 격식 있게, 반쯤 장난스레 손을 내밀었다. "좋은 게임이었어." 설리는 그의 손을 잡았다. 하지만 흔드는 대신 잠시 그냥 잡고 있었다. 손아귀 힘과, 손바닥의 못과, 건조하고 따뜻한 살갗이 느껴졌다. 몇 초가 지나갔지만 하퍼는 손을 놓지 않았다. 설리도 놓지 않았다. 하퍼가 설리의 손을 내려다보았다. 설리는 갑자기 겁에 질렸다. 무엇이 겁이 났을까? 알 수 없었다. 설리는 하퍼의 손을 뒤집어 손목 안쪽의 시계를 보았다.

"이제 자야겠다." 설리가 말하고 손을 놓았다. "잘 자."

설리는 돌아서 수면 칸으로 올라가며 뒤돌아보지 않았지만 하퍼가 지켜보고 있다는 걸 알고 있었다. 커튼을 치고 나서 다리를 끌어안고 앉은 다음 이마를 무릎에 댔다. 하퍼가 움직이는 소리가 들렸다. 이를 닦고 조명을 껐다. '지구에 돌아가면.'

—

다음 날 아침, 설리는 알람이 울리고 몇 시간이 지나도록 몸을 일으키지·않았다. 커튼 너머 조명들이 최대 밝기에 달했다. 다른 대원들이 부스럭대며 커튼을 여닫고 화장실을 드나들고 고무 단화를 신고 중력 작동 구역을 돌아다니는 소리 때문에, 다시 잠이 드는 건 불가능했지만 자고 싶었다. 하루 종일 잘 수도 있을 것 같았다. 요즘 너무 피곤했다. 머리를 빗은 다음 땋기 시작했다. 다 땋을 즈음에는 팔이 아팠다. 이제 막 하루를 시작했을 뿐인데 하루를 끝낸 것처럼 힘들었다.

다들 각자 위치로 흩어졌다. '작은 지구'엔 탈 혼자 남아 소행성대의 인근 활동을 보여주는 레이더 화면을 보고 있었다. 소행성대라고 해도 밀도가 촘촘한 건 아니었다. 수많은 소행성들이 믿을 수 없을 만큼 넓은 지역에 드문드문 퍼져 있어서, 관통해 지나가면서도 하나 정도 볼 수 있으면 운이 좋은 것이다. 에테르 호는 소행성대 중에서도 특히 활성도가 낮은 '커크우드 틈새'라는 경로를 택하고 있었다. 목성의 엄청난 중력의 파장으로 큰 소행성들의 궤도가 쏠려 만들어진 틈새였다. 소행성과 충돌할 확률은 극히 미미했지만, 혹시나 그럴 가능성도 확인하는 게 탈의 일이었다.

"하늘은 깨끗해?" 설리가 주방 보관소에서 단백질 바를 꺼내며 물었다.

"아주 깨끗해." 탈이 지저분한 태블릿 화면에서 고개를 들며 대답했다. "삼사천 킬로미터 이내에는 먼지와 돌 조각뿐이야."

설리는 바나나 껍질을 벗기듯 단백질 바에서 포장지를 뜯어냈다. 그리고 탈의 어깨에 팔을 올리며 말했다. "세레스 소행성에 곤죽이 되긴 싫다고."

탈이 코웃음을 쳤다. "나도 마찬가지야. 하지만 걱정 마. 내가 다 보고 있을 테니. 그리고 화성 궤도까지 2주 정도 남았어. 이제 도착하는 거지."

설리는 탈의 어깨에 잠시 손을 얹고 있다가 '작은 지구'를 떠났다. 단백질 바를 입에 물고 출입 분기점의 가로대를 몇 개 타고 올라가자, 몸에서 무게가 빠져나갔다. 나머지 통로는 손을 놓고 몸을 띄워 지나갔다. 단백질 바에서 부스러기들이 떨어져 나가 눈앞에 떠올랐다. 설리는 배고픈 물고기처럼 그것들을 낚아채고 온실 통로로 나아갔다. 토마토 줄기 앞에서 머리 위의 가로대를 잡고 멈췄다. 토마토 잎 하나를 손가락으로 문질러 냄새가 공기 중으로 퍼져나가게 만들었다. 그리고 어제 데비에게 말했던 늦게 핀 꽃들을 확인했다. 꽃들이 사라지고 조그만 녹색 옹이가 생겼다. 이것도 얼른 데비에게 말해주고 싶었다. 무언가를 고대하는 일이 너무 드물어진 요즘이었다. 그러고 나서 이바노프의 실험실을 지나갔다. 암석 표본들은 모두 여기서 분류되었다. 입구에서 슬쩍 들여다보니 이바노프가 벽에 설치된 거대한 현미경을 들여다보고 견본 서랍에서 돌 조각을 하나 꺼내 교체했다. 이바노프는 요즘 여기서 대부분의 시간을 보냈다.

통신 칸으로 꺾어지기 전에 설리는 곧장 앞으로 나가서 주조종실에 들렀다. 그곳 전망창 앞에 잠시 떠 있었다. 화려했던 장관은 사라졌지만, 눈앞에 펼쳐진 풍경은 아직 장엄함을 잃지 않았다. 깊고 캄캄한 우주 여기저기에 반짝이는 바늘구멍 같은 빛들이 박혀 있었다. 꾸준히 붉게 타오르거나, 파랗게 고동치거나, 희미하게 빛나는 별은 마치 시공간의 검은 속눈썹 아래 교태 어린 눈동자의 윙크 같았다. 진공 속을 내다보는 동안, 설리의 엄지손가락에는 아직 토마토 잎의 끈끈한 수액이 묻어 있었다. 설리는 그 광합성의 냄새를 들이마시며, 그들을 둘러싸고 있는 우주의 압도적인 무한을 실감하고 빨라지는 심장 박동을 진정시켰다. 시작도 없고 끝도 없고 그저 영원히 존재할 뿐인 이곳에서 지구라는 것이 오히려 환영처럼 느껴졌다. 어떻게 그렇게 신록이 우거지고 다채로우며 아름답게 보호받는 존재가 이 모든 공허 속에서 나타날 수 있었을까? 전망창에서 떠나려는데 테베스가 저쪽에서 일하고 있는 게 보였다. 온갖 전선과 스위치와 장치로 가득한 내부 기계 설비구를 열고 한 손에는 태블릿을 들고 있었다.

"안녕, 테베스." 설리가 인사하자 테베스가 회로도를 보다가 고개를 들었다.

"좋은 아침, 설리. 시스템 점검 중이야. 통신 칸의 온도 프로그램이 좀 이상하더라고. 엄청 더워지는 것 같던데, 당신이 조절했어?"

"아니, 안 했는데. 하긴 요즘 그 안이 진짜 덥더라. 환경 시스템은 데비 업무 아니야?"

테베스가 한숨을 쉬었다. "그렇지. 하지만 오늘 아침에야 겨우 잠이 좀 들었더라고. 이건 별로 힘든 일도 아니니까."

설리는 주조종실에서 머뭇거리며 테베스가 조절기들을 만지는 모습을 지켜보다가 물었다.

"데비는…… 좀 나아지고 있나?" 아니라는 걸 알고 있었지만, 그렇다는 대답이 너무 듣고 싶었다. 테베스는 어깨를 으쓱했다. 설리가 원하는 대답을 들려줄 수 없었다. 둘은 잠시 침묵을 공유했다.

그러다가 테베스가 말했다. "다시 조절했어. 21도."

테베스가 설비구의 덮개를 다시 맞추는 동안 설리는 통신 칸으로 갔다. 갑자기 너무 걱정이 되었다. 이러다가 데비가 치명적인 실수를 저지르게 되는 건 아닐까? 이바노프와 탈 사이가 심각하게 악화되면 어떻게 하지? 이미 불안정해진 업무 일과들이 완전히 무너지고 뭔가 정말 잘못되면? 그러나 또, 만일 모든 게 제대로 돼서 지구로 무사히 돌아간다고 해도, 그다음에는 어떻게 되는 걸까? 무엇이 대원들을 기다리고 있을까? 그들은 어떤 삶을 살게 될까?

통신 칸 안에 들어가 입구 건너편 벽, 유일하게 어떤 장비도 설치되지 않고 보관소 위를 패드로 덧대기만 한 벽에 설리는 가볍게 몸을 부딪었다. 몸을 추스른 후 늘 하던 순서대로, 우선 수신기들의 저장 장치에 접속하고 목성의 탐사 로봇들의 전송 상태를 점검하고 명령을 몇 개 보냈다. 그런 다음에야 지구에 남아 있는 온갖 잡음 공해들 가운데 전파 송신 채널을 찾는 일과에 착수했다. 지루한 작업이었다. 그리고 여전히 성과가 없었지만 설리는 끈질기게 계속해나갔다. 여기서 멈춘다면 모든 것을 포기해버리는 것이었다. 지난 수개월간 설리의 마음을 서서히 갉아먹어온 암담한 절망에 온몸을 내맡긴다는 의미였다. 설리는 그러지 않을 것이었다. 설리는 이따금씩 마이크에 대고 조용히 목소리를 송신하기도 했다. 동료들이 듣지 못하도록 작은 음성으로, 누군가 살아남아 설리에게 대답을 해주리라는 믿음을 무럭무럭 피워 올렸다. 지구에 가까이 갈수록 누군가와 연락될 확률은 높아질 것이다. 그래서 설리는 우주의 텅 빈 고요 속에서도 시간이 지나고 거리가 줄어들수록 오히려 희망이 자라나는 것을 느꼈다. 아무것도 없는 전파의 파동 곡선과 지글거리는 잡음만이 통신 칸을 가득 채웠다. 목성 탐사 로봇들에게서 날아오는 데이터는 처리되지 않고 계속 쌓이기만 했다. 설리는 신경 쓰지 않았다. 몇 시간이 흘렀다. 그러다가 뭐라도 먹으러 중력 작동 구역으로 돌아가야겠다는 생각이 들었다. 그때 뭔가 빵 하는 소음이 터졌고 갑자기 아무 소리도 들리지 않았다. 심지어 잡음도 멈췄다. 설리는 서둘러 기계들을 재시동시킨 다음 모든 통신 설비의 상태를 확인했다. 아무 이상 없었다. 무슨 일인지 알 수 없었다.

갑작스러운 불길한 고요에, 설리는 팔을 휘저어 통신 칸에서 빠져나와 통로를 지나 주조종실로 갔다. 거기서 전망창을 내다보았다. 설리의 입에서 작은 비명이 터졌다. 그들의 주통신 안테나로 보이는 것이 둥둥 떠나가고 있었다. 갑작스러운 태양풍에 춤을 추듯 흔들리며, 절단된 팔을 흔들어 작별을 고하고 어둠 속으로 멀어졌다.

일곱

어느 날 아침 어거스틴은 평소보다 늦게 일어났다. 태양이 벌써 중천에 떠서, 흰 눈이 되쏘는 반사광이 창문을 통해 눈이 멀도록 비쳐들고 있었다. 어거스틴은 고개를 들고 눈살을 찌푸리며 옆자리의 뒤엉킨 침구들을 훑어보았다. 쿡쿡 찔러도 보았지만 아이리스는 벌써 빠져나간 듯했다. 어거스틴의 체온과 창문으로 들어오는 눈부신 태양빛, 게다가 튼튼한 보일러에도 불구하고 침낭은 차가웠다. 후, 숨을 내쉬면 입김도 보였다. 어거스틴은 일어나 앉아 아이리스를 찾아 실내를 둘러보았다. 처음엔 아이리스가 책을 들고 앉아 있던 탁자를, 그다음엔 어거스틴이 무선 장비를 켜고 앉아 있던 의자를, 그러고 나서는 아이리스가 이따금씩 걸터앉는 창턱들을 차례로 보았다. 아이리스는 어디에도 보이지 않았다. 어거스틴이 아픈 다음부턴 늘 곁에 있던 아이였다. 그러고 보니 아이리스가 예전처럼 숨지 않게 된 지 몇 주째였다. 처음에는 끊임없는 숨바꼭질이라도 하는 것처럼 찾을 수 없을 때가 많았다.

어거스틴은 일어서서 아이리스를 찾으러 나가기 전에 옷을 겹겹이 입기 시작했다. 모직 양말과 긴 속옷을 아래위로 갖춰 입고 잤더랬다. 겨울 잠옷 위에 플란넬 셔츠를 입고 안감이 플리스로 된 스웨터를 입고 단열 조끼를 걸친 다음 플란넬 천을 안감으로 덧댄 작업 바지를 꿰어 입었다. 그다음은 목도리 두 개, 그리고 파카를 입고 거추장스러운 장갑을 꼈다. 서둘러 나가면서 대충 꼈다가 장화를 신으려 다시 벗어야 했다. 계단참으로 나가니 차가운 돌풍이 흰머리를 흩날렸다. 어거스틴은 욕설을 뱉으며 다시 허겁지겁 들어가 책상 의자 등받이에 걸쳐두었던 모자를 잡아챘다. 봄이라 해도 북극의 야외로 나갈 옷을 갖춰 입는 건 노동이었다. 모자를 귀까지 잡아당겨 쓰면서 창밖을 내다보니 아이리스가 보였다. 계단을 서둘러 내려가는데 텅 빈 공간에 소리가 고스란히 울려 퍼졌다. 방수 처리된 바지가 버석거리는 소리, 묵직한 장화가 쿵쿵거리는 소리, 장갑이 스윽 하며 난간을 스치는 소리, 숨을 헉헉대고 귀에서 맥박이 고동치는 소리였다.

밖으로 뛰쳐나가자 하얀 산이 눈부신 빛을 발했다. 재빨리 스키용 보안경을 뒤집어쓰고 산 아랫길, 별관들을 지나 아이리스가 뭘 하고 있는지 살폈다. 아무래도 눈 위에 누워 있는 것 같았다. 확실하진 않았다. 그런데 옷 색이 이상했다. 밝은 파란색은 아이리스가 잘 때 입는 긴 속옷 색이었다. 파카 색이 아니었다. 봄이 오고는 있지만 여전히 엄청나게 추운데. 어거스틴은 길을 달려 내려갔다. 별관들을 지나 헐떡이며 아이리스 앞에 도착했다. 눈부신 반사광에 눈이 멀 것 같았다. 아이리스는 얇은 겨울 잠옷만 입고 잘 때 신는 두꺼운 모직 양말을 신고 눈 속에 책상다리를 하고 앉아 있었다. 어거스틴은 그 앞에 주저앉았다. 여기까지 달려오는 데 쓰인 아드레날린이 거의 바닥났다. 아이리스를 주려고 자기 파카를 벗기 시작했다. 단추가 잘 안 풀렸다.

"너 괜찮니? 파카는 어쩌고? 맙소사, 장화도 안 신었잖아.

여기서 얼마나 이러고 있었던 거야? 미친 거냐?" 어거스틴의 목소리가 점점 올라가다가 고함을 치고 있었다. 겨우 파카를 벗어 아이에게 담요처럼 둘러주었다. 어거스틴이 아이의 조그만 손을 덥석 잡아보니 건강한 온기가 느껴졌다. 그제야 자세히 들여다보았다. 아이리스는 미소 짓고 있었다. 그러면서 갸웃하는 표정은 오히려 어거스틴의 이상한 행동을 걱정하는 듯했다. 아이리스는 어거스틴에게서 자기 손을 빼내고 그의 거친 뺨을 따뜻한 손가락으로 감쌌다.

"저기 봐." 아이리스가 근처 골짜기를 가리켰다. 어거스틴이 돌아보니 사향소 무리가 몇 마리 있었다. 태양이 막 돌아오기 시작할 때 자주 보이던 소들이 한두 주 보이지 않아서 다른 골짜기로 먹이를 찾으러 갔나 보다 했었다. 어거스틴은 거의 눈치도 못 챘는데, 아이리스는 신경을 쓰고 있었나 보다. 아이리스는 그랬다.

"소들이 돌아왔어." 아이리스가 기쁨에 차서 바라보며 중얼거렸다. 어거스틴도 잠시 소들이 풀을 찾아 주둥이로 눈 밑을 헤집는 모습을 지켜보았다. 눈을 감고 숨을 고르며 그들의 발굽이 눈 위에서 뿌드득거리는 소리에, 뿔이 얼어붙은 땅을 스치는 소리에, 귀를 기울였다. 다시 눈을 떠보니 아이리스의 표정이 경이로 가득 차 호기심으로 환하게 빛나고 있었다. 어거스틴이 아이리스를 끌어당겨 무릎 위에 앉혔다. 아이리스도 폭 안겨, 어거스틴의 떨리는 가슴에 머리를 기댔다. 어거스틴은 아이리스를 꼭 안았다. 그제야 호흡이 진정되며 꽉 메었던 목도 풀렸다. 어거스틴은 길고 느린 숨을 내쉬었다. 어디선가 늑대가 울었지만 멀리 떨어진 곳이라 겁이 나진 않았다. 그저 지치고 걱정될 뿐이었다. 이제는 익숙해지고 있는 감정들이었다.

"이제 돌아가지 않을래?" 어거스틴이 물었다.

아이리스는 소들에게서 눈을 떼지 않으면서도 고개를 끄덕였다. 둘은 함께 일어났다. 어거스틴이 내려다보니 아이리스의 양말이 눈투성이가 되었다. "내가 안아줄까?" 하지만 어거스틴이 제 한 몸 가누기도 힘들다는 걸 둘 다 잘 알고 있었다. 아이리스는 고개를 저었다. 그러고 나서 말없이 어거스틴의 파카를 밀어내, 더 필요한 사람에게 돌려주었다. 어거스틴이 단추를 다시 채울 때까지 기다렸다가, 둘이 함께 별관들을 지나 지그재그 가파른 산길을 올라갔다.

천문대의 관제실에서 어거스틴은 아이리스를 꼼꼼히 검사했다. 발가락, 손가락, 코끝 등 동상 걸린 곳이 없는지 살폈다. 아이리스도 순순히 몸을 맡겼다. 아직 눈에 띄는 건 없었지만 혹시 모르는 일이었다. 어거스틴은 전에 읽은 동상 중상에 어떤 게 있었는지 기억을 더듬어보았다. 핏기가 빠져나간 피부, 누르면 쑥쑥 들어가는 질감 등이 있었다. 하지만 어디도 이상한 곳이 없었다. 그러자 자기가 뭔가 잘못 보고 있는 게 아닌지 의심이 들기 시작했다. 다시 한 번 상황을 차근차근 되짚어보았다. 관제실에서 내다본 아이리스의 모습, 하얀 눈 속의 파란색 겨울 잠옷, 양말에 달라붙은 눈과 얼음, 뺨에 와닿던 따뜻한 손가락의 감촉, 품에 안은 조그만 몸. 저쪽의 사향소 무리, 그들이 풀을 우적거리던 소리. 되돌아봐도 의심스러운 부분은 없었다.

기억을 처음으로 되돌려보았다. 철수 직후 아이리스를 발견했을 때를 떠올렸다. 숙소 한 곳에 혼자 남아, 이층 침대 아래칸 매트리스 위에서 무릎을 팔로 감싸고 웅크리고 있던 아이였다. 아이리스가 처음 말을 하던 순간을 기억했다. 북극의 밤이 얼마나 더 오래 있어야 끝나느냐고 물었다. 함께 빛나는 별들을 보며 산책을 나갔고, 격납고까지 갔다가 늑대를 만났다. 늑대의 죽음에 분노와 슬픔으로 울부짖던 아이. 열에 들떠 꿈을 꾸던 어거스틴. 그동안 내내 간호해주던 아이. 아이리스도 아팠던가? 어거스틴은 몰랐지만 아이도 뭔가 병을 앓았던 게 아닐까? 어거스틴은? 아마도 어거스틴은 계속 누워 있었을 것이다. 격납고에서 늑대를 죽인 후 계속 열에 들떠 있었다.

어거스틴은 아이리스의 손목을 잡고 맥박을 확인해보았다. 기운차게 뛰고 있었다. 헝클어지고 기름 낀 머리, 목 주변에 꼬불꼬불 늘어진 숱 많은 곱슬머리, 창백한 얼굴을 감싼 보드라운 짧은 머리털. 어거스틴은 잡고 있던 아이리스의 팔목을 엄지로 눌렀다가 떼었다. 하얀 손가락 자국이 나타났다가 분홍색으로 변하며 사라졌다. 평범한, 건강한 소녀였다. 아이리스는 어거스틴의 마음을 아는 듯한 눈빛으로 쳐다보았다. 안심이 되면서도 어딘가 불안해지는 눈빛이었다. 어거스틴은 아이리스에게 혼자 천문대를 나가지 말라고 말했다. 아이리스는 어깨를 으쓱할 뿐이었다. 어거스틴은 약간 화가났다. 어거스틴이 바라서 이렇게 된 것이 아니었다. 그는 동반자를 원한 적이 없었다. 다른 생명을 돌보겠다고 요청한 적이 없었다. 특히나 지금, 그의 생명이 끝나가는 이때에 말이다. 하지만 아이리스는 여기에 있었고 어거스틴도 그랬다. 그들은 함께하는 수밖에 없었다.

어거스틴은 아이리스를 찬찬히 뜯어보았다. 떡진 머리가 누덕누덕 뭉쳐 레게 머리가 되려 하고 있었다. 아이리스의 야생 동물 같은 모습에 어거스틴은 갑자기 부끄러움을 느꼈다. 보호 본능이 솟구친 그는 벌떡 일어나 나무 빗을 가져왔다. 가끔 자신의 수염을 빗던 것이었다. 어거스틴이 말없이 빗을 건넸지만 아이리스는 뭐 하는 물건인지 모르는 눈치로 쳐다보기만 했다. 뒤엉킨 머리를 푸는 과업은 쉬운 일이 아니었고 그 빗은 그다지 적당한 물건이 아니었지만 아이리스는 참을성 있게 빗질을 견뎠고 어거스틴은 아이를 단장시키겠다고, 어쨌든 떠맡게 된 아이를, 사향소보다는 인간 소녀에 가깝게 만들어놓겠다고 단단히 마음을 먹었다. 어거스틴은 최선을 다했다. 결국 몇 가닥은 잘라내야 했지만 다른 부분과 끝을 가지런히 맞춰 그럴듯한 머리 모양이 되게 하려 애썼다. 검은 곱슬머리가 순식간에 귀를 겨우 넘는 길이가 되었고 눈을 찌르던 앞머리는 빗어 내리기가 불가능하다는 것이 밝혀지자 역시 짧게 자르는 수밖에 없었다. 아이리스는 자신의 새로운 머리 스타일을 쓱쓱 매만져보고 고개를 끄덕였다. 거울은 없었지만 머리를 이리저리 휙휙 움직여보더니, 가볍게 팔락거리는 머리카락이 좋은 모양이었다.

그러고 나서 같이 식사를 했다. 엉킨 검은 머리칼 가닥들을 흩어놓고, 수프, 크래커, 진저에일을 차렸다. 어거스틴은 머리칼을 치우고 접시를 닦은 후에 무선 송수신 장비를 틀고 의자에 주저앉았다. 이제 일과가 되어가고 있었다. 아이리스는 천문학 책을 펼쳐 손에 꼭 잡고 입을 꾹 다물고 읽기 시작했다. 책이 날아갈까 걱정이라도 되는 것 같았다. 그리고 이따금씩 손을 올려 머리칼에 손가락을 낀 다음 빙글빙글 돌리면서 감촉을 즐기다가 놓았다. 머리카락으로 장난을 치는 모습이, 여전히 야생 동물 같은 느낌은 남아 있다고, 어거스틴은 생각했다. 하지만 이제는 콕 집어 말하기는 어려워졌다. 최근에 입양되어 돌봄에 익숙하지는 않은 아이 같지만, 더 이상 버려진 아이처럼 보이지 않았다. 해가 질 때까지 두 사람 다 자리에서 움직이지 않았다. 태양은 산맥 뒤로 흘러내려, 다른 땅 위의 하늘들을 물들이러 떠나갔다.

–

어거스틴의 무선 전파 탐지는 예상된 수준의 결과밖에 내놓지 못해서, 결국 아무 송신자도 찾지 못했다. 하지만 그는 끈질기게 계속했다. 이 정도는 익숙한 관성으로도 해나갈 수 있었다. 수십 년을 끌어온 맹렬한 의지, 성취하고 이해하고 소유하려는 치열한 고군분투, 지식에 대한 가차 없는 탐구는 그의 습관이나 마찬가지였다. 하지만 이번에는 달랐다. 이 모든 것의 끝에서 그는 승리를 포기했고 야망을 넘어선 이유를 추구하고 있었다. 자신도 온전히 이해하지 못하는 동기였다. 3층 관제실, 남쪽으로 난 창 앞에, 따뜻한 기후대로 향하는 툰드라가 펼쳐진 전망 위로 어거스틴은 아예 자리를 잡았다. 1층의 소장 사무실에서 징발해 온, 부드러운 검은 가죽을 댄 바퀴 달린 의자에 앉아 주파수들을 탐색했다. 구식 무선 전파 장비들을 잔뜩 쌓아놓고, 별관에서 건져온 갈색 지구본을 오른쪽에 두고 남은 하루를 보내곤 했다. 발은 책상 옆 서류함에 올려놓고 채널들을 검색하면서 하릴없이 지구본을 빙빙 돌려 손가락으로 대양과 대륙들을 훑었다. 처음에는 지나갔던 주파수 채널들을 일일이 기록했지만 전부 대여섯 번씩 훑고 나자 점차 기분 내키는 대로, 점쟁이가 타로 카드를 뽑듯이 무작위로 돌려보게 되었다.

아이리스는 대부분 방 저쪽 끝에서 책을 읽었다. 북극 야생 도감을 처음부터 끝까지 몇 번 되풀이해서 읽고 나서야 내려놓는 것 같았다. 그러고 나서는 어거스틴이 찾아낸 천문학 교과서를 읽기 시작했다. 어느 연구 보조원의 사물함에 처박혀 있던 것이었는데, 코팅된 표지에 도서관 분류표가 붙어 있었다. 도서관에서 훔쳐내 북극까지 가져왔다가 철수의 혼란 때 놓고 간 책이라니, 희한한 운명이었다. 아이리스는 더러워진 표지를 옷소매로 닦더니, 읽어가면서 새로운 손자국을 묻히고 있었다. 둘은 관제실 양끝에 떨어져 앉아 사이좋은 침묵 속에서 각각의 고독한 과제에 몰두했다.

어거스틴은 어느덧 아이리스라는 존재의 수수께끼에 정신이 팔렸다. 이 관제실에 어떻게 저 아이와 함께 앉아 있게 된 걸까. 아니, 문명의 끝자락과도 같은 공간에, 인류의 종말이라는 시간에 함께하게 된 것일까. 어떻게 이런 일이 있을 수 있을까 의아했다. 어떻게 여기에 와서 머물게 된 것일까? 어디서 온 아이일까? 누구의 아이일까? 이렇게 된 걸 어떻게 생각할까? 아이리스는 이런 문제에 대해 한 번도 말을 한 적이 없었다. 도무지 이해할 수 없는 일이긴 했다. 아이는 수수께끼였다. 하지만 그건 어거스틴의 문제였다. 그리고 아이라는 존재가 그를 계속 움직이게 만들었다. 성공하리라는 기대도 없이 고군분투하게 했다. 이리 오래 살아남아 있는 건 아이 때문이라고, 생각하며 어거스틴은 상념에 젖었다.

–

아이리스와 어거스틴이 툰드라에서 돌아온 날 밤, 어거스틴은 잠을 이루지 못했다. 애를 써도 잠이 오지 않았고 아이리스가 잠꼬대를 시작할 즈음엔 가망 없다는 걸 깨달았다. 최대한 조용히 침낭에서 나오는데 합성 섬유들이 쉬잇 마찰 소리를 냈다. 차가운 바닥에 살며시 내려섰다. 무선 통신 기기 앞에 앉아 헤드셋을 끼고 전원을 켰다. 창밖의 툰드라는 분홍색이 도는 보름달 아래서 푸르게 빛났다. 어거스틴은 의자에 기대앉아 무선 채널들에서 나오는 배경 잡음에 귀를 기울였다. 이따금씩 아이가 잘 자고 있는지, 침낭 쪽을 돌아보았다. 침낭 더미가 호흡에 맞춰 오르내렸고 무의식적인 팔다리의 경련인지 뒤척임도 좀 있었다.

수신기가 자동으로 검색을 하게 두고 헤드셋을 낀 어거스틴은 먼지를 뒤집어쓴 북극 지도책 하나를 꺼내 무릎에 펼쳤다. 페이지를 넘기다가 책 가운데에서 손때가 묻은 하젠 호수 지도를 발견했다. 천문대에서 동쪽으로 70킬로미터 떨어진 거대한 물웅덩이였다. 연구원들이 여가 시간에 하젠 호수로 낚시를 하러 가곤 했던 게 떠올랐다. 몇 명이 모여 같이 가기도 했지만, 늘 초대를 받아도 어거스틴은 한 번도 따라가지 않았다. 그리고 셀 수 없이 많은 이야기를 들었다. 어거스틴은 한 번도 귀를 기울이지 않았다. 낚시 여행은 세속 사람들이나 가는 거라고 혼자 냉소하며 다시 머나먼 은하의 광경들로 눈을 돌렸다. 휴가가 필요할 때는 이국적이고 화려한 다른 곳이 좋았다. 열대 해변, 비싼 리조트, 빽빽한 밀림 등. 하지만 이제, 하젠 호수까지는 갈 수 있을 것 같았다. 거기라도 가고 싶어졌다. 어거스틴에게도, 아이리스에게도 여행이 필요해 보였다. 강해지고 있는 햇빛을 환영하는 모험이 필요했다. 산은 1년 내내 눈과 얼음에 덮여 있지만 호수로 내려가면, 해수면에 가까워지면, 야생화가 피어나고 따뜻한 바람이 불어올 것이다. 그런 변화가 그의 작은 동반자에게도 좋은 영향을 미칠지 모른다. 둘 다에게 좋을 것이다. 하젠 호수는 이 군도에서 기온이 가장 높아지는 곳들 가운데 하나였다. 한여름에는 20도 초반까지도 올라갔다. 어거스틴은 지도에 표시된 푸른 호수의 윤곽선을 짚어보았다. 호수의 서쪽까지, 긴 경사면을 더듬어보았다. 가지 말아야 할 이유도 없지 않은가? 배경 잡음도 들을 만큼 들었고 소득 없는 송신도 보낼 만큼 보냈다. 낮아지는 가망성에 희망이 점점 주눅 들었다. 변화가 필요했다. 지금 떠나면 격납고의 스노모빌을 사용할 수 있을 것이다. 얼마 지나지 않아 눈이 녹기 시작할 테니 머지않아 떠나야 했다.

　어거스틴은 헤드셋을 들어 올리고 아이리스의 숨소리에 잠시 귀를 기울이다가 다시 헤드셋을 썼다. 오랜 동면에서 깨어난 동물이 된 기분이었다. 호수에서 쓸 만한 물건도 찾을 수 있을지 모른다. 뭔가…… 그제야 기억이 났다. 그는 헤드셋을 벗어 목에 걸고 지직거리는 잡음의 방해 없이 자신의 기억력에 온전히 집중했다. 하젠 호숫가에는 무려 1950년대부터 여름철에만 운영되어온 기상관측소가 있었다. 그때는 무선 통신밖에 없었으니, 안테나 대열이 설치돼 있는 걸 최근 사진으로 본 기억이 났다. 여기 천문대의 안테나보다 월등히 뛰어난 것이었다. 당연히 그쪽의 송신 장비도 훨씬 강력할 것이다. 어거스틴은 지도책을 탁 닫았다. 또 다른 이유가 생겼다. 결정이 되었다. 가는 거다.

해가 떠서 아이리스가 꿈틀거리기 시작했을 때, 어거스틴은 절차와 물품 목록을 적어내리고 있었다. 아이는 침낭을 모자 달린 긴 망토처럼 뒤집어쓰고 일어나 질질 끌며 어거스틴에게 다가왔다. 새로 한 머리가 괴상한 방향으로 뻗쳐 있었다. 어거스틴이 쓰고 있던 메모지를 건드린 다음 어거스틴의 어깨에 손을 얹었다. 마치 뭐 하고 있어? 하고 묻는 것처럼. 어거스틴은 아이리스의 손을 잡고 의자를 돌려 아이와 마주 보았다.

"우리 여행을 가자."

여덟

"대체 무슨 짓을 한 거야?" 이바노프가 탈에게 고함쳤다. 탈은 레이더 조종 태블릿을 무기처럼 휘두르고 있었다. 중력 작동실에서 울려 퍼진 고함 소리에 모두가 모여들었다.

"난 아무 짓도 안 했어." 탈 역시 얼굴이 새빨개져서 외쳤다. "내가 오전 내내 화면을 보고 있었는데, 아무 일도 없었다고. 소행성도, 운석도, 망할 70킬로미터 이내에는 아무것도 없었어."

"어쨌든 안테나랑 뭔가 부딪쳤겠지. 안 그래? 소행성대를 지나고 있으니 망할 소행성이겠지. 안 그래? 아니면 안테나가 그냥 떨어져 나갔다는 거야?"

"이제 그만!" 하퍼가 외쳤다. "그만해!"

탈이 태블릿을 자기 수면 칸에 던지고 조리대로 가서 등을 돌린 채 씩씩거렸다. 이바노프는 목줄기에 솟은 핏줄을 여전히 벌떡거리며 가슴에 팔짱을 끼고 일단은 입을 다물었다.

하퍼는 대원들 앞에서 자신의 권위를 환기시키려는 듯이 몸을 더 쭉 폈다. "지금은 우리 통신 기능을 어떻게 복구시킬지 의논해야겠어. 그리고 복구하는 데 도움이 되지 않는 한, 당장은, 어떻게 이런 일이 일어났는지 쥐뿔도 관심이 없다. 이제 안테나를 되찾아오는 건 불가능할 거야. 다른 방법을 말해봐."

대원들은 바닥만 내려다보며 말이 없었다. 탈도 계속 등을 돌린 채였다. 설리는 이바노프가 으드득 이를 가는 소리를 들을 수 있었다. 테베스가 손가락을 뚝뚝 꺾었다. 데비가 신발 끝으로 바닥에 원을 그렸다.

"다른 방법을 말해보라고." 하퍼가 다시 한 번, 이번에는 더 날카롭게 말했다. "어서."

"새 안테나를 만들 수 있어." 설리가 제안했다. "주요 부품은 내가 다 가지고 있는 것 같아. 특히 달 착륙선에서 반구면을 가져오면, 출력은 그리 높지 않겠지만 작동은 할 거야."

테베스가 손을 깍지 끼며 고개를 끄덕였다. "대체 안테나로 괜찮을 것 같아. 동의는 하지만, 설치를 하려면 우주선 외부 작업이 상당량 필요할 거야. 두 사람이 우주 유영을 하면서 한 명은 파손 부분을 처리하고 설치 준비를 하면 다른 한 명이 실제 설치를 해야지. 위험하긴 해. 그래도 하긴 해야 하지만 서둘 필요는 없어. 어차피 지구에서 연락이 많이 오는 것도 아니고."

"맞는 말이야." 설리가 동의했다. "탐사 로봇들에게서 들어오는 정기 보고는, 수신기가 먹통이면 날아가겠지만, 지금으로선 우선순위가 높은 일은 아니니까. 새 안테나 강도가 탐사 로봇들의 신호를 받을 수 있는 정도가 될지도 확실하지 않아. 그리고 지구에서는 계속 아무 소식이 없고 다른 어떤 신호도, 위성 활동도, 아무것도 들리지 않아. 내가 계속 확인하고 있었지만 무서울 정도로 조용하기만 해. 그러니 시간을 가지고 제대로 하는 게 좋겠지."

탈이 마침내 대원들 곁으로 돌아왔다. "이삼 일 주면 내가 레이더 감도를 올려볼 수 있어. 장담은 못 해도, 잘될 것 같

아. 밖에 작업자를 내보낼 거면 미소 유성체 밀도도 좀 알아봐야겠네."

이바노프가 다시 이를 으드득거렸다. 설리가 그 소리에 몸을 움츠렸다. 데비는 여전히 아무 말도 하지 않았다. 하퍼는 한숨을 쉬고 손으로 머리를 쓸었다. 생각에 잠기며 무의식적인 듯 쯧 소리를 냈다. 팔짱을 꼈다가 다시 풀었다. 결국 하퍼가 다시 입을 열었다.

"그럼 피해 상황을 최대한 내부에서 조사해보고 안테나 교체 작업을 시작하지. 설리번, 데비, 테베스, 셋이 같이 작업해줘. 설리는 목성 탐사 로봇들 걱정은 하지 말고. 거기 신호를 받을 수 있으면 좋긴 하겠지만 그러지 못하더라도 지구가 우선이야. 탈, 레이더 시스템 작업을 해줘. 뭐가 문제였는지 알아보고 또 이런 일이 생기지 않게 하거나 적어도 예상은 할 수 있게. 이바노프, 나와 함께 외부 카메라로 피해 상황을 조사한다. 그럼, 수고해. 시간을 충분히 들여서 제대로 하라고. 이제 움직이지."

데비는 회의 내내 아무 말도 하지 않았다. 설리는 데비가 대화를 잘 듣고 있었는지 알 수가 없었다. 하지만 셋이 중력 작동실을 떠나 달 착륙선의 설비를 보러 가는 동안 데비는 설리를 향해 말을 쏟아내기 시작했다. 그들이 조합해 만들어내려는 대체품에 대한 아이디어가 솟구치는 모양이었다. 끊임없이 쏟아지는 데비의 생각의 흐름을 들으며 설리는 작은 안도의 한숨을 내쉬었다. 이번 계획이 성공하려면 데비가 반드시 있어야 했다.

–

드디어 뭔가 해야 할 일이 다시 생겼다. 에테르 호는 네 달 전 목성을 떠나온 이래 처음으로 왁자지껄해졌다. 설리, 데비, 테베스는 대체 부품을 찾아 우주선을 뒤지는 일부터 시작했다. 달 착륙선에서 원반을 빼냈고, 통신 칸은 곧 온갖 차출된 부품으로 가득 찼다. 하퍼와 이바노프가 설치 장소를 원격으로 조사하고 별 소득 없이 돌아올 때쯤엔 대체품들이 꽤 많이 모였다. 설리와 엔지니어들은 '작은 지구'의 탁자를 집결지로 이용해 기껏 모은 부품들이 둥둥 떠다니지 않게 했다.

대원들은 '작은 지구'의 주 조명이 자동으로 어두워지며 하루의 끝을 알릴 때까지 작업을 계속했다. 각자 수면 칸의 조명이 켜지며 중력 작동실은 은은한 촛불 분위기로 바뀌었다. 시계가 자정을 가리켰지만, 시간의 구속은 더 이상 무의미해 보였다. 대원들은 피곤하긴 했지만 활기에 넘쳤다. 위기가 그들을 깨워 현재로 되돌려놓았다. 그들에겐 할 일과 함께 집중해야 할 목표가 생겼다. 이바노프도 적극적으로 참여하며 지난 몇 달 동안에 비해 훨씬 상냥하게 굴었다.

설리와 데비가 대부분의 제작을 담당했고 테베스는 장비를 건네주며 부품을 준비했다.

"드릴." 데비가 말하자 테베스가 지체 없이 손에 드릴을 쥐여주었다.

"전선 절단기." 설리가 말하니 테베스가 이미 옆에서 내밀고 있었다.

새 안테나 제작은 목성의 달 착륙 때 이후 그 어떤 일보다 빨리 진행되었다. 데비와 테베스가 떠나고 난 이후에도 설리는 한 시간 더 탁자에 남아 몇 가지 세부 작업을 했지만, 생각을 더 많이 했다. 작업대를 정리한 후에 수면 칸으로 돌아가는데, 탈이 소파에 앉아 무릎에는 태블릿을 놓고 복잡한 계산식이 빼곡한 공책을 들여다보고 있었다. 하퍼와 이바노프는 화장실 부근에서 조용히 의논 중이었다. 하퍼가 뭐라고 말하자 이바노프의 입가에 진심 어린 미소가 번졌다. 이바노프가 사령관의 어깨에 잠깐 손을 얹더니 화장실로 들어갔다. 하퍼는 자기 수면 칸으로 향했다. 그러고 보니 이바노프가 수면 칸 커튼을 열어두고 있었다. 설리가 들여다보니 온통 장밋빛 얼굴과 백금발 머리의 가족들 사진이었다. 모두 활짝 웃는 표정이었다. 이바노프가 생각보다 빨리 돌아와 설리가 들여다보는 것을 눈치챘다. 설리는 얼굴을 붉히고 한소리 들을 각오를 했지만, 이바노프는 괜찮은 듯했다.

"좀 지나친가? 응?" 이바노프가 물었다.

설리가 고개를 저었다. "전혀. 완벽한 것 같아. 나도 사진을 더 가져올걸. 그러질 못해서…… 사진이 이렇게 보고 싶을 줄 몰랐어."

"딸이 하나 있지." 질문이 아니라 단정이었다. "남편은, 남편은 이해를 못 했나?"

설리는 깜짝 놀랐다. 처음에는 대담성에, 그러고 나서는 정확성에. 이바노프는 잘 알고 있었다. 어떤 면에선 본질을 꿰뚫은 셈이었다. 몇 주 동안이나 말 한 마디 걸지 않던 남자가 갑자기 설리 자신보다 그녀를 더 제대로 보고 있었다. 휴스턴 노천카페에서 이바노프가 가족과 저녁 먹던 모습이 생각났다. 딸아이 음식을 잘라주던 다정한 태도, 재미있게 이야기를 하는 아내에게 열렬히 관심을 집중하던 모습, 모두의 얼굴에 드러나 있던 사랑.

"음, 그랬지." 설리가 대답했다.

"내 아내도 이해 못 했어. 하지만 노력했지. 그래서 난 운이 좋았다고 믿어. 모두가 소명을 가지게 되는 건 아니니까." 이바노프가 어깨를 한 번 으쓱했다. "그들은 납득하기가 힘들 거야. 잘 자." 그가 설리의 팔을 토닥이고 자기 수면 칸으로 들어가 커튼을 닫았다.

벽에 홀로 붙어 있는 루시의 사진이 그렇게 조그마해 보일 수가 없었다. 그 주변의 빈 공간이 대양 같았다. 설리는 손을 뻗어 이미 손자국이 많이 묻은 딸아이의 얼굴을 만졌다. 조명을 끄고 어둠 속에 누웠다. 하지만 눈을 감아도 사진의 잔상이 눈꺼풀 안쪽에서 타오르는 듯했다. 잠이 오지 않을 것 같았다. 새로운 작업 때문에 에너지가 넘쳤다. 하지만 결국 잠이 들었다. 어린 소녀들처럼 옷을 입은 반딧불이 꿈을 꾸었다.

–

커튼 너머에서 새벽 조명이 강해지며 설리는 꿈에서 깨어났다. 하지만 잠자리에 든 지 겨우 두세 시간 만이었다. 설리는 알람을 무시했다. 다시 눈을 뜨자 시계는 거의 1100에 가까웠다. 꿈틀거리며 작업복에 몸을 집어넣고 머리를 땋으면서 벌써 생각을 시작했다. 대체 안테나의 받침대를 궁리했다. 하퍼는 긴 탁자에 앉아 커피를 마시며 에테르 호의 설계도를 보고 있었다. 설리가 벤치 옆자리로 다가가 앉아도 고개를 들지 않았다.

"좋은 아침." 설리가 밝게 인사했다. 하퍼의 눈두덩이 붓고 눈가가 붉었다. 여전히 고개를 들지 않았다. "밤을 새운 거야?" 설리가 물었다.

하퍼는 깜짝 놀란 듯했다. "응? 아, 응…… 안 잤지. 시간이 가는 줄도 몰랐네."

설리가 설계도를 자세히 들여다보니 우주 유영으로 진행할 외부 작업을 위한 표시와 메모가 덧붙여져 있었다. "유영은 누가 할 거야? 아직 결정 안 했어?"

하퍼가 한숨을 쉬고 손바닥으로 눈두덩을 꾹꾹 눌렀다. "당신이 해야지." 그러고서 손을 무릎 위에 털썩 놓았다. "데비랑 같이."

설리는 고개를 끄덕였다. 뭔가 내키지 않는 것처럼, 하퍼의 태도가 좀 이상했다. 설리가 하고 싶어 하지 않을 거라고 생각하는 것일까? 아니면 데비를 걱정하는 것인가? 설리는 하퍼가 뭔가 더 말하기를 기다렸고, 잠시 후 그가 다시 입을 열었다.

"데비가 할 수 있을지 확신이 안 서. 정서적으로 말이야. 그렇다고 테베스가 밖에 나가서 데비만큼 순발력을 발휘할 수 있을지도 모르겠고."

"데비가 할 수 있어." 설리는 말했지만 하퍼의 얼굴에 나타
난 무기력한 표정을 보니 갑자기 의심이 들기 시작했다. 악
몽을 꾸다던 데비의 말과 최근 우주선 정비 실수들이 생각났
다. 이렇게 자신 없어 하는 하퍼는 처음 보았다. 그래서 무서
워졌다. 어쨌든, 하퍼는 그들의 대장이었으니까. "나도 옆에
있을 거고, 당신과 테베스도 계속 말을 해줄 거잖아. 잘될 거
야, 하퍼. 우린 할 수 있어. 당신은 이제 좀 쉬어야겠다. 곧 쓰
러질 것 같아."

하퍼가 웃었다. "과장이 심하네."

설리는 손을 뻗어 하퍼의 정수리에서 불쑥 삐쳐 오른 머리
털을 쓰다듬어 눌러주고 싶은 충동을 느꼈다. 루시라면 그렇
게 해주었겠지만, 그에겐 그럴 수 없었다. "정말 그래. 몇 시
간이라도 자도록 해. 명령이야. 시간은 있어. 이 일에 기력을
모두 소진시키지 마."

하퍼가 고개를 끄덕였다. "나도 알아. 단지, 걱정이 돼
서……" 그는 설리를 한참 쳐다보다가 다시 시선을 떨구었
다. 설리는 다시 기다렸지만 이번에는 하퍼가 말을 더 잇지
않았다.

설리는 손을 뻗어 하퍼의 어깨를 꼭 쥐어주고 나서, 또 손

을 뻗고 싶은 충동을 자제하려는 것처럼 서둘러 주머니에 쑤셔 넣었다. "나도 걱정이 돼. 하지만 데비는 당신이랑 나를 합친 것보다 똑똑하니까. 데비가 할 수 없으면 아무도 할 수 없을 거야." 설리는 가벼운 어투로 말했지만 하퍼는 미소 짓지 않았다.

"나도 알아. 그래서 걱정되는 거야."

–

이틀 후 대체 안테나가 완성되었고 1차 우주 유영이 계획되었다. 설리는 습관적으로 통신 칸으로 가다가, 거기서는 안테나 없이 할 수 있는 일이 없다는 걸 깨달았다. 벽에 설치된 기계들의 손잡이와 버튼을 차례로 건드려보았지만 화면은 까맣고 스피커에서는 아무 소리도 나오지 않았다. 통신 칸은 연락망의 중심축이라기보다는 무덤 같아 보였다. 그 안에서 꾸물거리고 있을수록 고요함이 더욱 불길하게 느껴졌다. 설리는 통신 칸에서 빠져나와 통로를 지나 전망창이 있는 주조종실로 갔다.

데비가 여러 개 작은 창들이 이어진 전망창 앞에 떠 있었다. 두꺼운 유리판에 손을 대고, 목덜미에서 대충 쪽 졌던 머리는 거의 풀려, 어깨 뒤쪽에 검은 구름처럼 퍼져 있었다. 데비는 검붉은색 작업복을 입고 있었는데, 늘 그렇듯이 바짓단을 발목 위로 접어 올려 하얀 양말 위로 살갗이 조금 드러났다. 신발은 신지 않았다. 유리판 너머로 거대한 암흑이 펼쳐져 있었다. 헤아릴 수 없는 깊이와 움직임과 정적으로 가득한 어둠 속에 수억만 개의 빛의 점들이 반짝였다. 누군가를 밝혀주기엔 너무 멀리 떨어져 있고, 무시하기에는 너무나 밝은 점들이었다.

"뭘 보고 있어?" 설리가 팔을 휘저어 전망창으로 다가가 데비 옆에 떠서 물었다.

"그냥 전부." 데비가 작업복의 지퍼를 불안하게 만지작거리며 말했다. 지퍼를 빠른 속도로 목까지 끌어올렸다가 가슴팍까지 내리다가 플라스틱 톱니가 회색 셔츠에 걸렸다. 데비는 걸린 지퍼를 굳이 풀려고 하지 않은 채 덧붙였다. "아무것도 아니기도 하고. 말하기 어렵네."

둘은 말없이 나란히 둥둥 떠서 거대한 공허를 내다보았다. 곧 그 속으로 들어간다는, 진공 속에 처하게 된다는 생각에 고향은 더욱 멀어지는 듯했다. 저기로 나가면 안전망도 없고 둥둥 떠다니는 우주인을 우주선과 연결시켜주는 것은 얇은 밧줄과 서로뿐이었다. 설리는 우주 유영에 대해 의논을 시작하다가 문득 멈췄다. 하퍼가 데비에게 이미 말을 했는지 확신이 안 서서, 자기가 먼저 알리고 싶지 않았다.

"나도 알아." 데비가 말했다. "하퍼가 어젯밤에 우주 유영 얘기를 해줬어. 걱정하고 있지? 왜냐하면 내가 그동안…… 말을 잘 안 해서. 그리고 하퍼가 설리도 걱정하더라. 너랑 사랑에 빠졌으니까. 걱정할 필요 없는데. 우리가 잘 고칠 거야."

설리는 충격을 받아 한동안 말을 못 했다. 표면을 꿰뚫어 보는 데비의 능력에는 익숙해 있었지만 대부분은 그 능력을 생명 없는 기계류에 사용해왔던 것이다. 하지만 가끔씩 데비는 자신의 시선을 인간사에도 돌려, 로봇 같은 정확성으로 놀라운 진실을 발설했다. 당황스러운 일이었다. 설리는 목덜미가 달아오르는 것을 느꼈고 열기를 가라앉히려 노력했다. 데비는 너무 간단히, 너무 있는 그대로 말을 했다. 그 진술의 의미에 대해서는 따지지 않았다. 그리고 어떤 점에서는 그런 말을 대놓고 들으니 마음이 좀 놓였다. 지구로 돌아가면 하퍼와 어떻게 될까 궁금했던 게 공상은 아니었다는, 실질적이고 합리적인 계산 결과를, 진위 감정을 받은 기분이었다. 제3자, 그것도 설리가 아는 가장 똑똑한 사람에게서 확인을 받은 기분이었다. 그럼에도 불구하고 지금은 그럴 때가 아니었다. 지금은 하퍼를 생각할 수 없었다. 그런 방식으로는 아니었다. 그럴 수 있는 시간은 영원히 오지 않을 수도 있었다. 설리는 데비의 말을 머릿속에서 몰아내고 우주 유영 작업을 생각해보았다. 오직 한 가지 목표에만 집중하며 전망창을 내다보았다. 잠시 후 테베스가 데비를 부르는 소리가 들렸다. 데비는 떠나기 전에 설리의 손을 꼭 잡았다.

"너도 걱정할 필요 없어."

데비는 말하고 발을 저어 통로로 사라졌다. 설리는 남아서 생각에 잠겼다. 눈앞에 보이는 별들의 익숙하지 않은 배치를 따져보다가 혼돈 속에서 작은곰자리를 찾아낸 것 같았다. 이상한 각도로 보이긴 했지만 분명 설리가 잘 아는 작은 곰이었다. 확신이 들었다. 뭔가를 확신할 수 있다는 건 정말 기분 좋은 일이었다.

—

설리와 데비는 하퍼와 함께 수십 번에 걸쳐 작업 계획을 짜고 검토했다. 대사를 외우는 배우들처럼 순서와 행동 하나하나를 외웠다. 두 여자에게는 쉬운 일이었다. 휴스턴에서 훈련할 때 온갖 종류의 우주선 외부 수리 작업을 해보았다. 그리고 1차 유영은 꽤 간단한 편이었다. 테베스가 우주복을 확인하고 탈은 레이더 시스템에 매달렸다. 이바노프도 탈이 새로 짠 컴퓨터 코드의 오류를 지적하고, 하퍼의 작업 계획에서 허점을 찾고, 테베스에게는 우주복이 오작동을 일으킬 극미한 가능성들을 분주하게 제시하며, 혼자 적군의 역할을 맡아 대원들의 준비 과정에서 결점과 빈틈을 잡아냈다. 이번에는 이바노프의 트집이 고맙기만 했다.

준비 과정이 끝나고 대원들이 실제 유영에 들어갈 때가 되자, 휴스턴에서부터 길러왔던 각별한 동료애가 되살아났다. 출발 직전 술집에서 주크박스의 음악을 듣고 술잔을 함께 비우며 느꼈던 그 감정이었다. 탈이 다시 농담을 시작했고 이바노프도 한두 개에 대해서는 미소까지 지었다. 데비는 눈앞에 닥쳐온 과업에 흥분해 쉬지 않고 재잘거렸고 동료들과 적극 대화하며 기계들과 씨름했다. 테베스는 그런 동료들을 그저 지켜보며 안도의 한숨을 내쉬는 듯했다. 모두가 이번 과업이 그들을 이끌고 있음을 느꼈다. 설리는 몇 달 만에 희망에 가득 참을 느꼈다. 이러다가 정말, 혹시, 다시 통신 설비가 작동을 시작하면 지구로부터의 전파가 침묵 이외의 것을 실어다주지 않을까. 하퍼만이 주저하는 듯 보였다. 나머지 대원들은 통신 시스템을 복구시킨다는 과제 앞에 그렇게 활기가 돌아왔는데, 하퍼는 오히려 더 불안해하는 태도로 작업을 감독했다.

유영 전날 밤, 하퍼가 주조종실 한쪽으로 설리를 데리고 갔다. 하퍼가 말을 하는 동안, 설리는 그 뒤쪽 전망창의 눈부신 어둠에 시선을 빼앗겼다. 중독적인 광경이었다. 겨우 몇 시간 후면 감압실을 나서, 진공 속으로 들어가야 한다는 걸 알기에, 설리는 하퍼의 얼굴에 관심을 집중하려 노력했다. 바로 저 창밖에서 소용돌이치고 있는 원자들의 미묘한 움직임에서 눈을 떼고, 설리를 뚫어지게 바라보고 있는 하퍼와 눈을 맞추려 노력했다.

"설리, 설리!" 하퍼가 말했다. 설리는 하퍼가 몇 번이나 자기 이름을 불렀는지 알 수 없었다.

"응, 미안. 듣고 있어."

"만일 뭔가 잘못된 것 같으면, 하나라도, 조금이라도 문제가 생긴 것 같을 때는 즉시, 작업을 중단하고 곧바로 감압실로 돌아오기로 약속해주었으면 좋겠는데. 일단 밖으로 나가면 어떤 기분이 드는지 잘 알고 있어. 하지만 통신이 복구 안 돼도 아무도 죽지 않아. 언제든 다시 고치면 돼. 국제 우주 정거장에 정박할 때까지 기다릴 수도 있고. 언제든 통신은…… 나도 모르겠다. 하지만 얼마든지 다른 선택지가 있는 상황이니까. 알았지? 지난 몇 달 동안 우리가 좀 친해졌지. 당신이랑 나는…… 젠장, 설리, 너무 친해진 것 같은데…… 어쨌든

나는 네가 밖에 나가서 내 명령을 그대로 따를 건지 알아야겠어. 그러겠다고 대답해."

"그러겠습니다, 사령관."

"좋아, 그럼 좀 쉬어. 내일 아침 0900에 감압실을 연다. 그전까지 준비해."

하퍼가 몸을 돌려 '작은 지구'를 향해 나아갔다. 설리는 주조종실에 혼자 남아서 하퍼의 뒷모습을 보다가 다시 전망창으로 시선을 돌렸다. 데비의 말이 떠올랐다. 설리도 그를 사랑하게 되면 어떤 기분일까 생각했다. 설마 벌써 그런 걸까. 알 수 없었다. 그렇지 않다고 부인하려 노력하면서 대신 우주의 검은빛들이 그 공허함으로 설리의 상상력을 채우도록 내버려두었다.

아홉

어거스틴은 혼자 격납고까지 걸어 내려갔다. 아이리스는
천문대에 남아 짐을 쌌다. 거기까지 걷기가 쉬운 일은 아니
었지만 어쩐지 그래야 옳을 것 같았다. 자신의 많은 죄에 대
한 참회처럼 느껴졌다. 격납고는 모든 것이 남겨두고 떠난
그대로였다. 문은 열려 있었고 안에 눈이 쌓이고 바람에 깎
여 경사면이 생겼다. 나사 머리들이 만든 별자리도 여전히

기름얼룩이 스민 콘크리트 바닥에 흩어져 있었다. 두 대의 스노모빌은 덮개가 벗겨지고 지난번에 두고 간 손전등도 정확히 그 자리에 놓여 있었다. 어거스틴은 지난번에 시동이 걸렸던 스노모빌의 시동을 다시 걸어보려 했지만 정신없는 중에 전원을 켜놓고 와버려서 배터리가 방전됐다. 어거스틴은 다른 스노모빌을 가지고 노력해보았다. 한참 애를 쓴 끝에 시동이 걸렸다. 엔진이 느려질 때마다 조금씩 가속기를 눌러 가스를 먹였더니 결국 안정되게 돌아가기 시작했다. 매끈한 회색 몸체가 윙윙거리며 배기관에서 하얀 연무를 뿜어냈다. 더 이상 점검은 필요 없었다.

어거스틴은 안장에 올라타 조종법을 알아보았다. 이 기계에는 승객으로 타는 데 익숙했다. 하지만 몇 가지 건드려본 후, 기본 조종법은 알아냈다고 판단했다. 젊을 때는 오토바이를 탔으니, 스노모빌도 뭐 그리 어렵겠나. 더구나 이곳은 노란 중앙선도, 다른 차들도, 갑자기 튀어나오는 사람도 없고 광막한 툰드라에서 그저 앞으로 달려가기만 하면 되었다. 별 무리 없이 격납고에서 스노모빌을 끌고 나와 시동을 켜둔 채로 연료가 가득 든 통을 몇 개 챙겨서 스노모빌에 연결된 짐수레에 실었다. 좀 떨어진 곳에, 순백의 활주로에 오점이 되고 있는, 분홍 얼룩이 묻은 무덤 생각이 났다. 일부러 그쪽으로 시선을 피하며 애써 격납고만 바라보고 있었다. 하지만 이제 스노모빌을 타고 떠나갈 준비를 하면서, 쓰러진 승강 계단과 피 묻은 눈 무덤 쪽을 최소한 일별이라도 하지 않을 수 없었다.

승강 계단의 바퀴가 여전히 바람에 천천히 돌아가고 있었다. 눈이 단단히 다져진 동토 위로 또다시 뿌려졌던 한 겹의 흰 가루가 이리저리 얽힌 바람에 소용돌이를 그리며 휘말려 다니고 있었다. 스노모빌에 올라탄 어거스틴은 무덤에서 눈을 돌리고 혈류를 따라 전해지는 기계의 진동을 느껴보았다. 가속기를 눌러 가스를 주입하자 진동이 그의 내장까지 흔들어놓으며 스노모빌은 속도를 높여 격납고를 떠나 산으로 올라갔다.

아이리스가 관제실 문을 열고 계단을 뛰어 내려왔다. "우리 이거 타고 가?" 스노모빌을 보고 숨을 헐떡이며 물었다. 이전에는 보지 못한 반응, 이렇게 기뻐하는 것은 처음 보았다. 얼굴이 아예 바뀐 듯한 표정을 짓자 야생 동물 같던 모습은 사라지고 평범한 어린아이 같은 생김새가 되었다. 어거스틴은 아이리스가 아직 어린 소녀일 뿐이라는 사실을 새삼 상기했다. 그리고 그때까지는 잘 인지하지 못했던 감정들이 피어났다. 그것은 아마도 애틋함일 것이지만 다른 것도 있었

196

다. 더 어두운 감정, 즉 두려움이었다. 아이리스가 무섭다는 게 아니라 아이리스가 걱정되어 느끼는 두려움이었다. 이번 여행이 안전할 것인가? 철저하게 준비가 됐나? 어쩌다가 그의 수중에 떨어진 이 조그만 어린 생명을 더 조심스레 돌봐야 하지 않을까? 만일 아이리스의 아버지라면 어떻게 했을까 생각해보았다. 하지만 너무 불가해하고 기묘한 기분이 들어 그만두었다. 애틋함이고 공포고 다 한쪽으로 밀어버리고 다른 데 신경을 돌렸다.

관제실에서 짐을 점검했다. 가져갈 것이 너무 많았다. 두고 가는 것도 많았다. 호숫가의 기상관측소에 대해 아는 바가 너무 없었다. 거기 뭐가 있을지 미리 알 방법은 없었다. 필수품 꾸러미를 만들었다. 텐트와 극저온용 침낭, 음식과 물, 여분 연료, 가장 따뜻한 옷가지 하나씩, 헬멧과 고글, 캠핑용 버너, 지도, 나침반, 손전등 두 개. 하지만 아이리스의 책이라든지 여분의 옷, 보조 배터리, 충분한 연료 등 그 밖의 것들은 공간이 남아야 가져갈 수 있는 사치품이 될 수밖에 없었다. 둘은 짐을 들고 내려가 스노모빌에 싣고 줄을 칭칭 동여맸다. 두 사람에다가 생필품까지, 짐이 상당했지만 어거스틴은 나이가 들어 몸무게가 줄었고 아이리스는 어차피 조그만 몸집이었다. 그리고 스노모빌은 상당한 무게를 싣고 거칠고

험한 지형을 달리도록 설계된 교통수단이었다. 운전 실력이 완벽하지 않을지라도 그들을 원하던 곳까지는 데려다줄 것이다.

천문대 문을 닫았다. 파이프가 얼거나 망원경이 깨지지 않도록 최소한의 난방을 켜두었다. 그들이 돌아와야 할지도 모르니까. 하지만 하젠 호수가 더 살기 괜찮은 곳으로 밝혀질 경우, 이곳으로 다시 올 사람은 아무도 없을 것이다. 어쨌든 보일러의 연료는 결국 떨어질 것이다. 추위가 건물 전체를 감싸고 파이프가 얼고 거대 망원경 렌즈에는 금이 갈 것이다. 창에는 성에가 뒤덮이고, 아늑했던 관제실, 그들의 피난처였던 곳도 다른 별관들처럼 망가질 것이다. 곧 이곳도 영원한 겨울에 점령당할 것이다.

아이리스가 어거스틴의 허리를 감싸 안고 둘은 툰드라를 향해 내려가서 격납고가 보이기 전에 동쪽으로 방향을 틀었다. 눈 덮인 돌덩이에 걸려 스노모빌이 이리저리 튀어 오를 때마다 아이리스가 더 꼭 끌어안았다. 아이리스에게는 헬멧이 너무 커서 어거스틴이 고집을 부려 모자 세 개를 겹쳐 쓰게 했다. 고글도 너무 커서, 통으로 된 노란 단안이 아이리스의 얼굴 대부분을 뒤덮었지만 안전핀으로 고무 밴드를 집어 잘 맞게 줄였다. 일단 평지로 내려가자 타기가 한결 수월해졌고 아이리스도 힘을 풀었다. 여행이 본격적으로 시작되었다. 이제 와서 뒤돌아봐야 소용없었다. 온통 흰 눈뿐인 세상만을 응시하며 네다섯 시간을 달린 후에야 어거스틴은 스노모빌을 멈추었다.

둘은 안장에서 내려 물을 마시고 크래커를 먹었다. 아이리스의 얼굴은 벌겠고 고글 자국이 선명하게 새겨졌다. 모자를 세 개나 씌웠는데도 검은 머리카락이 몇 가닥 비어져 나와 뺨에 붙어 있었다. 아직까지는 여행이 신나는 모양이었다. 어거스틴은 떠나온 길을 돌아보았지만 천문대는 전혀 보이지 않았다. 눈이 내려 시야가 뿌옜다. 때때로 부는 바람에 하얗게 물결을 만들며 휘몰아치기도 했다. 어거스틴은 떠난 후부터 신경을 잔뜩 곤두세우고 지나온 거리를 계산하고 있었다. 그러면서도 그들이 두고 떠나온 안전한 천국을 향해 유턴을 하고픈 충동을 눌러야 했다. 어거스틴은 앞길에 놓인 어렴풋한 희망에 매달렸다. 자신이 지금 옳은 일을 하고 있다고 마음을 다잡았지만 그들을 둘러싼 텅 빈 정적이 불길하게 느껴졌다.

두 사람이 크래커를 다 먹은 뒤, 아이리스는 다시 고글과 모자를 하나하나 챙겨 썼다. 어거스틴은 크래커의 비닐 포장을 구겨서 파카 주머니에 집어넣었다. 다시 스노모빌에 함께 올라타 시동 버튼을 눌렀다. 하지만 아무 일도 일어나지 않았다. 다시 눌렀다. 반응이 없었다. 심장이 쿵쿵거리기 시작했다. 어거스틴은 차가운 공기를 천천히 깊게 들이마셨다. 침착하자, 어거스틴은 생각했다. 5분 전만 해도 작동이 되었던 거다. 다시 버튼을 누르고 열쇠를, 가속기를 만져보았다. 그러고서 다시 시동 버튼을 눌렀다. 그는 고글을 내려 목에 걸고, 침묵하는 스노모빌을 믿을 수 없다는 표정으로 쳐다보았다. 내려서 한 발 물러서서 바라보았다. 그러면 문제가 잘 보일 것처럼. 하지만 보이는 것은 이해가 안 가는 기계뿐이었다. 식도를 타고 시큼한 공포가 올라왔다. 그들은 눈바다 한복판에 갇혀버렸다. 천문대로부터 수십 킬로미터 떨어진 곳에, 더구나 기상관측소는 더 멀리 떨어져 있었다. 그 사이엔 아무것도 없었다. 오아시스도, 쉼터도 없었다. 텅 빈, 끝없는 툰드라뿐이었다. 걸어가려 해보았자 얼어 죽을 것이다. 아이리스가 안장 뒤쪽에서 자세를 고쳐 앉았다. 어거스틴이 어떻게 할 것인지 기다리고 있었다. 어거스틴은 눈 속에 푹 주저앉았다. 그러려고 그런 것이 아니라, 다리에 힘이 풀려서였다. 이 버려진 섬에 하나뿐인 성소를 떠나다니, 너무나 바보같았다. 스노모빌에 몸을 기대고 하얗게 소용돌이치는 하늘을 올려다보았다. 벌써 눈이 그들의 흔적을 지우고 있었다.

이제 끝이었다. 그가 결정한 것이나 마찬가지인 조용하고 차가운 죽음을 받아들일 수 없었다. 장화에 싸인 아이리스의 발이 그의 어깨를 건드렸다. 어거스틴이 장갑 낀 손으로 그 발을 감쌌다.

"미안하구나." 어거스틴이 말했지만 바람이 그의 말을 할퀴어 제대로 들리지 않았다. 눈을 감고 고글을 벗은 얼굴에 휘몰아치는 따가운 눈과 바람을 느껴보았다. 눈꺼풀 뒤의 어둠 속에서 따끔거리는 섬광이 튀어 오르는 것을 바라보았다. 그리고 눈을 떴을 때, 강렬한 흰 눈 빛에 일시적으로 눈앞이 안 보였다. 조용한 종말이 될 것이었다. 그들은 계속 앞으로 터벅터벅 걸어가거나 되돌아가거나 여기서 꼼짝 않는 스노모빌 옆에 머물러 있을 수 있었다. 어느 쪽이든 같은 결론이 내려졌다. 마찬가지 결과가 예상되었다. 아이리스의 감은 눈 위로 얼어붙을 서리를 상상해보았다. 소녀의 뺨이 멍든 것처럼 파랗게 물들어갈 모습이 떠올랐다. 그의 잘못이었다. 그가 이리로 끌고 왔다. 안전한 천문대를 떠나 새하얀 위험이 도사린 자연 속으로 뛰어들게 했다.

어거스틴은 오른쪽 발판 옆에 끼워진 연료 밸브를 한동안 응시하다가 무슨 문제인지 깨달았다. 스위치가 반쯤 돌아가 온과 오프 중간에 와 있었다. 얼굴을 바짝 들이대고 살펴보

왔다. 아이리스가 내려오다가 발로 찼나? 스위치를 온 쪽으로 다시 돌렸다. 그리고 천천히 일어났다. 시동 버튼을 향해 손을 뻗으며 속으로 기원했다. 스노모빌이 으르렁거리며 다시 살아났다. 온몸에 안도의 기쁨이 퍼졌다. 다시 핸들을 잡는 손이 떨렸다. 가속기를 꽉 잡아 진동을 고르게 만들었다. 주변의 풍광이 그 어느 때보다 위협적으로 느껴졌다. 하지만 어거스틴은 스노모빌을 몰아 그 텅 빈 무한 속으로 들어갔다. 낮게 걸린 무심한 태양 아래서 무한으로 위장한 유한의 눈밭을 다시 내달리기 시작했다.

날이 저물기 시작하자 둘은 주행을 멈추고 텐트를 풀어 밤을 준비했다. 어거스틴은 바람을 막아줄 바위나 작은 나무나 눈더미라도 없을까 계속 살폈지만 사방을 봐도 아무것도 안 보였다. 그래서 스노모빌 옆에 텐트를 세웠다. 끝없는 하얀 풍경 속에 주황색 원뿔형 텐트가 솟아올랐다. 텐트의 형광색 때문에 눈밭의 푸르스름한 색조가 두드러졌다. 텐트 안으로 들어가며 아이리스는 헬멧을 벗고 세 개 중 두 개의 모자를 벗었다. 식사를 하면서도 방울 달린 밝은 녹색 모자와 노란 고글은 계속 쓰고 있었다. 불을 피울 방법은 없었다. 둘은 바람이 호령하는 텐트 안에 꼭 붙어 앉았다. 알루미늄 폴대에서 주황색 천이 팽팽하게 당겨지고 깊게 박히지 못한 말뚝이

끽끽거렸다. 다져진 눈 위에 망치 대신 콩 통조림 캔으로 최대한 깊게 박아 넣은 말뚝이었다. 그러고 나서 환기가 되도록 텐트의 입구를 열고 캔을 석유 버너로 데웠다. 어둠이 내려앉았다. 어거스틴은 이 밤을 견뎌낼 수 있기를 염원했다. 그들이 잠을 자는 동안 텐트가 광활하고 매끄러운 동토 위로 산산이 흩어지지 않기를 기원했다.

텐트에 불어대는 바람 소리에 맞춰 아이리스가 흥얼거렸다. 아무 말도 필요 없었다. 어거스틴은 콩을 씹으며 바람의 고독한 신음 소리에 귀를 기울였다. 갑자기 불길한 느낌이 들어 다시 한 번, 돌아가야 하는 게 아닐까 싶었다. 이미 잘 알고 있는 안전한 곳인 천문대에서 아이리스를 데리고 나온 게 실수가 아닐까 싶었다. 식사를 하고 나서 둘은 텐트 밖으로 나와 별을 올려다보았다. 하늘은 별들로 가득했다. 하지만 그날 밤은 허공을 가로지르며 넘실대는 오로라의 북극광 때문에 별자리들은 그저 소박한 배경에 지나지 않았다. 초록, 보라, 파랑의 빛줄기들이 춤을 추었다. 둘은 좀 걸어 나가 텐트 안을 밝히는 전기 랜턴 빛에서 좀 떨어져보았다. 오로라에 홀려, 은은한 빛을 발하는 그 다리들 가운데 하나를 따라, 곧바로 하늘로 올라갈 수 있을 듯했다. 얼마 후 빛이 흐려지고 사라졌다. 어거스틴은 그제야 돌아서며 시간이 얼마나 지났는지도 알 수 없었다. 그때 주황빛이 켜진 텐트 위에서 마지막 한 줄기 초록빛이 차츰 희미해지는 광경이 보였다.

그날 밤 두 사람 모두 잘 잤다. 코끝에서 숨결을 하얗게 피워 올리며 두껍게 껴입은 몸들이 온기를 찾아 무의식중에 서로 다가붙었다. 바람은 계속 그들 주변에서 울부짖으며 노래를 불렀다.

–

다음 날 아침 어거스틴과 아이리스는 콩 통조림을 하나 더 먹었다. 이번에는 돼지고기가 섞인 종류였다. 그러고 나서 텐트를 접었다. 밤을 지낸 동토 위를 싹 치우고 다시 동쪽으로 달렸다. 그들 앞에 또 하루가 창백하고 무한하게 펼쳐졌다. 어찌 보면 한자리에서 전혀 움직이지 않고 있는 것 같기도 했다. 보이지 않는 러닝머신 위를 달리는 듯했다. 오후 늦게 툰드라를 가로질러 달리는 북극토끼가 보였다. 마치 스카이콩콩처럼 뒷다리로 펄쩍펄쩍 맹렬히 뛰어오르고 있어, 거리보다는 높이를 추구하는 동물로 보였다. 밤에 다시 텐트를 치려고 할 때 또 근처에서 뛰어가는 토끼를 보았다. 아까랑 같은 토끼일 수도 있었다. 석유 버너에 데운 옥수수 크림을 후룩거리며 먹는 아이리스에게 토끼를 가리켜 보였다.

"그래서 쟤들은 더 멀리 볼 수 있는 것 같아." 아이리스가 말했다.

어거스틴은 잠시 말문이 막혔다. 아이리스는 말을 하는 경우가 너무 드물어서 그런 때는 대꾸하기까지 시간이 좀 걸렸다. 북극 동물들에 대한 아이리스의 지식이 상당한 것 같았다. 북극 야생 도감을 그렇게 여러 번 읽고 또 읽었으니 아마 전부 외우고 있을 것이다. 지난 몇 년간 살아온 이곳의 자연 환경에 대해 아무것도 알아보려 한 적이 없던 어거스틴은 약간의 가책과 후회를 느꼈다. 일부러 그런 것은 아니었지만 말이다. 이 아이는 늑대, 사향소, 토끼에 대해서 알고 있는데, 어거스틴은 저 멀리 떨어진 별들에 대해서밖에 알지 못했다. 평생을 이곳에서 저곳으로 옮겨 다니면서도 어거스틴이 살게 된 곳의 문화나 자연이나 지리에 대해, 바로 눈앞의 세상에 대해, 아무것도 배우려 한 적이 없었다. 그저 지나가는, 하찮은 것들로만 여겼다. 그의 시선은 늘 먼 곳을 향했다. 사는 곳에 대한 지식은 우연히 얻은 것들뿐이었다. 다른 다양한 분야의 연구원 동료들이 그 지역을 탐험하고 숲으로 하이킹을 가고 도시를 관광할 동안 어거스틴은 하늘만 더 깊이 파고들었다. 걸려드는 모든 논문과 모든 책을 읽고 일주일에 70시간을 연구 시설에서 보냈다. 130억 년 전에 대해서는 힌

트라도 얻어내려 애쓰면서 자신이 살고 있는 현재에 대해서는 거의 알지 못했다.

물론 이런 캠핑 여행, 야외에서 별을 보며 지낸 밤도 있었지만, 그런 시절에 연료가 되어주었던 술 때문이었거나 하늘에 대한 그의 집착 때문이었지, 캠핑 자체가 목적은 아니었다. 사실 기억도 희미했다. 어거스틴은 언제나 천체를 향해 목을 쭉 빼고 있었을 뿐 지구에 있는 수많은 그토록 멋진 풍광들은 늘 외면해왔다. 그가 모은 자료나 그가 기록한 천체의 사건들만이 그의 기억에 각인되어 있었다. 자신이 얼마나 오래 살았는지 생각해볼 때, 그는 놀랍도록 경험한 것이 적었다.

그날 밤에 또 오로라가 나타났다. 순수한 초록의 북극광이 오래 지속되었다. 어거스틴과 아이리스는 랜턴을 끄고 텐트 입구에 앉아 마지막 너울이 사라질 때까지 지켜보았다. 다시 침낭으로 들어가서도 어거스틴의 정신은 맑게 타올랐다. 아이리스의 얼굴에 떠올랐던 경이의 표정이 오로라만큼이나 그의 마음을 빼앗았다. 마침내 잠에 빠지면서는, 자신들이 얼마나 멀리 떠나왔고 얼마나 더 가야 하는지 근심조차 잊고 그저 옆자리 아이의 숨소리만을 생각했다. 바람의 신음 소리, 손끝과 발끝에 따끔거리며 남아 있는 추위마저도 낯설도록 날카로운 살아 있음의 감각으로 인지되었고, 만족스러웠다.

–

또 하루 종일을 달리며 보냈다. 다시 한 번 툰드라에서 야영하고 나서, 네 번째 날 아침, 그들은 산맥 가장자리에 도착했다. 주변 땅이 점차 울퉁불퉁해졌다. 눈밭 사이로 고대로부터의 바위들이 검고 비죽비죽한 끝을 내밀고 나와 있어 정오 가까이 되자 스노모빌을 타고 갈 만한 눈길을 찾기가 힘들었다. 산 너머에는 험준한 봉우리들 아래로 하젠 호수가 펼쳐질 터였다. 한 번도 이쪽으로 와본 적 없는 어거스틴은 이런 지형에 놀라고 낙담했다. 산길이 있었던가? 더 쉬운 길이 있는데 몰랐나? 앞길이 위험해 보였지만, 계속 밀어붙이는 수밖에 없었다. 산으로 올라가며 눈과 얼음에 날카로운 징들을 박아 넣었다. 몇 시간 동안 스노모빌로 조심스레 전진하다가 쭉 뻗은 길을 발견했다. 땅이 평평해지며 완만한 경사로가 되었다. 어거스틴은 안도의 한숨을 내쉬며 스노모빌에 속도를 냈다. 다시 매끄럽고 텅 빈 툰드라를 달려가며 풍경들을 휙휙 지나쳤다. 스노모빌에 달린 스키가 눈밭을 가르며 하얀 분수처럼 양옆으로 눈가루를 뿜었다. 하지만 안도감도 속도도 오래가지 못했다. 지형이 다시 거칠어지자 어거스틴은 사방으로 튀는 눈가루에 앞이 잘 보이지 않았다. 오래지 않아 보이지 않던 암초의 매복에, 두 사람 다 스노모빌 안장에서 튀어 나갔다. 어거스틴은 핸들 너머로 나가떨어지며, 자신의 몸이 착지의 충격을 감당할 수 있을까, 되돌아갔어야 했던 게 아닐까 생각했다. 지금 떨어지면 다시 일어날 수 있을까. 쿵 떨어질 때 숨이 막혔지만 호흡이 회복되기를 기다리며 팔다리를 하나씩 움직여보았다. 어긋난 곳은 없었다. 고개를 돌려보니 아이리스가 근처에서 벌써 일어나 자신이 떨어지며 만든 눈 자국을 살펴보고 있었다. 어거스틴도 일어나 앉아 주변을 살폈다. 스노모빌이 파손된 게 보였다. 옆으로 쓰러진 채 스키 한쪽이 부서져 있었다. 그는 천천히 일어나서 그쪽으로 가보았다. 스노모빌을 세워서 시동을 걸어봤지만 엔진에서는 꾸륵거리는 소리만 나왔다. '아무도 다시 데리러 오지 않습니다.' 어디서 들었더라? 어거스틴은 기억하려 애써보았다. 들고 갈 수 있는 물건은 챙겨서, 두 사람은 걷기 시작했다. 쑤시는 팔다리에 무거운 짐을 들고 여기저기 솟아난 바위와 미끌거리는 얼음에 비틀거리며, 몇 시간을 걸었다.

다시 길이 가팔라졌다. 그리고 낮은 산봉우리들 중 하나에 도착할 즈음에는, 기진맥진한 채 날이 저물었다. 하지만 그곳에서 처음으로 아래쪽의 호수를 볼 수 있었다. 거대한 얼음판이 저물어가는 태양 아래 빛나고 있었다. 그리고 저 아래 산기슭에 기상관측소도 보였다. 막사 몇 채와 높다란 안테나 구조물뿐이었지만, 그럼에도 불구하고 힘이 났다. 그들의 새로운 집이었다. 이제는 돌아갈 수도 없었다. 마지막으로 캠핑을 했다. 그리고 다음 날 아침, 하산을 시작했다. 몇 시간 후, 드디어 관측소 부지로 비틀거리며 들어갈 때는 막 해가 지기 시작했다.

기상관측소에는 별게 없었다. 호수 옆 경사지를 계단식으로 깎아 평평하게 만든 부지에, 원통을 세로로 잘라 쓰러트려놓은 모양의, 녹색 천으로 된 낮은 텐트 하나와 같은 모양의 좀 큰 하얀 텐트 두 개가, 각각 작은 연통 굴뚝을 단 채 웅크리고 있었다. 텐트들 옆에는 높다랗고 비죽비죽한 안테나 대열과 무선실이 있었다. 호숫가는 물론 눈에 덮여 있었지만 벌써 울퉁불퉁한 바위들이 드러나기 시작했다. 호수 가운데에는 작은 섬이 있었는데, 이곳에서도 북극토끼가 뛰어다니다가, 이쪽을 빤히 넘겨다보는 것이 보였다. 얼음이 삐걱거리며 꽁꽁 언 종들이 서로 스치는 소리처럼 울렸다. 툰트라를 휩쓸고 다니는 황폐한 바람의 울부짖음을 대신하는 새롭고 반가운 소리였다. 그토록 오랫동안 함께해온 차가운 돌풍

이 이곳 기상관측소에는 불지 않고 있었다. 어거스틴이 거대
한 호수 옆의 작은 막사들을 조사하는 동안 부드럽고 훈훈한
바람이 그의 얼어붙은 턱수염을 간질였다. 봄이 오고 있었
다. 해동이 시작되었다.

열

감압실이 열렸다. 설리는 기계식 문이 활짝 열리며 한 발짝 밖으로 끝없는 우주의 텅 빈 구멍이 입을 벌리는 모습을 바라보았다. 데비가 먼저 나갔다. 설리도 뒤를 따랐다. 감압실 가장자리를 꼭 잡고 잠시 숨을 고르며 주변을 관찰하다가 허공 속으로 들어갔다. 밖에서 보니 에테르 호가 거대해 보였다. 하지만 대부분은 저장 탱크, 방사능 보호막, 태양광 패널, 추진체 같은, 대원들이 안에서는 볼 수 없는 부분들이었다. 설리는 휙휙 돌고 있는 중력 생성 구역으로 시선을 돌렸다. 우주선 전체에 비하면 참 작아 보였다. 여섯 명의 대원이 저기서 저렇게 오랫동안 복닥거리며 살고 있다니 놀라운 일이었다. 이 우주 한복판에서 말이다. 설리는 온실과 생명 유지 장치를 지나, 연구 칸을 지나, 전망창 앞으로 나아갔다. 거기 유리판에 달라붙은 네 명의 얼굴들을 향해 장갑 긴 거대한 손을 흔들었다.

"지금까지는 좋아." 헬멧의 통신 장치를 통해 말했다.

고개를 돌려 보니 데비가 몇 미터 떨어져, 에테르 호가 아닌 우주의 심연을 내다보고 있었다. 설리도 우주를 보았다. 갑자기 에테르 호가 전혀 크지 않게 느껴졌다. 극미의 존재 같았다. 하퍼가 데비에게 계속 갈 수 있느냐고 묻는 소리가 들렸다.

"알았다, 가겠다." 데비가 말했다.

데비와 설리는 천천히 우주선의 후미에 통신 안테나 접시가 연결돼 있던 기단부 위치로 나아갔다. 우주선의 추진체 앞, 저장 탱크 뒤였다. 원격 조종 도구, 긴 로봇 팔은 우주선 반대쪽에 있어서 생활 구역과 업무 구역에서 발생한 외부의 고장을 수리할 수 있었다. 하지만 안테나까지는 팔이 못 미쳤다. 데비와 설리는 거대한 우주선 선체에 달라붙어서 절벽을 기어 올라가는 등반가들처럼 천천히 움직였다. 우주선과 연결된 생명줄인 철제 케이블이 그들 뒤에서 거미줄처럼 반짝이며 둥둥 떠다녔다. 주조종실에서 나머지 대원들도 둥둥 떠서 외부 작업자들의 헬멧에 부착된 카메라를 통해 보고 있었다. 하퍼가 계속 진행을 지시했고, 이따금씩 작업자들이 망설일 때는 과정에 대해 몇 가지 제안을 했지만 대부분 말없이, 작업자들의 속도에 맞게 일이 진행되도록 지켜보았다.

얇은 케이블 한 줄이 공허로부터 자신을 분리시켜주는 유일한 존재인 이 순간, 설리는 그 어느 때보다도 하퍼가 고마웠다. 지난번 우주 임무 때 사령관이었던 사람은 설리가 일하는 동안 끊임없이 지시를 내렸다. 그녀가 고유의 권한을 가진 전문가라기보다는 비디오 게임의 아바타가 된 것처럼 명령을 내렸다. 10년도 전 설리가 우주인 훈련 프로그램을 졸업하고 처음 우주 임무에 참여해 국제 우주 정거장에 머물고 있을 때였다. 10개월의 연구 임무였다. 설리는 혈기 왕성했고 어리숙하지도 않았지만 입을 닫고 아무 불평도 하지 않았다. 그때 벌써 에테르 호의 선발 위원회가 탐색을 시작했다는 소문을 들었던 것이다. 소문에 의하면 당시 우주에 가 있는 사람들도 기본적으로 고려 대상이었다. 설리는 거기 선발되기를 간절하게 원했다.

설리의 첫 번째 우주여행은, 에테르 호에 선발될 수만 있다면 무슨 일이든 해낼 수 있다는 확신을 주었다. 목성 탐사는 이미 수년간 진행되어온 계획이었다. 우주선도 벌써 우주 공간에서 조립되면서 지구 궤도를 돌고 있었다. 시간대가 맞으면 국제 우주 정거장에서 에테르 호를 볼 수 있었다. 선체는 멀리서 태양빛을 반사하며 마치 인간이 만든 별처럼 반짝였다. 에테르 호가 목성으로 긴 여행을 마치고 돌아오는 날에는 국제 우주 정거장에 도킹해서 영구 부속물이 될 예정이었다. 에테르 호의 첫 비행에 한 자리를 얻기 위해서라면 영혼이라도 팔지 않을 우주인은 없었다. 유리 가가린, 닐 암스트롱과 나란히 역사에 남을 자리였다. 언제 대원들이 선발될지, 언제 출발할지 확실히 아는 사람은 아무도 없었지만 베테랑 우주인, 신입 우주인 할 것 없이 모두 그 가능성에 들떠 있었다.

이 지점에서 저 지점으로 둥둥 날아다니면서, 거의 2년 동안 집이 되어준 양철통의 표면에 손으로 잡을 곳을 찾아 허우적거리면서, 설리는 7년 전 에테르 호의 승무원 모집 계획이 발표되던 날을 기억했다. 또한 16개월 후에 대원 자리를 제안받던 날도, 잭에게 말했을 때 떠오른 표정도 기억했다.

둘은 이미 별거 중이었지만 아직 이혼 이야기는 아무도 꺼내지 않았다. 루시의 표정은 알 수 없었다. 그 소식을 전해준 사람이 설리가 아니었기 때문이다. 잭이 말하는 편이 낫겠다고 설리도 동의했기 때문이지만 둘 다 진짜 이유를 알고 있었다. 설리는 자신의 유일한 자식에게 엄마가 자발적으로 딸과 헤어져서 2년 이상을 보낼 거라는 말을 해낼 수 없는 사람이었기 때문이다. 그럴 가치가 있었을까? 그때로 돌아간다면 다시 그렇게 할까? 그 모든 고생과 희생과 끝없는 훈련이 설리를 이곳까지, 태양계 내 가장 외로운 장소까지 데리고 왔다. 설리는 하마터면 큰 소리로 웃을 뻔했다. 과거의 자신에게 미래가 어떻게 될지 경고해줄 수 있었더라면. 하지만 알았더라도 전혀 달라지지 않았을 것이다. 이바노프의 말이 떠올랐다. '모두가 소명을 가지게 되는 것은 아니지.' 이곳에서, 텅 빈 속에 둥둥 뜬 채로, 설리는 슬픈 평온을 느꼈다. 설리는 자신의 소명을 따라왔다. 목성의 칼리스토 위성 때 이후 처음 우주선 밖으로 나온 것인데, 그때와 마찬가지로 우주 유영하기 좋은 날이었다. 그전의 다른 모든 날과 다른 모든 밤과 마찬가지로 말이다. 설리는 추억들을 눌러 내리고 미래에 대한 걱정도 흩어버렸다. 둘 중 어느 것도 이제는 중요하지 않았다. 다음 붙잡을 곳이 있어야 할 뿐이었다. 그러고 난 다음에는 그다음 붙잡을 곳이 있어야 하고.

"네 번째 저장실로 가봐. 옆면에 사다리가 있을 거야." 하퍼였다. 설리가 머뭇거리는 줄 알고 하는 말이었다. 흘긋 돌아보니 우주선 반대쪽에서 데비가 줄줄이 저장실들을 지나가고 있었다.

"알겠어." 설리는 말하고 훌쩍 날아, 길쭉한 검은 숫자들이 붙은 매끄러운 원통형 저장실들을 지나갔다. 그리고 잘 보이지 않았던 가로대들을 붙잡을 수 있었다. 두 여자는 통신용 안테나 접시가 있던 후미에 동시에 도착했다. 설리가 데비의 어깨에 손을 올리자 데비가 한쪽 엄지를 들어 보였다.

"잘돼가고 있지?" 설리가 물었다.

"잘돼가고 있지." 데비가 대답했다.

둘은 그 위치에 줄을 연결하고 새로운 설치를 위한 피해 상태 조사를 시작했다.

–

설리가 감압실 외부 문을 닫았고 두 사람은 우주복을 입은 채 다시 공기가 차오르기를 기다렸다. 둘은 다섯 시간 이상 우주선 외부에 있었다. 다른 대원들은 감압실의 내부 문 앞에 모여 두 사람이 들어오길 기다렸다. 쉭 하고 공기가 차오르자 하퍼가 문을 열었다. 데비와 설리는 우주선 안으로 들어가 온실 통로에서 다른 대원들과 만났다. 이바노프가 설리의 손을 잡고 흔들었다. 테베스와 탈이 설리를 껴안았다. 하퍼의 표정은 안도감에 풀려 있었다. 설리는 탈의 어깨에 팔을 계속 걸쳐둠으로써, 하퍼와 동료처럼 악수를 할지 아니면 친구처럼 포옹을 할지 결정하기 어려운 상황을 피했다. 테베스는 자식과 재회한 아버지처럼 데비를 한참 껴안고 도무지 놓아주려 하지 않았다. 다른 대원들은 하퍼를 따라 다시 주조종실로 돌아갔다. 전망창 앞에 모여 다음 외부 작업을 의논했고 헬멧에 부착된 카메라로 찍은 영상을 돌려 보았다.

실행 가능한 계획을 세워두었던 이번 외부 작업은 성공적이었다. 대체물 설치를 위해, 너무 손상된 옛날 부품 몇 가지는 소행성대를 향해 날려 보냈다. 이곳에서 부품들은 수백만 세대를 떠돌아다닐 것이었다. 녹화된 영상을 빠르게 돌려 보면서 칭찬하고 치하하는 시간을 가졌다. 보다 복잡한 순간들은 실시간으로 재생해보았다. 영상이 끝나자 분위기는 가라앉았다. 두 번째 외부 작업의 성공 가능성이 불확실했기 때문이다. 즉흥적으로 대처해야 할 부분이 생길 것이다. 휴스턴에서 다음 작업에 대비한 수중 수리 훈련도 받지 못했다. 두 번째 외부 작업에 대한 우려가 제기되었다. 해결책을 놓고 브레인스토밍을 해보았지만, 결국 몇 시간 후 하퍼는 회의를 끝냈다. 대원들은 지쳤다. 지난 며칠간의 갑작스러운 활동 폭발의 여파가 얼굴에 드러나기 시작했다.

"하루 쉬어." 하퍼가 말했다. "2차 작업에 대비해 모두 쉬기 바란다. 우선 저녁부터 먹고 세부 사항을 검토하자."

이바노프가 저녁을 만들겠다고 고집을 부렸다. 처음 있는 일이었다. 대원들이 긴 탁자에 앉아 지켜보는 가운데 이바노프가 통조림 토마토와 감자, 케일, 냉동 소시지를 대충 한데 넣어 이상해 보이는 스튜를 만들었는데, 결과적으로 맛이 꽤 좋았다. 탈은 그릇을 들고 새빨간 국물을 후루룩 마신 다음 입가에 주황색 얼룩을 묻히고 한숨 돌렸다.

"나쁘지 않네." 말하고는 한 그릇 더 떴다.

이바노프는 미소는 아니지만 거의 비슷한 표정을 지으며 말했다. "옛날 요리법이지."

대원들은 먹으면서 두 번째 우주 유영을 위한 계획들을 재점검했다. 달 착륙선에서 빼낸 접시는 이전 통신 안테나보다 훨씬 작았지만 수선을 좀 하고 장치를 몇 개 덧붙여 작동되게 해놓았다. 테베스가 내부에서 시스템을 재조정할 것이고 설리와 데비가 외부에 설치할 예정이었다. 가장 어려운 부분은 접시를 감압실 밖으로 내보내 필요한 자리로 옮기는 일이었다.

식사가 끝난 후 탈, 테베스, 하퍼가 설거지를 했고 이바노프는 게임 칸으로 갔다. 설리와 데비는 식탁에서 졸다가 식사가 끝나자마자 자러 갔다. 한밤중 설리는 데비의 신음 소리에 잠이 깼다. 커튼을 젖히고 비틀거리며 나와 데비의 수면 칸으로 갔다. 악몽을 꾸고 있었다. 깨우자 눈을 뜬 데비의 표정에는 설리마저 두려워지는 격심한 공포가 들끓고 있었다.

"왜 그래?" 설리가 속삭였다. "악몽 꾼 거야? 아무 일도 없어, 데비, 여긴 안전해."

데비가 손을 휘저으며 설리의 셔츠를 움켜잡았다. 얇은 회색 옷감을 구명정이라도 되는 듯 부여잡았다. 깨어난 것을 깨닫는 데 시간이 걸린 듯, 잠시 후 땀에 젖은 베개에 다시 털썩 누우며 호흡을 되찾고 늘어졌다.

"무슨 꿈인지 얘기해봐." 설리가 말했다.

데비가 몸을 웅크리며 부르르 떨었다. "우리가 실패했어."

"어떻게 됐는데?"

"안테나를 잃어버렸어. 내가 놓쳐서 태양을 향해 날아갔어. 우리도 태양을 향해 날아갔고. 내 실수였어."

설리는 데비의 머리를 쓰다듬었다. 루시에게 해주던 것처럼 손가락으로 머리칼을 빗어 내리다가 엉킨 곳이 있으면 멈춰서 천천히 풀었다. 데비가 얼굴을 가리고 흐느꼈다. 울음을 참지 못해 가슴을 들썩였다. 데비의 꿈을 머릿속에 그려 보니 설리도 겁이 났다. 실패뿐 아니라 지구로 돌아가지도 못하고 다 죽을까 봐, 지구와 모두에게 무슨 일이 일어났는지 알지도 못하고 죽을까 봐, 게다가 그것이 자신의 잘못이 될까 봐 무서웠다. 데비와 설리의 손에 어떤 책임이 맡겨졌는지 새삼 깨달았다.

데비가 다시 잠이 들기 시작했지만 설리는 계속 곁을 지켰다. 여동생 같은 데비의 머리가 설리의 품에 안겨들었다. 팔이 아팠지만 설리는 가만히 기다리며, '작은 지구'에 인공 새벽이 밝아올 때까지 생각에 잠겼다. 데비의 수면 칸을 빠져나온 설리는 어제 땋아 느슨해진 긴 머리를 늘어뜨리고 맨 다리와 맨발로 타박타박 걸어 자신의 수면 칸으로 돌아왔다. 속옷을 갈아입고 작업복을 입었다. 작업복의 팔 부분은 허리에 동여맸다. 머리칼을 손가락으로 빗어서 나누며 커튼을 열었다. 머리를 땋으며 지켜보는 동안 빛들이 밝아지고, 강해지더니, 빛나기 시작했다.

—

그날은 하루 종일 준비를 했다. 테베스는 우주복과 외부 작업 장비 세트를 점검하고 접합 부분이 약해지거나 오작동할 가능성이 없는지 시험했다. 이바노프는 설리와 데비가 두 번째 우주 유영을 하기 전 정밀 건강 진단을 했고 하퍼와 탈은 안테나를 옮길 채비를 했다. 천체지질학자로 탑승한 이바노프는 에테르 호의 의사이기도 했다. 의사 일을 안 한 지 10년도 넘어서, 환자를 다루는 태도는 별로였지만, 혈액 검사는 빠르고 고통 없이 해치웠다. 두 번째 우주 유영 작업은 최소한 여덟 시간 이상 걸릴 예정이었다. 어제 외출의 두 배였다. 설리가 건강 진단을 끝내고 실험실을 나와 주조종실로 가니, 하퍼와 탈이 어제 영상을 보고 있었다.

"어이, 겁먹고 있는 건 아니지?" 설리가 말을 걸었다.

"전혀 아니지." 하퍼가 코웃음 쳤다. 탈은 입을 다문 채 팔짱을 끼고 눈썹을 찌그러뜨리며 과장되게 고개를 가로저었다. 물론 이런 허세는 농담이었다. 모두가 걱정하고 있었다.

"좋아, 나도 겁 안 나." 설리는 전망창으로 날아가 밖을 내다보았다. 멀리서 화성이 보였지만 여전히 여러 개의 점들 가운데 하나일 뿐이었다. 하퍼와 탈은 다시 복습으로 돌아갔다. 영상을 반복 재생하고 만족할 때까지 돌려 본 다음, 그다음 영상으로 넘어갔다. 설리는 계속 전망창에서 그 너머 어둠과 교감을 주고받았다. 내일 다시 들어가려는 저 흉포한 풍경은 위험하면서도 아름답고 알 수 없는 곳이었다. 설리는 준비가 돼 있었다. 이바노프도 육체적으로 문제가 없다는 것을 확인해주었다. 그리고 작업 순서는 머릿속에 또렷하게 각인돼 있었다. 하지만 석연찮은 감정이 일어나고 있었다. 데비의 꿈 역시 두려움의 발현이었다. 이성이 지배하지 못하는 마음 한구석을 단단히 파고든 두려움이었다. 누군가는 직감이라고 할지도 모르지만 설리는 아니었다. 신경과민으로 치부하고 고개를 돌렸다. 다시 우주선 내부, 작업 계획으로 돌아갔다.

열하나

어둠이 내려앉을 때 어거스틴과 아이리스는 호숫가의 기
상관측소 부지에 도착했다. 비틀거리며 첫 번째 텐트로 들어
갔다. 버려져 있던 허술한 시설이나마, 야외의 노골적인 추
위에서 벗어난 것만도 고마웠다. 얼어붙은 곰팡내가 감돌고
가재도구도 최소한으로 구비된 곳이었지만 어거스틴이 지난
수년간 살았던 그 어느 곳보다 집처럼 느껴졌다. 텐트 안을

올려다보니 비닐 외피를 지탱하는 알루미늄 막대들이 휘어져 둥근 천장을 만들고 있어서, 갈빗대가 드러난 고래 배 속에 들어와 있는 기분도 들었다. 천으로 지탱되는 캠핑용 침상이 네 개, 기름 난로, 가스레인지, 조립식 가구가 있었다. 실내 중앙에는 카드 테이블과 접이 의자들이 몇 개 있었고 그 너머에는 기상도와 날씨 기록표로 뒤덮인 책상 하나, 작은 발전기 하나, 책꽂이로 쓰이는 나무 궤짝 몇 개가 있었다. 유리 등피가 그을린 석유 등잔 10여 개가 탁자 위에 모여 있고 합판 바닥엔 제각각의 낡은 카펫이 여러 장 깔려 있었다. 이 막사 안은, 바르보 천문대가 있는 기지 전체에서는 찾아볼 수 없던 편안함이 있었다. 개성이랄까, 아늑함이 있었다. 사람들이 이곳에서 살았던 것은 분명했다. 그들은 음식을 만들고 소설을 읽고 게임을 했다.

어거스틴과 아이리스는 짐을 내려놓고 안에 남아 있는 물건들을 좀 더 자세히 조사하기 시작했다. 나무 궤짝들은 염가판 책으로 가득했다. 대부분 로맨스소설이었고 추리소설과 기본적인 요리책도 조금 있었다. 간이침대 위의 매트리스에는 보호 비닐이 씌워졌고 하나를 벗겨보니 모직 담요가 몇 장, 구겨진 시트, 비닐 커버 안의 부실한 베개가 욱여넣어져 있었다. 시트를 펼쳐 얇은 매트리스에 씌우고 베개를 부풀린

다음 담요는 다시 접었다.

탁자 위의 석유 등잔 몇 개에 불을 켠 다음, 출입구를 열어 저물어가는 태양빛이 마지막으로 들어오게 했다. 버려진 장소의 퀴퀴한 냄새가 실내를 휘돌다가 점차 야외로 빠져나갔다. 아이리스는 다시 밖으로 나가 호숫가에서 몇 미터 떨어진 눈 위에 주저앉아 돌멩이를 주워 들고 8자 모양을 그렸다. 어거스틴도 나가서 바윗돌을 찾아 잠시 그 위에 앉아 경치를 바라보았다. 가슴은 안도감으로 가득했다. 떠나오길 잘했다. 둘은 성공했다. 다시 돌아가지는 못할 테지만, 여기서 안전감을 느낄 수 있었다. 철수의 암울한 그림자가 남아 있던 곳, 격납고와 활주로가 으스스하게 텅 비어 있던 곳에 비하면 이곳은 유배지가 아니라 오아시스 같았다.

해가 이제 호수를 둘러싼 산들 뒤로 넘어갔다. 하늘은 검푸른색으로 깊어졌다. 앞으로 탐험할 시간은 충분할 것이다. 둘은 말없이 앉아 얼음 소리에 귀를 기울였다. 어딘가 멀리서 늑대의 울음소리가 들렸다. 그리고 호수 다른 쪽에서 화답하는 소리가 들렸다. 둘은 꼼짝 않고 앉아 있었다. 어둠이 완전히 내려앉고 하얀 부엉이 한 마리가 날아와 안테나 구조물 가운데 어느 기둥에 내려앉아, 두 인간을 호기심 어린 눈으로 지켜보았다. 별들이 반짝반짝 나타났다.

"배고프니?" 어거스틴이 묻자 아이리스가 끄덕였다. "뭐 만들어줄게." 그는 천천히 삐걱거리며 일어났다. 간이침대에서 얼른 자고 싶었다. 천문대에 만들어놓았던 침낭 둥지보다 나쁘지는 않을 것이고 며칠 밤을 보낸 얼어붙은 땅보다는 훨씬, 훨씬 나을 것이었다. 텐트로 가까이 가자 석유 등잔의 불빛이 벽에 비치고 문 안쪽에서 불꽃이 깜박이는 것이 보였다. 오게 되어 다행이었다.

텐트 안으로 들어가 기름 난로를 피웠지만, 아이리스가 호수와 첫 교감을 끝내고 들어올 수 있도록 문은 잠그지 않았다. 얼마 만에 물을 보는 것일까? 어거스틴은 마지막 휴가 후 천문대 기지로 돌아오는 길에 피오르해안 상공을 날아왔더랬다. 1년도 더 전 일이다. 얼어 있긴 했지만 호수는 따뜻한 계절이 빠르게 다가오고 있음을 환기시켜주었다. 그는 눈을 감고 한 달 후 어떤 풍경을 상상해보았다. 한밤에도 태양이 뜨고 봄의 실개울이 그들을 찾아 졸졸 흘러들 것이다. 땅이 물컹해지고 황폐했던 땅을 뚫고 풀들이 힘차게 솟아오르며 수면의 얼음이 녹아 물이 되는 풍경을 떠올리자 어거스틴의 마음이 평온으로 가득 찼다. 한동안 풍경과 싸우지 않아도 되는 것이다. 적어도 이번에는. 철수 이후, 아이리스를 발견한 이후, 그는 정말 오랜만에 지상의 일에 관심을 가지게 되었다. 땅의 영향을 받게 되었다. 하늘의 변화가 발아래 땅보다 더 중요한 의미를 가지던 때가 있었다. 하지만 이제는 아니었다. 너무 오래 올려다보기만 했다. 흙에 대해 생각하니, 다시 땅으로 돌아가는 삶을 상상하니 기분이 좋았다.

난로가 실내를 데우기 시작하자 어거스틴은 옷을 몇 겹 벗고 가스레인지 주변에 쌓여 있던 상자와 꾸러미들을 뒤졌다. 식량이 풍부했다. 다른 막사에는 더 많은 식량이 비축돼 있는 게 아닐까 싶었다. 이런 지역은 긴 겨울과 드문 보급 빈도에 대비해야 하니까. 그는 기름과 그을음에 끈끈해진 프라이팬을 발견하고 싱크대에서 씻었다. 텐트 한쪽 구석 커다란 보온 탱크에 물이 있었다. 프라이팬을 뜨거운 가스레인지에 올리자 수증기가 칙 올라왔다. 콘비프 통조림을 프라이팬에 넣고 조각들이 갈색으로 바삭해지자 접시 두 개에 덜었다. 그리고 달걀 분말을 가지고 스크램블드에그를 만들었다. 커다란 즉석커피 통과 분유, 연유도 있었다. 횡재다 싶었다. 아이리스가 음식을 먹기 시작하는 동안 어거스틴은 커피를 타려고 물을 올렸다. 그리고 아이리스 옆에 앉았다.

"맛이 괜찮니?" 어거스틴이 물었다. 아이리스는 커다랗게 한 입 먹고서 고개를 끄덕였다.

물이 끓자 어거스틴은 커피 한 잔을 타고서 연유를 넉넉히 넣었다. 지금까지 마신 중 최고의 음료라고 결론을 내렸다. 위스키보다도 좋았다. 그들은 다 먹은 후에도 접시를 쌓아두고 계속 탁자에 앉아 있었다. 곁에서 기름 난로가 윙윙거릴 뿐 둘 다 아무 말도 하지 않고, 새로운 배경음 속의 침묵을 즐겼다. 석유 등잔불들이 실내를 환하게 밝혀주고 바깥 기온이 곤두박질치는데도 기름 난로가 놀라울 만큼 따뜻하게 해주었다. 어거스틴은 접시들을 싱크대에 넣고 아침에 치우기로 했다. 그리고 아이리스를 위해 다른 침상의 비닐을 벗겼다. 둘은 이렇게 떨어져 잔 적이 드물었다. 천문대에서는 온기를 찾아, 침낭으로 만든 둥지에서 한데 얽혀 잤으니까. 어거스틴은 비닐을 접고 시트를 펴서 매트리스에 씌웠다. 그리고 극저온용 침낭을 꺼내 침대 위에 놓았다.

밤중에 어거스틴은 북극늑대 무리의 울음소리에 깼다. 꽤 가까이, 관측소 부지 뒤 산중에 있는 것 같았다. 어쩌면 둘이 버리고 온 스노모빌의 냄새를 맡고, 오줌을 지려서 자기들 것으로 표시하고 있을지도 몰랐다. 가지려면 가지라지, 어거스틴은 생각하며 다시 잠이 들었다.

–

아침에 어거스틴은 여전히 윙윙거리는 기름 난로의 온기

228

를 즐기며 몇 분 더 누워 있었다. 일어나면서 관절의 연골들이 삐걱대는 소리에 몸서리가 쳐졌다. 온몸에서 뼈들이 무너지는 도미노처럼 서로 부딪치며 끽끽거리고 있었다. 어제 스노모빌에서 떨어진 것 때문에 여기저기가 쑤셨지만 그는 살아났다. 수세미와 비누를 찾아내고 물을 좀 데워 어제 먹은 프라이팬과 캠핑용 깡통 접시들을 씻었다. 설거지를 마치고 밖으로 나가 그들의 오두막을 돌아보았다. 가느다란 은색 굴뚝에서 연기가 솟아 나와 맴돌다가 창백한 푸른 하늘 속으로 사라지고 있었다. 태양은 벌써 주변을 둘러싼 산봉우리들 훌쩍 위로 솟았다. 아이리스의 모습보다 소리가 먼저 들렸다. 멋대로 치는 북소리와 구슬픈 허밍 소리는 아이리스의 목소리일 수밖에 없었다. 그 소리를 따라가니 호숫가에 엎어진 구명보트 위에 앉아 있었다. 책상다리를 하고 앉아 나무토막으로 구명보트 선체를 두드리며 박자를 맞췄다. 모자에 달린 녹색 방울도 박자에 맞춰 흔들거렸다. 어거스틴이 손을 흔들자 아이리스도 손을 흔들고 다시 작곡을 이어갔다. 뭔가 달라 보였다. 잠시 후에야 어거스틴은 아이리스가 행복해 보인다는 걸 깨달았다. 아이가 놀게 내버려두고 어거스틴은 관측소 부지로 돌아갔다.

관측소 부지에는 세 개의 텐트가 있었다. 두 개는 커다란 하얀색, 하나는 좀 작은 녹색이 줄지어 세워져 있고 기름통, 석유통, 가스통들이 그 뒤에 모여 있었다. 어거스틴은 차례로 조사해보았다. 하얀 텐트 하나는 어제 그들이 밤을 보낸 텐트보다 비어 있었지만 대부분 비슷했다. 두 개의 침상이 더 있는 것으로 봐서 예비 숙소였다. 여름이면 상주 인원이 늘어날 테니까. 녹색 텐트에는 식량 보관품과 조리 도구가 더 있었다. 여기는 주방용 텐트인가 보았다. 역시 사람 많은 여름에 사용했을 것이다. 겨울 동안에는 활동이 줄고 텐트 하나에서만 생활했을 터였다. 주방용 텐트에는 통조림과 동결건조식품이 가득했다. 엄청난 양이었다. 과일 통조림과 즉석커피와 시금치 크림, 정체불명의 고기 등 둘이서는 수년이 걸려도 다 못 먹을 양이었다. 종류도 엄청나게 다양했다. 질은 의심스러우나 양은 풍부했고 이전 식량 사정보다 훨씬 나았다. 여기서는 굶을 일도 없고 얼어 죽을 일도 없다는 건 분명했다.

밖으로 나오니 공기가 믿을 수 없을 만큼 고요했다. 태양이 호수 가장자리 얕은 물을 녹여놓았고 기온이 거의 영상에 가까운 듯 온화했다. 어거스틴은 목도리를 풀고 가만히 서서 늙고 지친 피부에 햇빛을 쐬었다. 이렇게 기분이 좋았던 게 언제였는지 기억도 나지 않았다. 호수 가운데 작은 섬에서 다시 북극토끼들이 뛰어다니며 어거스틴을 바라보았다. 거기서 여름을 날 건지, 아니면 얼음이 녹아 물로 변하기 전에 껑충껑충 뛰어 육지로 건너올 건지 궁금했다. 아니면 수영을 할 수 있는지도 모르겠다고 생각하며, 어거스틴은 슬며시 미소를 지었다.

아직 탐색을 하지 못한 건물이 하나 더 있었다. 안테나 구조물들 옆의 통신제어실은 맨 나중에 보려고 아껴두었다. 나무와 금속으로 지어진 견고한 구조물이 생활 구역의 다른 텐트들과 좀 떨어져 안테나 가까이 있었다. 어거스틴은 통신실로 가서 손잡이에 손을 올렸다가 자기도 모르게 멈췄다. 좀 있다가 해도 된다는 생각이 들었다. 그리고 손을 떼었다. 이곳에 온 이유는 이 통신 시설 때문이었다. 바깥세상에 아직 남은 사람들과 연락을 하려고 말이다. 하지만 갑자기 그 이유는 부차적으로 느껴졌다. 둘은 이곳을 집으로 만들 수 있을 것 같았다. 그게 진짜 원하던 게 아닐까? 생활 구역 쪽을 돌아보니 아이리스가 뒤집힌 구명보트에 벌렁 누워 하늘을 보고 있었다. 조잡한 나무 북채를 가슴에 얹은 모습이 장례식 꽃다발 같았다. 어거스틴은 통신실을 떠나 아이리스에게 갔다.

"나랑 산책 갈까?"

아이리스가 고개를 들더니 벌떡 일어났다. 어거스틴이 손을 잡아 내려오는 걸 도와주었다.

"가자. 탐험을 해보자."

–

쩍쩍 갈라지는 소리에도 불구하고 얼음은 아직 단단했다. 둘은 두툼하고 미끄러운 표면 위에서 이리저리 미끄럼을 치다가 이따금씩 넘어지며, 경주하고, 빙글 돌고, 펄쩍 뛰어도 보았다. 아이리스가 섬까지 가보고 싶어 했다. 하지만 반쯤 가다가 어거스틴이 비틀거리기 시작했다. 다리가 말을 듣지 않았다. 어거스틴이 두 번째로 넘어지고 나서 둘은 발길을 돌려 관측소로 향했다. 북극토끼들이 귀를 쫑긋 세우고 코를 벌름거리며 두 인간을 지켜보았다. 호숫가를 200미터 남겨 두고 쉬어야 했다. 아이리스는 묵묵히 옆에서 기다리다가 의사 노릇이라도 하려는 것처럼 어거스틴의 이마를 손으로 짚었다.

텐트로 돌아와 어거스틴은 침상에 눕고 아이리스는 커피를 만들었다. 너무 묽은 블랙커피였다. 가루도 충분히 넣지 않고 연유도 넣지 않은 것이었지만 어거스틴은 감사히 마시고 눈을 감았다. 다시 눈을 떠보니 밖에서 빛이 희미해지고 있었다. 아이리스는 카드 테이블에서 로맨스소설을 읽는 중이었다. 책장을 훑으며 입술을 달싹거렸다. 표지에는 두 연인이 얇은 속옷을 입고 꼭 달라붙어 있었다.

"재미있어?" 묻는 어거스틴의 목소리가 쉬어 있었다. 아이리스는 어깨를 으쓱하고 손을 들어 기우뚱거리며 '그럭저럭' 표시를 해 보였다. 그리고 책을 내려놓고 일어나 주방을 뒤적거리기 시작했다. 가만 보니 어거스틴이 어제 만든 요리를 따라 하려는 것 같았다. 그걸 지켜보고 있었다니, 가슴에 뿌듯함이 피어났다. 가르치려 하지도 않았는데 뭔가 쓸모 있는 걸 배운 것이다. 아버지들이 이런 기분을 느끼겠구나 싶었다. 콘비프 냄새에 식욕이 동했다. 음식이 다 되자 어거스틴은 무거운 몸을 일으켜 탁자에 앉았다. 역시 석유 등잔불을 켜고 저녁을 먹은 다음 설거지를 하다가 돌아보니, 아이리스가 어거스틴의 침상에서 잠들어 있었다. 소설책을 들고 웅크린 자세가 마치 초승달 같았다. 바람에 열리지 않게 문을 잠그고 젖은 손을 기름 난로에 데웠다. 그러고 나서 석유 등잔불은 불어서 끄고 아이리스 옆에 누웠다. 좁은 침상에 둘이 붙어 눕자 아이리스가 뒤척이다가 책을 떨어뜨렸지만 깨지 않았다. 어거스틴은 아이리스의 숨소리를 들으며 잠에 빠져들다가 마침내 지금까지 그를 괴롭히던 두려움의 원천을 알아냈다. 그건 사랑이었다.

—

어거스틴은 고등학교와 대학교 시절 대부분을 투명 망토를 뒤집어쓴 사람처럼 보냈다. 조용하고 똑똑하고 조심스러운 소년이었다. 대학교 4학년이 되어서야 열역학 수업 때 그의 양옆에 앉은 두 소녀가 그에게 홀딱 반했다는 사실을 깨달았다. 원하기만 하면 둘 다 넘어오리라는 사실을 알았다. 하지만 어거스틴은 그들을 원했던가? 그들과 뭘 할까? 고등학교 때 섹스는 한 번 해보았다. 꽤 즐거운 일이었지만 너무 번잡하고 거북해서 다시 해볼 가치는 없겠다고 느꼈다. 그럼에도, 이런 종류의 낭만적 과제는 새로운 것이었다. 인간 육체의 퍼즐 맞추기를 넘어서는 문제였다. 감정상의 수수께끼였고 전혀 해보지 못한 실험, 다뤄본 적 없는 변수였다. 흥미를 끄는 연구 주제를 외면하지 않는 어거스틴은 망설임 없이 빠른 속도로 여자애 둘 다와 잤다. 알고 보니 둘은 한 여학생 클럽에 속해 있어서, 같은 남자애랑 데이트한 사실을 알게 된 즉시 그에게, 그리고 서로에게 악독하게 굴었다. 그 학기는 눈물과 저주 편지와, 한 여학생의 자퇴로 끝을 맺었다. 하지만 어거스틴에게 그 실험은 성공이었다. 그는 뭔가를 배웠고 배울 것이 더 많다는, 너무나 많다는 사실을 깨달았다.

그다음 해부터 어거스틴은 이런 감정 실험을 계속했다. 더 새롭고 효율적인 유혹의 기술을 발전시켰다. 비용도, 아첨도 아끼지 않고 피실험자들에게 열심히 구애를 했다. 그리고 마침내 그들이 사랑에 빠지면 어거스틴은 퇴짜를 놓곤 했다. 처음에는 조금씩, 전화를 안 걸고, 같이 잠을 자지 않고, 그들의 귓가에 사랑의 밀어를 속삭이지 않았다. 피실험자들은 의심을 시작하다가, 그럼에도 불구하고 어거스틴을 원한다는 결정을 내린 후에는 붙잡으려는 노력을 곱절로 했다. 섹스는 더욱 대담해지고 어거스틴은 처음에는 이런 노력을 즐기다가 나중에는 너무 싸게 군다며 무안을 주었다. 저녁 식사, 영화관, 미술관 데이트 신청은 일방적이 되어갔고, 마침내는 아예 만나주지 않았다. 언질 한 번 없이 무시했고, 작별 인사나 형식적인 '너 때문이 아니라, 내가 문제야' 같은 말도 해준 적 없었다. 그들 삶에서 그냥 사라져버리곤 했다. 그들에게 그를 찾아올 담력이 있었던 경우, 그는 내내 내키지 않던 것처럼, 혹은 아예 원한 적도 없었던 것처럼 굴어서 그들을 미치게 만들었다. 어거스틴은 이런 것들에 죄책감을 느낀 적이 없었다. 그저 호기심만 느꼈을 뿐이었다.

어거스틴의 실험 대상이 되었던 여자들은 그에게 뻔한 욕을 했다. 개자식, 왕재수, 나쁜 새끼. 정신병리학적 용어도 들먹였다. 병적 거짓말쟁이, 소시오패스, 사이코, 사디스트. 그는 이런 용어들에 관심이 생겨, 혹시 저 말들이 맞는 걸까 궁금한 적도 있었다. 나쁜 새끼인 것은 맞지만, 소시오패스라고? 20대와 30대 초반까지, 뉴멕시코에서 일하기 전까지는 그럴 수도 있을 것 같았다. 그는 자신이 한 번도 느껴보지 못한 이 여자들의 감정을 관찰하고 있었으니까. 자신이 유발시킨 고통을 목격하면서 동정심 한 번 일지 않았다. 어린 시절을 떠올려보았다. 그가 어머니를 사랑했던가? 아니면 그저 자신의 편의를 위해 어머니를 조종했던 것일까? 그때도 실은 어머니를 대상으로 뭐가 먹히고 뭐가 먹히지 않는지 알아보려 실험을 하고 있었던 걸까? 늘 그런 식으로 사람을 대했나? 그렇다고 해도 딱히 괴롭지는 않은 걸 보면 정말 소시오패스일 수도 있을 듯했다.

악감정을 가지고 그런 것은 아니었다. 한 번도 그런 적은 없었다. 그는 사랑의 경계선들을 이해하고 싶었다. 저쪽에서는 어떤 종류의 식물군이 자라고 있는지, 어떤 동물군이 살고 있는지 알고 싶었다. 그리고 열광과 갈망에 대해서도. 그 둘은 다른 것인가? 다른 증세로 발현되는가? 이런 것들을 임상적으로 이해하고, 사랑의 한계들과 결점들을 시험하고 싶었다. 사랑을 느끼고 싶지는 않았다. 공부하고 싶을 뿐이었다. 취미 삼아 탐험할 또 다른 연구 분야였다. 그의 진짜 연구 분야는 훨씬 고귀했지만, 사랑에 대한 질문도 쉽게 답이 얻어지지는 않았다. 만족스러운 답을 얻은 적이 없었고, 그는 늘 납득할 수 있는 답을 찾아다녔기에, 탐구를 계속해나갔다.

인과응보가 따르지 않았던 건 아니다. 결국 어거스틴은 한도를 넘어버렸다. 여자들, 피실험자들이 너무 많아지고 위험해졌다. 카페에서, 동네를 다니다가, 일터에서 마주치게 되었다. 그리고 그들은 모두 서로 알고 있었다. 왜냐하면 이 여자에서 저 여자로 건너뛰는 가장 쉬운 방법은 연인의 주변 인간관계를 이용하는 것이었기 때문이다. 어거스틴은 사과할 생각도 하지 않았다. 그냥 떠나버리는 편이 더 쉬웠다. 새로운 천문대를, 새로운 연구원직이나 임시 강사 자리를 찾아서 다시 시작하는 편이 나았다. 어차피 부차적인 프로젝트, 별들과 함께하는 진짜 작업에 비하면 하찮은, 기록에도 남지 않는 실험이었다. 어거스틴은 다양한 육체들을 즐겼다. 연구하다가 휴식이 필요할 때, 서로 다른 가슴과 배, 다리들을 탐험했지만, 그뿐이었다. 이따금씩 딱하다는 생각은 들었지만 공감을 느낀 적은 없었다. 자신이 마주친 반응을 이해할 수가 없었으니까. 너무 과장되고 우스꽝스러웠다.

어거스틴이 박사 학위를 땄을 때 아버지가 죽었고 어머니는 정신병원에 갇혀 있었다. 그에게는 다른 가족이 없었고 사례를 이끌어낼 다른 애정의 견본이 없었다. 정신 질환과 불행한 유년기에 대한 흐릿한 기억뿐이었다. 텔레비전이나 소설에도 관심을 가져본 적이 없었다. 실제 삶에서 배우고, 관찰하고 싶었다. 그래서 그렇게 했다. 그 결과 사랑은 불쾌한 감정들의 소용돌이에 감싸여 있는, 볼 수도 없고 닿을 수도 없는 블랙홀 같은 중심이라는 것을 배웠다. 게다가 비합리적이고 예측 불가능하기까지 했다. 어거스틴은 거기에 전혀 관여하고 싶지 않았다. 그의 실험은 이 모든 게 얼마나 혐오스러운지 반복해서 확인시켜줄 뿐이었다. 시간이 지남에 따라 그는 점점 여자 대신 술이 좋아졌다. 그편이 더 쉬웠다. 더 간단하고 좋은 도피처였다.

어거스틴이 30대 때, 직경 25미터의 전파망원경 27개가 배열된 뉴멕시코 주 소코로의 전파천문대에 자리를 얻었다. 세계 최고의 전파천문학 연구 시설 중 하나였다. 그때쯤엔 어거스틴도 꽤 알려져 있었다. 동료들 사이에서도 그랬지만, 대중적으로 봐도 그는 젊고 사진발이 잘 받았다. 그의 작업도 그 분야에서 혁명적이었지만 언론에서도 인기가 있었다.

그러나 진정한 이름을 떨치지 못하면 그 공헌은 곧 잊히리라는 걸, 그는 알고 있었다. 어거스틴은 경계선에 서 있었다. 거의 다 온 상태였다. 그리고 다른 과학의 선구자들과 나란히 이름을 올릴 이론이 필요했다. 못된 바람둥이 자식이라는 명성뿐 아니라, 혁신적이고 정교한 연구에 대한 명성도 어딜 가나 먼저 당도해 있었다. 모든 연구 시설에서 그를 원했고, 종신 교수도 될 수 있었지만, 어거스틴은 수업하는 걸 싫어했다. 그는 발견을 하고 싶었다. 아니, 발견을 해야 했다.

어거스틴은 광학적 연구를 해왔기 때문에 전파망원경을 이용하는 것은 일탈에 가까웠다. 하지만 기금이 거저 굴러들어오다시피 했고 지겨운 서류 작업이나 관료들과의 옥신각신도 필요 없었다. 어쩌면 몇 년 전파천문학을 하는 게 그의 연구를 새로운 수준으로 올리는 데 필요한지도 몰랐다. 표를 예약하고 여행가방을 챙겼다. 그에게는 대학 때부터 대양과 대륙들을 가로지르며 끌고 다니던, 낡아빠진 거대한 가죽 가방 하나뿐이었다. 소코로에서는 따뜻하게 맞아주었고 어거스틴은 재빨리 자리를 잡았다. 경치의 변화도 마음에 들었고 기계들도 인상적이었다. 거기서 거의 4년을 머물렀다. 그가 생각했던 것보다 꽤 오래, 대학교에 들어간 이래 그 어느 곳보다 오래 머물렀다. '진'을 만난 곳이 거기였다.

열둘

 "유영하기 좋은 아침이네." 헬멧을 쓴 데비가 설리를 향해
씩 웃었다. 데비의 헬멧 앞창 위로 거울처럼 에테르 호의 그
림자가 지나갔다. 반사된 영상 때문에 데비의 얼굴이 잘 안
보였지만 미소 짓는 입과 이는 알아볼 수 있었다. 번뜩이는
헬멧 아래쪽에 하얀 이가 쭉 드러났다. 그들을 둘러싼 우주
의 정적은 완벽했다. 해가 지구를 깨우고 새들이 지저귀기

전 조용한 새벽 같았다. 물론 이곳에선 동이 트지 않고 정오도, 황혼의 시간도 찾아오지 않는다. 그저 이 영원한 고요의 순간만 계속될 것이다. 이전도 없고 이후도 없는 가느다란 밤과 낮의 시간 조각들만 끝없이 이어질 것이다.

설리는 평화를 느꼈다. 자신감을 느꼈다. 텅 빈 우주를 헤치고 통신 안테나와 함께 날아가며 자신의 우주복에 딸린 추진기가 내는 부드러운 진동을 느끼고 데비나 하퍼에게서 이따금씩 전송되는 목소리를 들었다. 선체 후미가 가까이 다가왔다. 거의 다 왔다. 설치는 시간이 걸리겠지만 설리에게는 시간이 있었다. 도구도 있었다. 계획과 파트너가, 팀이 있었다. 게다가 제트팩 추진기까지 있었다. 잘될 것이다. 앞에서 데비가 짐들을 가지고 설치 장소에 먼저 도착해 부드럽게 착지했다. 데비가 이음줄을 준비하고 제자리에 걸어놓자 설리가 도착했다. 새 안테나가 이음줄에 묶여 우주선에서 몇 미터 떨어져 둥둥 떠 있는 동안 두 사람은 전선을 갈 것이다. 그러고 난 다음 안테나 기둥을 선체에 연결시킬 계획이었다. 이음줄에 묶인 안테나 원반이 저항하듯 흔들리자, 기다란 팔에 달린 커다랗고 둥근 앞발이 그들을 향해 손짓하는 듯했다. 데비와 설리는 자기들 몸도 이음줄로 설치 장소에 연결시켰다. 남는 선들이 진공 속으로 흘러나와 메두사의 뱀들처럼 사방으로 퍼졌다. 데비가 선들을 꼼꼼하고도 감각적으로 정리해, 다시 분할하고 합쳐 새로운 통신 안테나의 기제에 맞추었다. 설리가 옆에서 필요한 도구들을 공구 벨트에 구비하고 데비가 필요할 때마다 건네주었다.

그렇게 일하며 시간이 흘렀다. 대부분 침묵 속에 작업했다. 이따금씩 데비가 손을 내밀며 도구를 요청하는 이외에는 잡담이 오가지 않았다. 데비는 일에 몰두해 있었고, 또 그래야 했다. 설리는 긴장해 있었고, 또 그래야 했다. 모든 것이 계획대로 진행되었다. 그럼에도 뭔가 이상했다. 설리가 헬멧 안의 빨대에서 물을 꿀꺽꿀꺽 마시고 비좁고 꽉 끼는 공간에서나마 목을 이리저리 돌렸다.

"에테르 호, 시간 확인 바란다." 설리가 말했다.

"외부 작업 시작한 지 여섯 시간째다." 하퍼가 대답했다. "둘 다 정말 잘하고 있어."

"부착 준비 거의 됐어." 데비가 말했다. "설리, 기둥을 가져올래? 부착 지점에서 10센티미터 위로."

"알겠어." 설리가 말하고 이음줄을 감아 들여 원반을 잡아당기기 시작했다. 손에 닿을 거리가 되자 기둥을 잡고 이음줄은 놓았다. 기둥을 끌어당겨 데비가 작업하고 있는 지점 위에 둥둥 떠 있도록 만들었다.

"완벽해." 데비가 말했다. "자, 이제 내가 부착시키는 동안 거기 그대로 있어줘."

전선을 연결하는 데 또 한 시간이 걸렸다. 그리고 설리는 점점 초조해지기 시작했다. 두 사람은 함께 안테나를 낮추었다. 데비가 전선들을 수납구에 집어넣었고 설리는 계속 기둥의 움직임을 조종했다. 마침내 새 시스템이 제자리를 찾고 고정될 준비가 됐다. 우주선 선체에 볼트를 박아 넣을 차례였다. 이제 거의 끝났다. 설리는 다시 물을 한 모금 마시고 데비의 어깨에 커다란 장갑 낀 손을 올렸다.

"수고했어." 데비는 대답하지 않았다. 설리의 손 밑에서 움직임이 없었다. 우주 유영을 시작한 이래 조금씩 피어나기 시작하던 불안의 구름이 진짜 공포로 응결되며 응축되었다. "데비? 괜찮아?" 설리는 침착한 목소리를 유지했지만 머릿속에서는 '안 돼, 안 돼, 안 돼' 하는 외침이, 묵주기도의 구슬을 헤아리는 엄지처럼 반복되고 있었다.

우주선 주파수에서 소음이 터졌다. 마이크를 손으로 덮고 욕설을 내뱉는 소리였다.

"데비? 무슨 일이야?" 설리가 원반 기둥을 꼭 잡은 채 몸을 기울여 데비의 헬멧 옆에서 안을 들여다보려 했다. 다시 우주선 주파수에서 잡음이 일었다.

"데비의 수트에 이산화탄소 농도 문제가 보여. 데비, 지금 어때?" 테베스의 목소리였다. "우주복 내 산소 농도가 급강하했어."

설리는 데비의 헬멧 앞창에 비치는 우주선 그림자 속을 들여다보았다. 뭔가 잘못되었다. 데비가 멍한 표정으로 눈이 풀리고 있었다. 눈이 뒤집히려 했다. 이미 정신을 잃기 직전이었다.

"응답해. 어떻게 된 거야?"

두 여자는 한참 서로를 바라보았다. 데비가 말을 하려 애썼다. "정화기." 데비가 속삭였다. "수산화리튬 카트리지가 고장 났어. 내가 눈치를 못 챘어. 왜냐하면." 데비가 최대한 깊이 숨을 들이쉬었지만 허파에 공급할 산소가 충분하지 않았다. 헬멧 안에서 질식하고 있었다. "눈치를 챘어야 했는데."

"감압실로 돌아와." 하퍼가 거의 소리치다시피 말했다.

"그럴 시간 없을 거야." 말하는 데비의 팔이 경련을 일으키기 시작했다. 잡고 있던 장비가 두꺼운 장갑이 끼워진 손에서 빠져나가 빙글빙글 돌며 허공 속으로 멀어져갔다. 너무나 빨리 벌어진 일이어서 설리가 미처 반응을 보일 새도 없이 데비는 의식을 잃고, 변덕스러운 산들바람에 흔들리는 나뭇가지처럼 이음줄을 달고 떨어져 나갔다. 설리는 얼어붙은 채, 통신 안테나를 단 기둥을 붙잡고 꼼짝 못 했다.

"데비, 데비."

설리가 눈을 가늘게 뜨고 데비의 헬멧 앞창 속을 들여다보았다. 데비의 표정이 지난 수개월간의 그 어느 때보다 풀어져 있었다. 마치 잠을 자는 것처럼, 편안한 꿈을 꾸는 것처럼. 더 이상 악몽도, 공포도, 고독도 겪지 않는 듯했다. 충격에 휩싸인 에테르 호 대원들은 말없이 데비의 생명 신호를 확인했다. 테베스의 목소리가 확인시켜주지 않아도 이미 알 수 있었다.

"설리, 데비는…… 데비 말이 옳았어. 너무 늦었어. 네가…… 할 수 있는 일은 없었어."

설리는 그다음 이어진 말들이 잘 인지가 되지 않았다. 우주선에서, 테베스에게서, 하퍼에게서 송신되는 근심 가득한 명령들이 어렴풋이 들렸지만 무슨 말인지 알 수가 없었다. 말은 아무 의미도 없었다. 설리는 계속 데비의 헬멧을 응시했다. 친구의 꿈을 바라보았다. 손은 기둥을 움켜쥐고 본능적으로 원반을 지키고 있었지만 다른 것은 할 여유가 없었다. 충격파가 설리를 휩쓸며 사고를 정지시키고 청각도 제대로 기능하지 못했다. 거센 파도가 물러갈 즈음에는 에테르 호에서 전송되던 목소리들이 멈췄다. 얼마나 시간이 지났는지 알 수 없었다. 몇 분이었을까? 몇 시간이었을까? 그리고 아직 할 일이 남아 있었다. 설리가 끝마쳐야 했다.

"에테르." 설리가 말했다.

"설리번." 하퍼가 즉각 대답했다.

"난······" 설리가 말을 멈추고 침을 삼켰다. 물을 한 모금 마셨다. 다시 침을 삼켰다. "이제 어떻게 해야 할지 지시를 주기 바란다."

수신기에서 하퍼가 조심스레 숨을 내쉬는 소리가 들렸다. 테베스가 뭐라고 웅얼거렸지만 설리는 알아들을 수 없었다.

"드릴 있나?" 하퍼가 물었다.

설리가 공구 벨트를 확인했다. "있다."

"볼트는?"

설리가 소품 주머니를 확인하며 쿡쿡 눌러보았다. "가지고 있다."

"연습한 대로 해. 첫 두 개는 어려울 거야. 한 손으로는 기둥을 붙잡고 있어야 하니까. 하지만 그 후에는 기둥을 놓고 두 손을 사용할 수 있어. 알겠나?"

설리는 움직일 수 없었다. "내 생각엔······"

하퍼가 말을 가로챘다. "아니, 생각하지 마. 한 번에 볼트한 개씩이야, 설리."

설리는 정확히 그렇게 했다. 일을 마치고 나서, 하퍼에게 허락도 받지 않고 데비에게 연결된 선을 떼어냈다. 친구가 그것을 원하리라는 것을 알고 있었다. 그들 중 누구라도 그것을 원했을 것이다.

설리는 떠나가는 데비를 응시했다. 점점 작아지며 별의 크기로 줄어들다가 사라져버렸다. 데비는 영원히 떠돌게 될까? 아니면 태양으로 끌려갈까? 아니면 먼 별을 향해? 설리는 보이저 호를 생각했다. 태양계를 떠나 무한으로 여행을 떠난 보이저 호의 뒤를 데비도 따르길 바랐다. 데비가 그대로 보존되기를, 어떻게 해서든, 생명이 끝난 그녀의 육체가 우주를 가로지르며 무한하고 불가해한 여행을 하기를 바랐다. 설리는 한참 움직이지 않고 그저 캄캄한 허공을 내다보고, 들여다보고 있었다. 진공 공간이 친구를 꼭 안아주기를 말없이 부탁했다.

–

다음 날 아침, 설리는 비명을 지르며 깨어났다. 이제까지 느껴본 적 없는 강렬한 공포였다. 눈을 뜨고도 한참 동안 설리의 온몸을 휘감고 뼛속까지 흔들어놓았다. 데비가 떠나가는 꿈이었다. 끝없는 검은 진공 속에 아주 작은 하얀 점이 되어가는 광경이 반복되었다. 처음에는 상황을 반전시키는 장면을 떠올리려 노력했다. 이야기의 다른 끝맺음을 상상했다. 설리가 서둘러 데비를 감압실로 데리고 가는 거였다. 제때, 이산화탄소 정화기가 고장 나 유독한 상황이 되어버리기 한참 전에 감지를 하고서 말이다. 하지만 이런 상상을 해보았자 아무 위로도 되지 않았다. 데비는 죽고 설리는 남았다. 터무니없는 소리 같지만, 그게 현실이었다.

설리는 하퍼의 지시에 따라 일을 처리했다. 자신의 생각을 미뤄놓고 볼트를 설치했다. 하나, 또 하나씩. 한 시간에 걸친, 평생처럼 느껴진 가장무도회였다. 그러고 나서 감압실로 돌아왔다. 우주복을 벗고 우주선으로 들어갔다. 남은 넷이 말없이 맞이해주었다. 설리는 한 마디 말도 없이 그들을 지나쳐 중력 작동실로, 자신의 수면 칸으로 가서 커튼을 쳤다. 잠이 들었다가 깨었다가 했다. 생각을 하다가 멈추었다가 했다. 생각을 어디로 피하든 우주 유영의 악몽이 따라왔다. 무의식으로, 잠재의식으로, 의식으로 쫓아다녔다. 그녀를 말 그대로 전방위로 감싸고 있는 진공으로부터, 몇 시간 전 그녀가 내던져졌던 진공으로부터 숨을 곳은 없었다. 유해하고 차갑고 펄펄 끓는 암흑이 그들 앞에 놓인 도로였으며, 하늘이었고, 모든 시야였다. 에테르 호와 그 안의 모두를 폭력적 무관심으로 감싸고 있었다. 그들은 여기서 환영받지 못하는 존재였다. 그들은 안전하지 못했다. 그러다가 설리는 공포로부터 도망치려는 노력을 멈추고 쿡쿡 쑤시는 그 통증에 자신의 심장 박동을 맞추었다. 자신의 숨결과 함께 밀려나갔다가 흘러 들어오게 놔두었다. 그래서 그녀의 생체 리듬 속으로 가라앉도록, 그녀의 일부로 만들었다. 설리는 다시는 안전해지지 않을 것이었다. 그녀는 이제 알았다.

데비의 죽음은 설리의 잠재의식 깊이 잠들어 있던 무언가를 휘저어놓았다. 더 이상 연대순으로 재생되지는 않는, 두뇌에 저장되었던 모든 끔찍한 기억들이 떠오르기 시작했다. 지금까지 그녀에게 일어나고 상처를 주었던 모든 장면들이었다. 공항에서 떠나가던 잭의 어깨에 얹혀 돌아보던, 조그만 하트 모양의 루시 얼굴, 혹시 별거가 도움이 되지 않을까 희망을 품으며 설리가 휴스턴으로 떠나던 날이었고, 그럴 수 없으리라는 것을 알면서도 떠나왔던, 셔츠 깃이 루시의 눈물로 푹 젖은 채 탔던 비행기 같은 것들. 그러고 나서 그녀의 첫 번째 우주 비행 출발 직전, 다시 한 번 그들을 남겨두고 떠날 때, 잭은 이미 이혼 서류를 보내왔고, 루시는 믿을 수 없을 만큼 자라서 완전하고도 유려한 문장을 구사해 말을 하며, 어두워지기 시작한 금발, 그리고 눈동자에 어려 있던 순수한 신뢰감은 흐려져, 설리가 어쩔 수 없이 '엄마는 금방 돌아올 거야' 같은 말을 할 때, 거짓말 말라는 듯 비딱해지던 눈썹.

그리고 설리가 돌아왔을 때. 한때 자신의 집이었던 현관문을 노크했을 때, 이름도 모르겠는 여자가, 물론 크리스틴이라는 걸 알고 있지만, 문을 열고 설리를 맞이하던 기억. 설리의 두뇌 속에 잘못된 문신처럼 영구히 그리고 고통스레 새겨진 그 이름. 자신의 딸이 이름도 모르겠는 여자의 무릎에 안기던 광경, 설리가 영화를 보러 가자고 했을 때 집을 나서기 싫어하던 루시, 설리가 휴스턴으로 월요일에 돌아가야 한다고 했을 때 살짝, 그러나 눈에 띄게 찌푸리던 잭의 미간, 설리가 혼자 집을 나서는 동안 셋이 거실 소파에 나란히 앉아 있던 모습, 가족이 사랑받고 안전하고 감사하고 있으며 설리는 거기에 기여한 바 전혀 없음을 알게 된 것, 설리는 대체되었으며 그래서 그들은 더 나은 가족이 되었고, 설리로서는 불가능한 더 좋은 어머니이자 배우자, 그리고 더 좋은 사람 덕분임을 알게 된 것.

그날 대원들이 설리를 찾아왔다. 모든 대원이 그녀의 수면칸에 들렀고 몇 명은 한 번 이상 들렀지만 그들의 목소리와 노크 소리는 멀리서 들려오는 듯했다. 하퍼와 테베스는 커튼을 홱 젖히고 슬픈 눈으로 쳐다보기까지 했지만 설리는 그저 "내일"이라고 할 수 있을 뿐이었다. 왜냐하면 설리에게는 정말 이날 하루가 끝나고 다음 날이 오는 것이 필요했기 때문이다. 그래야만 그날에서 탈출해 그 너머로 나아갈 수 있을 테니까. 심지어 진짜 날도 아니고, 데비가 옆에서 죽는 동안 설리는 안테나를 꼭 붙잡고 있을 때, 빛과 어둠 사이 한 조각의 침묵일 뿐이었지만 말이다. 입가에, 이마 주름에 상처를 숨기는 동료들, 친구들을 보고서도 그들을 물리친 것이, "내일"이라는 말 한 마디로 외면한 것이, 미안하다는 감정은 어렴풋이 들었다. 어쩔 수 없었다. 오늘은 더 이상 불가능했다.

–

평소처럼 자명종이 울릴 때 설리는 불면의 밤으로 기진맥진한 상태였지만 그래도 일어났다. 또 하루를 더 숨어 지낼수는 없었다. 그렇다고 어떻게 보내야 할지는 알 수 없었지만 뭔가 하긴 해야 했다. 그들에겐 주어진 일이, 완수해야 할 임무가 있었다. 이 모든 일이 일어난 이유였던 새 안테나를 조정해야 했다. 설리는 일어나 셔츠와 속옷을 갈아입었다. 새 작업복을 꿰어 입고 목까지 지퍼를 올렸다. 작업복에 새겨진 자신의 이름을 손가락으로 더듬었다. 자신의 이름 머리글자가 만져졌다. 잭조차도 부르지 않았던 이름. 그녀는 대학 때 이후 계속 설리번, 짧게 줄여서 설리였다. 어머니에게서 물려받은 성이었다. 눈을 감고 데비의 이름을 떠올려보았다. 데비가 에테르 호 유니폼 가운데 제일 좋아했던 검붉은색 작업복에 흰 실로 수놓인 NTD. 그중에 N은 '니샤'의 머리글자였다.

"니샤 데비." 설리는 중얼거렸다. 그리고 다시 한 번. 또 한 번. 주문처럼, 기도처럼 중얼거렸다.

주방에서는 탈이 오트밀 죽을 먹고 있었다. 그들 식량의 대부분이 들어 있는 보존 봉투째 들고 먹었다. 검은 머리가 주체할 수 없이 구불거리며 솟아 있었다. 너무 억세고 숱이 많아서 '작은 지구'나 무중력 상태나 같은 모양이었다.

"안녕." 조심스러운 말투였다.

"안녕." 설리가 대답하고 오트밀 죽을 만들어 건너편에 앉았다.

"일어난 걸 보니 반갑네."

설리가 고개를 끄덕였다. 둘은 말없이 먹었다. 탈이 아침을 다 먹고 포장지를 처리하고 난 뒤 설리의 뒤에 서서 어깨에 양손을 얹었다.

"지독한 일이었지만, 네 잘못이 아니야." 그는 속삭이고 나서 손에 살짝 힘을 주었다가 떼었다. 오트밀에서 진흙 같은 맛이 나고 구토가 솟았지만 설리는 억지로 계속 먹었다. 오늘 하고 싶지 않은 일들이 무척 많을 것이다. 생각만 해도 속이 울렁거리는 일들이지만 해낼 것이다. 모두 다. 데비에게 그만큼 빚을 졌다.

탁자 위에는 설리와 하퍼가 게임을 하던 카드가 놓여 있었다. '하던'이라고? 이 기분을 떨쳐낼 수 있는 날이 오기는 할까, 설리는 의아했다. 바로 며칠 전 저녁처럼 카드를 주르륵 섞으며 몸 전체로 웃고 하퍼와 실없는 희롱을 주고받는 날이 다시 올 수 있을까? 불가능해 보였다. 설리는 다시 한 번 골드스톤에서 어머니가 혼자 하는 카드 게임을 가르쳐주던 기억을 떠올렸다. '외롭지 않게 시간을 보내는 법'이라고, 어머니는 당시에 말했다. 쓸모 있는 방법이었다. 어머니의 사무실에서 혼자 게임을 하며 보낸 시간들이 설리의 유년 시절 전체에 그늘을 드리우고 있는 듯했다. 학교에서의 기억은 흐릿했다. 초등학교 친구들 얼굴도, 이름도 기억나지 않고 대충 뭉뚱그려진 채 가물가물했다. 또렷하게 떠오르는 것은 그 사무실뿐이었다. 그리고 어머니가 신문을 읽어주던 아침 식사 때의 모습, 사막으로 차를 몰고 나갔던 밤들도. 현실이었던 것처럼 느껴지는 일은 플라스틱 책상에 착착 내려앉는 카드

소리와 에어컨의 신음, 관제실에서 새어 나오던 웅얼거리는 목소리들뿐이었다. 설리는 진이 너무나 자랑스러웠다. 진이 그 시간에 대신 자전거 타기를 가르쳐주거나 평영 시범을 보여주거나 달걀 프라이를 예쁘게 부쳐주지 않았다고 해서 속상했던 적은 단 한 순간도 없었다. 1년 후 진은 승진을 했고, 설리는 A^+나 금별을 받은 것보다 그게 천 배 만 배 좋았다. 그것은 '그들' 노력의 결과, 함께 희생해서 맺은 열매였다. 컴컴하고 먼지 나는 사무실에 갇혀 있어도 상관없었다. 바로 옆방에서 진이 중요한 일을, 사실상 세상을 바꾸는 일을 하고 있다는 걸 알고 있었으니까. 어릴 때 설리는 진을 누구보다 존경했다. 어머니가 무슨 일을 하는지 이해하던 순간부터 어머니의 뒤를 따르길 원하게 되었다.

이름도 모르고 얼굴도 모르는 아버지에 대한 신화도 비슷했다. 그가 하고 있는 일은 가족을 돌보는 일보다 크고 중요했다. 설리가 아버지에 대해 물을 때마다 진은 대단한 남자였다고 말해주었다. 너무 똑똑하고 일에 너무 몰두한 나머지 가족을 위해 마음 쓸 여력이 남아 있지 않았다고. 진은 설리에게 아버지의 소명 의식을 자랑스러워하라고 말했다. 가족보다는 세상이 더 그를 필요로 하기 때문에 설리에게 아버지가 없는 거라고.

"네 아빠는 한 가족에게는 너무 큰 남자였어. 하지만 나랑 내 꼬마, 우리 둘은 서로에게 꼭 알맞은 크기잖니." 진은 말하곤 했다.

그러다가 설리가 열 살이 되던 해, 어머니가 결혼을 했다. 그리고 비율이 바뀌었다. 망가졌다. 그들은 어머니의 새 남편과 캐나다로 이사 갔고 진은 그해가 지나기도 전에 임신했다. 설리가 열한 살이 되고 몇 달 지나지 않아 쌍둥이가 태어났다. 진은 일을 그만두고 연구도 포기했다. 그리고 어머니 역할에 안주해 거기 빠져들었다. 첫째에게는 한 번도 그래 본 적 없는 모든 관심을 새로 태어난 쌍둥이에게 쏟아부었다. 설리가 느꼈던 자부심은 사라졌다. 외로이 보낸 그 모든 오후 시간들은 무엇을 위해서였던가? 그 결과가 이건가? 그 모든 노력과 희생이? 쌍둥이는 점점 커졌고 말을 시작하자 진은 그들에게 자신을 "엄마"라고 부르도록 가르쳤다. 설리는 한 번도 그렇게 부른 적이 없었다. 설리에게 남은 것은 없었다. 새로운 가족 안에 성난 10대를 위한 자리는 없었다. 그래서 그녀는 기숙학교에 지원했다. 그리고 기숙사가 문을 닫아 갈 데가 없을 때만 돌아갔다. 처음에는 어머니랑 말다툼이라도 하지 않을까 하는 희망이 있었다. 읍소하는 전화나 설리의 분노를 알고 달래는 편지 같은 게 올 줄 알았다. 하지만 그녀의 떠남은 아무 불화 없이 받아들여졌다. 설리는 졸업하고 식도 건너뛴 채 남쪽으로, 그녀가 가장 행복했던 지방으로 대학을 갔다.

진은 설리가 대학을 졸업하기 전에 죽었다. 예기치 못한 네 번째 아이를 출산하다가 수술에서 깨어나지 못했다. 아이도 사산되었다. 장례식에서 아버지를 닮아 꿀색 눈에 적갈색 머리를 가진 쌍둥이 옆에 설리는 앉았다. 방부제 때문에 어머니는 전혀 모르는 사람처럼 보였다. 설리는 자신이 고아가 되었음을 깨달았다. 이 가족에 남은 사람들은 설리와 관계가 있었던 적이 없었다.

하퍼가 옆에 앉아 설리 쪽으로 블랙커피를 밀었다. 설리는 퍼뜩 상념에서 깨어나며 부끄러움을 느꼈다. 엉뚱한 사람을 애도하고 있었다.

"이게 필요해 보여서." 하퍼가 말했다.

설리는 그를 위해 미소를 지어 보였지만 마치 얼굴에 쓴 가면이 저 혼자 움직이는 느낌이었다.

"필요했지." 설리는 말하고 한 모금 마셨다. 입천장이 데었지만 상관없었다. 오히려 통증이 느껴지니 마음이 좀 놓였다. 뭔가 직접적이고 불편한 감각 덕분에 그 밖의 모든 것에서 잠시라도 신경을 돌릴 수 있었다.

"어제는 미안했어." 설리는 말하고 한 모금 더 마셨다.

하퍼가 입을 꾹 다물고 천천히 고개를 저었다. "당신이 미안할 일은 아니지. 우리에게는 모두 다른 게 필요하니까. 당신은 시간이었고. 오늘은 좀 나아 보여서 기쁘네."

설리가 어깨를 으쓱하고 머그를 손으로 감쌌다. "정신이 좀 드네. 그런 의미였는지는 모르겠지만."

"하." 하퍼가 건조한 한숨 같은 웃음을 짧게 토해냈다. 그리고 당황하여 입술을 잘근거렸다. 아직은 웃을 때가 아니었다. "지금은 그 정도면 되지."

설리는 아직 가득 남은 커피잔을 탁자에 놔두고 일어섰다. 그리고 뭘 해야 할지, 어디로 가야 할지, 잠시 우왕좌왕하다가 말했다. "일하러 갈게."

"그래 일해야지." 하퍼가 고개를 끄덕였다. "테베스가 벌써 통신 칸에 가 있을 거야. 당신 보면 기뻐하겠네."

"그럼 가야지." 설리가 대답했다.

열셋

어거스틴과 아이리스가 하젠 호수에 온 지도 거의 2주가
지났다. 관측소 부지는 이미 샅샅이 탐색했지만 통신 시설은
왠지 아직 불편했다. 그 문 뒤에 지나치게 많은 힘이, 권한이
도사리고 있는 것처럼, 어거스틴은 그곳을 피하고 있었다.
그가 듣고 싶지 않은 것들을 들을 수 있는 '귀'와 같은 곳이었
으니까. 이곳엔 망원경도 없고, 별을 바라볼 창문도 없었다.

그래서 어거스틴은 일을 하는 대신 아이리스와 놀면서 시간을 보냈다. 호수 가운데의 작은 섬까지 걸어가서 북극토끼들을 살금살금 지켜보고, 토끼들이 깜짝 놀라 얼음 위를 펄쩍펄쩍 뛰어 도망치는 것을 보며 웃었다. 토끼들은 호숫가로 나와 주변 산속으로 올라가 사라졌다. 낡은 체스판을 찾아내어 아이리스에게 가르쳐주었다. 졸이 몇 개 없어진 자리는 동전으로 대신했다. 눈사람도 만들었다.

그리고 만찬을 벌였다. 천문대에서 단조로운 생존 보급품만 먹다가 요리 텐트의 풍부하고 다양한 보존 식품들을 만나니 신이 났다. 이곳은 가히 통조림의 박물관이라고 할 만했다. 쇠고기 찜, 쇠고기 구이, 소금물에 잠긴 통구이 닭, 참치, 가지와 오크라까지 있는 온갖 채소들에다가 에너지 바, 단백질 바, 고기 바, 그래놀라 바, 비스킷, 달걀 가루, 분유, 팬케이크 믹스, 커피, 엄청난 양의 버터, 쇼트닝, 기름 등. 아이리스는 과일 통조림과 사랑에 빠졌다. 눈을 꼭 감고 시럽에 전 버찌 하나까지 소중히 음미하며 작은 미소를 띠었다. 어거스틴은 베이킹 재료에 열정을 보였다. 뭔가 신선하고 따뜻한 것을 만들어낼 수 있는 가능성에 고무되어, 초콜릿 칩과 건포도를 박은 스콘과 파운드케이크를 만드는 실험을 감행했고 식빵까지 도전했다. 베이킹소다와 파우더 같은 것들이 엄청 많았고 열댓 명이 10년도 날 수 있을 듯했다. 양파와 마늘 가루, 고춧가루, 계피, 육두구, 커리, 소금, 후추 같은 것도 비슷하게 잔뜩 있었다. 어머니 곁을 지키던 어릴 때 이후 오븐을 써본 적이 거의 없었다. 그럼에도 계량하고 반죽하고 팬에 기름을 바르며 느끼던 즐거움이 그대로 다시 찾아왔다. 어머니는 가끔 주방에서 야심찬 기획을 시작했다가 마무리를 짓는 데 실패하면서 난장판과 요리 재료를 어거스틴에게 떠넘기고 자신은 새로운 일에 정신이 팔리곤 했다. 어거스틴은 자신이 요리를 마무리 짓는 재능이 뛰어났다는 사실을 잊고 있었다. 그리고 무엇보다, 자신이 요리를 즐겼다는 사실을 잊고 있었다. 어떤 일을 즐긴다는 것도 낯선 감정이었다. 어거스틴은 자신이 마지막으로 무언가를 즐겼을 때가 언제인지 기억이 나지 않았다.

낮은 계속 길어졌고 주변의 눈은 줄어들었다. 기상관측소 부지 주변의 낮은 언덕들에서는 풀들이 싹을 틔웠다. 그러고 나서 몇몇 야생화들도 터져 나와 아직 남은 눈 옆에서 색색의 무리를 이루었다. 춘분이 어느새 지났고 미처 알아채기도 전에 하지가 달려들고 있었다. 자정에도 태양이 떠 있었다. 어거스틴은 이전에는 북극의 온전한 백야를 경험한 적이 없었다. 여름에 태양이 길어져 하늘에서 별들이 사라지는 계절이 되면, 화물기들이 보급품 조달을 위해 도착하기 시작하면, 더 이상 할 일이 없고 남아 있을 이유도 없어진 어거스틴은 남쪽으로 피했다. 게다가 오히려 날씨가 따뜻해지고 눈이 녹기 시작하면 그런 것들이 얼마나 그리웠는지 깨닫게 되곤 했다.

어거스틴이 5년 전 바르보 천문대를 연구 장소로 택했을 때 그는 이미 늙은이였고 경력이 끝나가고 있었으며, 자신이 얼마나 인생을 엉망으로 만들었는지 깨닫기 시작했다. 그는 고립과 혹독한 날씨에, 자신의 내면에 어울리는 풍경에 끌렸다. 그리고 구해낼 수 있는 것은 지키는 대신, 북극점에서 9도 떨어진 산꼭대기로 도망쳐 포기해버렸다. 그가 가는 곳마다 불행이 따라왔다. 그렇다고 괴롭지는 않았고 놀랍지는 더욱 않았다. 그가 자초한 일이었고 점차 그렇게 기대도 하게 되었으니까.

이제 호숫가에서 바윗돌 사이로 얼음판을 훌쩍 뛰어넘어 달려가는 아이리스를 지켜보면서, 어거스틴은 만족감과 후회가 뒤섞인 이상한 기분에 젖었다. 이렇게 행복하면서 동시에 슬플 수가 있을까. 그래서 소코로 생각이 났다. 뉴멕시코에서 보낸 그 몇 년은 그의 생애 가장 날카롭고 생생한 기억이었다. 수십 년이 흐른 이제서야, 이런 기분을 맛볼 수 있는 삶을 얻을 유일한 기회는 그때였다는 걸 깨달았다. 호숫가에 앉아 봄의 냄새를 맡으며 아이리스를 지켜보면서 감사와 충족감, 살아 있음을 느꼈다. 옛날에 진을 만났을 때, 그녀는 어거스틴에게서 차가운 관조를 빼앗아 감정의 열기 속으로 밀어 넣었다. 그는 그녀를 관찰할 수가 없었다. 그녀를 가져야 했고 그녀가 자신을 보아주기를 바랐다. 그녀는 피실험자, 수량화되어야 하는 변수 이상이었다. 그녀는 그를 불안하고 혼란스럽게 만들었다. 그는 그녀를 사랑했다. 정말 그랬다. 이제야 인정할 수 있게 되었지만, 그때는 쉽지 않았다. 진이 임신했다고 말했을 때 그녀는 스물여섯, 어거스틴은 서른일곱이었다. 그때 그가 생각할 수 있었던 건 자신의 부모와 자신의 잔인한 실험뿐이었다. 사랑에 빠지고 싶지 않았다. 그는 진에게 결코 아버지가 될 생각이 없다고 말했다. 절대로, 라고 말했다. 진은 울지 않았다. 울 거라고 생각했기에 기억하고 있다. 그저 커다랗고 슬픈 눈으로 쳐다보기만 했다. 당신은 망가진 남자야, 진이 말했다. 그렇게 망가지지 않았더라면 좋았을 텐데. 그게 마지막이었다.

어거스틴은 칠레의 아타카마 사막에 자리를 발견했다. 예전에도 한 번 살아본 곳이었다. 최대한 빨리 뉴멕시코를 떠나 최대한 완벽하게 진을 잊었다. 다시 그녀 생각을 떠올릴 수 있도록 자신을 허락한 것은 수년이 지나고 나서였다. 그녀와 함께했다면 어떻게 되었을지, 지금은 어떻게 되었는지. 그리고 그의 유전자를 받은 아이가 있었다. 그의 눈, 혹은 입, 혹은 코를 가졌을 테지만 아버지는 가지지 못한 아이. 의식에서 떨쳐버리려 해도 아버지 없는 아이라는 생각이 자꾸 떠올랐다. 결국 소코로에 전화를 해 얼마 안 되는 정보를 들었다. 어거스틴이 떠난 직후 진도 그곳을 떠났다. 하지만 몇몇 연구원들과 연락을 주고받았다. 11월에 태어난 딸과 캘리포니아 남부 사막에서 지내고 있다고 했다. 어거스틴은 진의 직장 주소를 알아내어 몇 달이나 지갑에, 운전면허증 뒤에 넣어 가지고 다녔다.

아이의 생일이 될 때까지 기다렸다가 어거스틴으로서 구입 가능한 가장 비싼 아마추어 망원경을 보냈다. 아무 메모도, 주소도 남기지 않았지만 진은 누가 보냈는지 알 터였다. 그리고 자신의 딸에게도 뭐라고 할지 결정할 것이었다. 딸아이에게 아버지에 대해 뭐라고 말했는지 궁금했다. 죽었다고 거짓말을 했을지 아니면 포로수용소에 잡혀갔거나 떠돌아다니는 세일즈맨이라고 했을지, 혹은 진실을 말해주어서…… 그런데 무슨 말을 할 수 있었을까? 어거스틴이 딸을 원하지 않았다고? 그가 두 여자 다 사랑하지 않았다고? 몇 년 동안 계속 카드도 없이 물건들을 보냈다. 자신의 유전자에 대한 이따금씩의 투자일 뿐이었다. 뭔가를 요구할 주제는 아니지만 아무것도 안 하는 것보다는 낫다는 사려 깊은 의사 표시였다. 이따금씩 수표도 보냈다. 진은 수표를 인출했지만 그쪽에서 뭔가를 보내온 건 딱 한 번이었다. 그냥 하얀 봉투에 사진이 들어 있었다. 어거스틴이 하와이로 이사한 후에 옛날 주소인 푸에르토리코 천문대로 보냈기 때문에 도착하는 데 몇 달이 더 걸렸다. 엄마를 닮은 딸이었다. 잘된 일이었다. 다음 해에도 어거스틴은 캘리포니아 남부의 같은 곳으로 선물을 보냈지만 주소 불명으로 반송되었다. 그 후로는 다시 그들에 대해 듣지 못했다. 그들을 잃어버려서 오히려 안도감이 들었다. 매년 선물을 보내는 것은 그의 부족함을, 보내는 이 주소의 공난과 얼마 안 되는 액수의 수표 이상은 될 능력이 없었던 남자임을 매번 상기시키는 행위였기 때문이다. 기대를 한 몸에 받으며 열정적으로 몰두해왔던 경력은 점점 비좁아져서 외로운 집착이 되었다. 수년 전부터 그런 자신에 대해 그는 알고 있었다. 더 이상의 증명은 필요 없었다.

—

　기상관측소에서 멀지 않은 곳의 땅 위에 북극제비갈매기

한 쌍이 둥지를 짓기 시작했다. 그들은 호수 전체가 자기네 땅이라고 여기는지 어거스틴이 둥지를 보려고 가까이 다가갈 때마다 빨간 발과 부리를 단 조그만 흰회색 털 폭탄처럼 급강하해 덤벼들고 비명을 지르며 대항했다. 아이리스는 이 정도의 진노를 불러일으키지는 않는 듯했지만 어거스틴은 난리 날 각오를 하지 않고는 그쪽으로 얼씬하기 힘들었다. 정수리에 호되게 쪼임을 당한 이후로는 근처에 굴러다니던 사각형 판자를 주워 방패로 가지고 갔다. 자기들보다 분명 크고 단단한 물건과 몇 번 충돌을 해보더니 북극제비갈매기들은 공격을 포기하고 어거스틴이 둥지를 들여다보도록 놔두었다. 너무 쉽게 포기하는 것 아닌가 의아한 마음도 들었지만 평생을 북극과 남극을 오가며 매년 7만 킬로미터 이상의 여행을 하는 새들이라면 그렇게 혁신적인 동물이기는 힘들 거라는 추론을 해보았다. 둥지 짓기는 잘 진척되었다. 오랜 여행 동안 어떤 풍경들을 내려다보았을까? 매년 그렇게 터무니없는 여행을 하면서 어떻게 살아남을 수 있었을까? 어거스틴은 새끼를 기르기 위해 준비하는 북극제비갈매기들을 바라보며 세상 끝에서 새로운 생명을 탄생시키는 그 끈기에 감탄했다. 한 마리가 머리를 돌려 한쪽 눈으로 노려보았다. 내가 모르는 뭔가를 알고 있니? 어거스틴이 물어보았다.

하지만 북극제비갈매기는 깃털을 후루룩 털어내고 깡총깡총 뛰어 가버렸다.

어느 날 아침 태양은 떠오르더니 지지 않기로 결정했다. 며칠 동안 저녁에는 산등성이 뒤로 가라앉았지만 밤새도록 지평선 아래로는 내려가지 않았다. 그리고 곧 태양은 높은 곳에 계속 떠서 쉬지 않고 빛을 비추었다. 자정의 태양이 도착한 지 며칠 되지 않아 어거스틴과 아이리스는 모든 시간 감각을 잃었다. 어거스틴은 날짜를 헤아리지 않은 지 오래되었지만 자정에 태양이 떠 있다면 4월 중순쯤이라는 것은 알았다. 호수가 황혼 같은 낮으로 물들고 태양이 지평선 아래서 맴돈다면 9월 말이라는 것도 알고 있었다. 그러다가 해가 완전히 지면 북극은 다시 길고 어두운 밤 속으로 곤두박질칠 것이었다.

시간은 더 이상 의미가 없었다. 시간을 확인할 유일한 이유는 바깥세상과 접촉을 유지하기 위해서였지만 어떤 연락도 하지 않고 있는 한, 무의미한 일이었다. 빛과 어둠은 늘 지구의 시계였고 지금이라고 거기에 따르지 말아야 할 이유가 없었다. 비록 이렇게 이상한 위도에 와 있더라도 말이다. 겨울은 그를 약하게 만들었더랬다. 관절, 면역력, 성미까지 모두 느리고 어두워졌다. 하지만 하늘에서 내려오지 않는 태양

덕분에 그는 일종의 붕 뜬 기분이 되었다. 신경을 타고 완충된 전기가 흐르는 듯했다. 생활에 즐거운 활기가 돌았다. 지치면 잠을 잤고 배고프면 요리를 했고 산책하고 싶을 땐 새 둥지를 찾았다. 그리고 텐트 입구에 그늘막을 하나 세웠다. 이전 거주자가 남는 판자로 대충 만들어놓은 비딱한 나무 안락의자도 갖다 놓고 궤짝을 뒤집어 발받침을 만들었다. 어거스틴은 따뜻하게 몸을 감싸고 의자에 앉아, 호수 위에 남은 눈의 눈부신 반사광에 눈살을 찌푸리며, 아직 남아 있는 이 산 밑의 차가운 공기를 따뜻해진 대류가 밀어내기를 기다렸다.

아이리스도 쉽게 적응했다. 아이리스는 길고 쭉 깨지 않는 수면보다 짧은 낮잠을 선호하게 되었다. 어거스틴이 접시를 갖다주면 먹었고 그렇지 않고 배가 고플 때면 요리 텐트에서 비스킷을 꺼내거나 다른 보존 식품을 뒤졌다. 아이리스는 많은 시간을 얼음 위에서 보냈다. 이리저리 스케이트를 타거나, 이따금씩 섬까지 가서 북극토끼들을 놀래키곤 했다. 새 둥지도 더 찾아보았다. 나무도 덤불도 없고 낮은 풀과 바위뿐이니 둥지는 늘 땅 위에 지어졌다. 처음 도착한 날 보았던 하얀 부엉이는 멀리 산속에서 들려오는 늑대들의 울음소리와 마찬가지로 이곳의 정착민이 되었다. 어느 밝은 밤 혹은 낮에, 어거스틴은 커다란 털북숭이 몸이 텐트 옆에 몸을 비비는 소리에 잠에서 깼다. 벌떡 일어나 확인하니 아이리스도 자고 있었다. 늑대가 텐트에 대고 가려움을 긁고 있었다. 어거스틴의 머리와 늑대 사이에는 겨우 몇 밀리미터의 비닐 천과 단열재뿐이었다. 어거스틴은 좀 부르르 떨었으나 그다지 동요하지 않고 다시 잠을 잤다. 호수와 주변 산속 다른 거주자들도 이곳의 새로운 인간 출현에 익숙해졌다. 어거스틴도 점차 이웃들을 받아들이게 되었다.

어느 날 환한 빛 속에 깨어나보니 마침내 눈이 사라진 것을 발견했다. 호수의 얼음도 점점 시끄러워져, 호숫가에 부딪치며 움직이고 신음했다. 물이 녹아 진흙탕이 여기저기 생겼고 창백한 푸른색 얼음판들이 칙칙한 회색이 되었다. 결국 얼음판은 조각조각 부서지고 온화한 바람에 밀려 유리들이 땡그랑거리며 부딪는, 여름을 위한 건배 같은 소리가 났다. 7월 초라고 짐작되는 어느 날 강풍이 호수 위를 몰아치더니 고드름 조각 같은 날카로운 얼음 파편들을 물 밖으로 몰아내 진흙투성이 호숫가에 뿌려놓았다. 단단하고 삐죽삐죽한 물보라가 박힌 흙 위에, 다시 물이 싣고 온 부드러운 흙이 덮이면서, 호수가 드디어 따뜻해지기 시작했다. 오래지 않아 어거스틴이 속옷만 입고 나무 안락의자에 앉아 있고 아이리스는 맨발로 돌아다녀도 될 정도로 날이 온화해졌다.

호수에서 얼음이 사라지고 얼마 지나지 않아, 한참 자고 일어나 천천히 아침을 먹고 나서, 어거스틴은 뒤집힌 구명보트로 가서 그것을 뒤집어보았다. 사용하지 않는 텐트 어디엔가 외부 모터와 노 두 개, 낚시 도구가 있는 걸 보았다. 어거스틴은 모터만 빼고 전부 챙겨서 호숫가로 끌고 갔다. 모터는 들고 갈 수 있을지 자신이 없었다. 아이리스는 신이 나서 지켜보다가 자기도 보트를 호숫가로 밀기 시작했다. 둘은 조금씩 보트를 밀어 반쯤 물에 집어넣었다.

"저녁은 물고기를 먹을까?" 어거스틴이 윙크를 하며 말했다. 그러자 아이리스가 처음 듣는 꺅 소리를 지르며 마치 바닥이 뜨거워진 것처럼 한 발씩 번갈아 깡충거렸다. 신선한 음식을 먹은 게 언제인지 알 수 없었다. 낚싯대에 낚싯줄을 맸다. 주머니에는 주황색 미끼가 들어 있었고 허리춤에는 날카로운 사냥용 칼을 찼다. 텐트 안으로 다시 들어가 물고기 담을 보관함을 가져와 아직 호숫가에 남아 있는 고드름을 떠 넣었다. 아이리스는 벌써 보트에 타고 조바심을 내며 기다리고 있었다. 어거스틴이 보트를 힘차게 민 다음 뛰어올라 탔다.

어거스틴이 노를 저었고 아이리스는 후미에 앉아 손을 물속에 넣은 채 섬을 바라보았다. 보트를 처음 타보는 건가, 하는 생각이 들었다. 산들을 배경으로 앉아 있는 아이리스가 참 자그마하게 보였다. 섬에 비해서도, 호수 전체에 비해서도 그랬다. 한 인간을 지탱하기에는 어깨도 너무 좁아 보였다. 노를 저어 충분히 깊은 곳으로 나오자 노를 내려놓고 낚싯대를 들었다. 어거스틴은 어릴 때 낚시를 해봤지만 이제 와서 다시 하려니 자신이 없었다. 한동안 서툴게 릴을 만지작거리고 있노라니 낚싯줄을 던지는 방법이 서서히 다시 생각났다. 첫 번째는 그다지 성공적이지 못했지만 두 번째는 멀리 떨어져 폭 하는 소리를 내며 물속으로 들어갔다. 미끼가 줄 끝에서 일어서 까딱거릴 정도로만 천천히 릴을 감아들였다. 아이리스가 어거스틴의 행동을 열심히 보고 있었다. 다 감아들이고 나자 다시 던지고 나서 아이리스에게 낚싯대를 넘겨주었다. 아이리스는 주저 없이 받아들고 릴을 감기 시작했다. 어거스틴이 던지고 아이리스가 감으며, 둘은 낚싯대를 주거니 받거니 했다. 오래 기다리지 않아 줄이 휙 당겨지며 낚싯대가 수면을 향해 휘었다. 처음에는 살짝, 그러고 나서 힘껏 낚싯대가 휘며 낚싯대 끝이 거의 수면 바로 위까지 끌려갔다. 아이리스가 눈을 휘둥그레 뜨며 손에 힘을 단단히 주었다. 그리고 어거스틴을 보며 지시를 기다렸다.

"꼭 잡고 계속 감아들여. 큰 놈을 낚은 모양이네."

물고기가 거세게 저항할수록 아이리스가 힘껏 끌어당겼다. 처음에는 어거스틴이 낚싯대를 대신 잡아야 하나 생각했지만, 아이리스는 잘하고 있었다. 곧 물고기가 물을 마구 튀기며 보트 옆면에 부딪혔다. 어거스틴이 그물을 꺼내 떠올렸다. 2킬로그램쯤 되는 북극곤들매기 같았다. 아이리스의 팔보다 길고 두 배는 두꺼웠다. 곤들매기가 보트 바닥에서 펄떡거리다가 지쳐갔지만 다시 물속으로 들어가려 끈질기게 몸을 뒤챘다. 어거스틴은 칼을 꺼내 칼끝을 뇌에 꽂아 척수를 끊어주려 하다가 멈추고 아이리스를 쳐다보았다. 그날 밤 격납고에서 늑대를 애통해하던 모습이 기억났다.

"안 보는 게 좋을지도 모르겠네." 어거스틴이 말했다.

아이리스는 씩씩하게 고개를 젓고 시선을 물고기에게 고정했다.

어거스틴이 칼로 척수를 벤 다음, 입에서 바늘을 꺼냈다. 그리고 아가미에 칼을 넣어 양쪽을 뚫었다. 잠시 물고기를 보트 옆으로 빼 들고 피를 뺐다. 검고 짙은 피가 흘러나와 맑고 차가운 호숫물로 떨어졌다. 아이리스를 보니 코를 찡그리고 있었다.

어거스틴이 아이리스의 표정을 보고 웃었다. "미안하구나,

애야. 살아 있는 물고기를 먹을 순 없어."

"다음엔 내가 할게." 아이리스가 도전적으로 말했다.

어거스틴이 물고기를 준비한 보관함에 넣었다. 얼음 위로 분홍 물이 번졌다. 물에 손과 칼을 씻고 날을 다시 손잡이에 넣었다.

"좋아, 이번엔 네가 던져볼래?"

어거스틴이 아이리스에게 낚싯대를 건네고 엄지와 검지로 줄을 잡고 있다가 마지막 순간에 놓는 법을 가르쳐주었다.

아이리스가 안달하며 고개를 끄덕였다. "나도 알아" 하면서 손을 내저었다. "저리 비켜봐."

–

곤들매기를 굽고 강낭콩 통조림과 마늘 가루를 넉넉히 넣어 만든 동결건조 으깬 감자 요리로 만찬을 벌인 후, 아이리스와 어거스틴은 텐트 밖에 앉아 빛이 일렁이는 호수의 잔물결을 바라보았다. 그러다가 나무 안락의자에서 깨어보니, 얼마를 잤는지 알 수가 없었다. 물은 계속 일렁였고 태양은 여전히 그의 맨발을 내리쬐고 있었다. 호수 건너편에서 사향소 몇 마리가 모여 물을 마시는 것이 보였다. 어거스틴은 주방용 텐트에서 찾아낸 챙 넓은 모자를 눈 위까지 눌러쓰고 눈을 가늘게 뜨고 관찰했다. 모두 여덟 마리나 되었다. 그리고 아직 다 떨구지 못한 그 거대한 겨울 코트, 누덕누덕한 털에 반쯤 묻혀 있는 아홉 번째 개체는 엄마 옆에 착 붙어 있는 조그만 새끼였다. 어거스틴은 아이리스를 돌아보았지만 앉았던 의자는 비어 있고 아이는 어디서도 보이지 않았다. 들어가서 잠이 들었나 싶었다. 의자 팔걸이를 잡고 무거운 몸을 일으켜 물가로 가보았다.

사향소들은 여전히 주둥이를 얕은 물가에 박고 있었다. 새끼가 안달복달하고 푸르르 울면서 발굽으로 부드러운 땅을 긁고 목마른 어미의 옆구리를 찔러댔다.

"우밍막." 어거스틴이 중얼거렸다. 사향소를 일컫는 이누이트 족의 말이었다. 어디서 배웠는지, 어떻게 기억하는지는 알 수 없었다. '수염 난 녀석들'이라는 뜻이었다.

어거스틴은 손을 들어 그의 턱과 목에 엉긴 뻣뻣한 털을 만져보았다. 기름하게 자라난 머리카락도 여전히 숱이 많았다. 어거스틴은 미소를 지으며 자신의 입가를 손으로 더듬었다. 제대로 웃고 있는 건지 확인하기 위해서.

열넷

일을 할 수 있어서 다행이었다. 설리는 휴식 시간을 가지고 싶지 않았다. 다른 생각들은 우리에 가둬두고, 단 한 가지 목표를 향한 집중력을 잃고 싶지 않았다. 하지만 너무 지쳐서 자꾸 집중력이 흩어졌다. 오전 내내 테베스랑 통신 칸에서 함께 일했다. 그들은 외부 작업에 대해서 말하지 않았다. 눈앞의 일에 대해서만 얘기했다. 설리는 침묵이 고마웠다.

새 통신 시스템을 작동시키는 것만도 벅찼다. 조금의 동정심이라도 내비치는 몸짓에 무너져 내릴까 두려웠다. 다시 수면 칸으로 돌아가 커튼을 치고 자신의 손을 노려보며 데비만을, 거대한 우주복에 싸여 점점 작아지던 데비만 떠올리게 될까 두려웠다. 테베스가 잠시 쉬며 점심을 먹자고 했다.

앞장서 출입 통로를 빠져나가는 테베스의 뒷모습을 지켜보며, 설리는 처음으로 그의 어깨가 후줄근해 보일 수도 있구나 하는 생각이 들었다. 심지어 무중력 상태였는데도, 다 쓴 치약처럼 쪼그라들어 보였다. 그제야 설리는 다른 대원들의 심정은 헤아리지 못하고 있었다는 사실을 깨달았다. 이것은 설리만의 비극이 아니었다. 그들에게도 비극이었다. 모두가 데비가 멀어져가는 모습을 지켜보았다. 설리는 물론 거기 직접 있었지만 나머지 대원들도 헬멧 카메라를 통해 다 지켜보고 있었다. 설리뿐 아니라 모두의 머릿속에서 같은 장면이 반복 재생되고 있을 터였다. 설리는 자신이 혼자가 아니라는 사실을 상기해야 했다. 설리도 출입 분기점을 지나 '작은 지구'에 안착했다. 온몸의 무게가 다시 돌아오는 것을 느꼈다.

나머지 대원들, 테베스, 하퍼, 탈, 이바노프가 탁자에 둘러앉아 설리를 기다리고 있었다. 이바노프의 뺨에서 눈물이 흘러내리는 것이 보였다. 설리 자신도 울고 있었다는 것을 깨달았다. 그날 아침 일어난 이래 내부에서 차올랐던 물을 조용히 내보내고 있었다. 입술에 닿은 짭짤한 눈물을 핥고 자리에 앉았다. 마지막 남아 있던, 은박지에 싸인 셰퍼드 파이가 차례로 건네졌다. 특별한 날을 위해 아껴두었던 조리 음식 중 하나였다. 다들 말없이 먹었다. 다시 한 번 파이가 돌았다. 조금씩 더 먹었다. 은박지까지 깨끗하게 긁어 먹고 나자, 이바노프가 탈과 하퍼의 손을 잡았다. 다른 대원들도 따라 했다. 턱이 가슴에 닿도록 다 같이 고개를 숙였다.

"에테르 호가 막내딸을 잃었습니다. 보호하소서." 아바노프가 말했다.

그들은 그렇게 한참 있었다. 그러다가 목이 아파졌을 때 테베스가 고개를 들고 덧붙였다. "사랑받던 사람이었습니다." 별말 아니었지만 사실이었고 위안이 되었다. 에테르 호에서 대원들이 함께한 시간은 길고 힘들었고 아름다웠다. 하지만 그 모든 시간 동안 데비는 그 자리의 모두에게 좋은 사랑을 받았다. 설리는 동료들을 바라보며 그들이 자신의 가족임을, 계속 그래왔음을 어렴풋이 느끼고 있었다.

–

그날 오후, 일주일 전 통신 안테나가 떨어져 나간 이래 처음으로 신호가 들어왔다. 유로파의 탐사 로봇에게서 다시 실시간으로 들어오며 스피커에서 지글거리는 원거리 신호의 잡음을 최대한 즐기기 위해 설리와 테베스는 음량을 최대로 틀었다. 설리는 통신 칸 내 모든 기계들을 점검하며 정보들이 제대로 들어와 자료가 저장되는지 확인했다. 우주 유영 작업은 소기의 목적을 달성했다. 적어도 손실이 무의미하지는 않았다. 의식을 잃지 않으려 애쓰던 데비를 떠올렸다. 너무 늦었다던 그녀의 말과 기둥을 괴상하게 잡고 있던 손, 그리고 거울처럼 빛을 반사하던 친구의 헬멧 앞창이 떠올랐다. 안테나에 매달려 데비가 숨을 거두는 것을 바라만 보던 무기력감을 다시 느꼈다. 바로 눈앞에서, 손이 닿는 거리에서 벌어지고 있는 끔찍한 사건을 막을 수도 없고 움직일 수도 없던 무력감이었다. 그리고 다시 한 번 의아했다. 왜 데비는 먼저 알아채지 못했을까? 우주복 내 산소 농도가 떨어지는 걸 보거나 문제를 감지하고도 아무 말 안 했던 건 아닐까? 결코 알 수 없는 일이었다.

설리는 다시 스피커에서 나오는 신호의 지글거림과 흔들리는 파동 그래프에 주의를 돌렸다. 아직 해야 할 일이 있었고 일단 거기에 집중했다. 이 기계에서 저 기계로 움직이며 성능을 시험하고 잡음 억제 설정을 손보았다. 신호들이 좀 더 선명해지고 반향도 좀 줄어들었다. 하루가 끝날 때쯤 설리와 테베스는 통신 시스템을 더 이상 손볼 데가 없었다. 수신 상태도 그 어느 때보다 좋았다. 혹시 지구에서 그들을 부르는 소리가 있다면 들릴 것이었다.

테베스가 떠난 후에도 설리는 남아 있었다. 마치 어딘가에 연결된 기분이었다. 사실 연결할 곳이 없으니 적당한 말이 아니었다. 하지만 덜 외로워졌다. 설리는 자기 몫을 해냈다. 전자기적 붉은 양탄자를 연장시켰다. 아무도 이용할 기회를 얻지 못한다고 해도, 이 모든 노력과 시간과 희생에도 불구하고 아무 응답도 받지 못한다고 해도 설리의 잘못은 아니었다. 설리는 최선을 다했다. 그들도 최선을 다했을 것이다. 설리는 상실과 고립의 격류를 넘어 좀 더 고요한 공간으로 들어가고 있었다. 그곳에선 이미 지상 관제소의 신호가 그들을 향해 서둘러 날아오고 있으며, 설리는 기꺼이 다음에 다가올 것들을 맞이할 준비가 되어 있었다.

설리가 '작은 지구'로 돌아온 것은 밤이 늦어서였다. 늘 그렇듯 탈이 게임 칸에 앉아 컨트롤러를 잡고 있었다. 하지만 눈에 띄는 변화가 하나 있었다. 이바노프가 곁에 앉아 또 다른 컨트롤러를 들고 있었다. 둘이 같이 게임하는 것은 처음 보았다. 이바노프는 금발을 말끔히 빗어 넘기고 뺨은 열중하여 불그레 달아올랐다. 돌처럼 굳어 있던 표정은 풀어져, 살짝 찡그리기만 했다. 탈은 잔뜩 흥분해서 눈을 크게 뜨고 이까지 드러낸 채 화면에 집중하고 있었다. 그의 얼굴을 점령한 짙은 검은 턱수염은 실제 적수를 만나, 특히나 처부수고 싶어 했던 상대를 만난 극심한 새로움에 모낭들이 화답이라도 하듯 더욱 덥수룩해졌다. 두 남자 다 자기 아바타에 푹 빠져 설리를 쳐다보지도 않았다. 설리는 중력 생성 구역을 빙 돌아 긴 주방 탁자로 갔다. 하퍼와 테베스가 마주 앉아 테베스의 장비함에서 꺼낸 볼트와 너트를 걸고 파이브카드 포커를 하고 있었다. 설리는 테베스 곁에 앉아 바라보았다.

"테베스가 그러는데 다시 잘되고 있다며." 하퍼가 풀하우스를 내려놓으며 말했다. 테베스가 잇새로 휘파람을 불고 패를 내던졌다.

설리가 고개를 끄덕였다. "다시 통신 가능해. 별로 들어오는 건 없지만."

"끼워줄까?" 테베스가 우아한 손놀림으로 카드를 섞으며 설리에게 물었다.

"고맙지만 괜찮아. 그냥 보기만 하려고."

"곧 화성의 궤도에 들어설 거야." 테베스가 말하는 동안 하퍼가 카드를 떼어냈다. "그러고 나면 지구로 급가속할 수 있지. 가까이 갈수록 희미한 신호도 건질 가능성이 높아질 테고."

설리는 여전히 게임에 열중해, 한 덩어리가 된 듯 집중하고 경쟁하는 이바노프와 탈을 건너다보았다. 그러고 나서 테베스와 하퍼에게 시선을 돌렸다. 하퍼는 설리가 테베스의 손을, 카드 끝을 살짝 들어 패를 확인하는 모습을 응시하는 것을 보았다.

"정말 게임 안 할 거야?" 하퍼가 물었다.

"응. 다시 통신 칸으로 돌아가려고. 좀 잊은 게 있어서." 설리가 일어서며 대답했다.

"저녁은 안 먹고? 우린 라자냐 먹었어." 하퍼가 말했다. "당신 것도 좀 남겨놨는데." 테베스가 카드 끝을 찰싹 내려놓았다. 설리는 건조 과일을 꺼내 하퍼에게 보여주고 주머니에 넣었다. 먹을 생각은 없었지만 하퍼는 안심할 것이었다. '작은 지구'를 떠나는데 이바노프의 승리의 외침이 들렸다. 탈의 신음 소리도 뒤따랐다.

설리는 온실 통로를 천천히 지나가며 수경 재배 식물들의 싱싱한 녹색을 눈에 가득 담았다. 식물들의 존재가 상념을 밀어내고 머릿속 구석구석을 자연의 색으로 채워나갔다. 초록은 고향의 색이었다. 하지만 이 상태를, 이 푸릇푸릇한 평화를 영원히 유지할 순 없을까 하는 생각이 든 지 얼마 되지 않아, 형형한 녹색들은 어느새 희미해지고 온갖 잡념이 다시 밀려들었다. 너무 심했다. 설리는 혼돈의 대양에 빠진 조그만 한 점의 의식에 지나지 않았다. 에테르 호와도 그다지 다르지 않은 처지였다. 그들이 살고 있는 이 우주선처럼, 우주의 진공을 통과해 지나가며 얇은 외벽은 포악한 우주의 힘 아래 점점 약해지고 산산이 흩어지고 있었다.

주조종실 입구에서 잠시 멈추었지만 들어가지는 않았다. 전망창 너머에서 넘실대는 암흑으로부터 멀찍이 떨어져야 했다. 몸을 돌려 통신 칸으로 날아갔다. 줄여두었던 스피커의 음량을 키웠다. 그 소리가 설리를 감싸게 만들었다. 이곳이 너무 오래 조용했었다. 설리는 다시 주파수들을 탐색하기 시작했다. 혹시 존재할지 모르는 또 다른 방랑자들을 찾아보았다. 아직 화성을 돌고 있는 옛날 탐사 로봇을 발견했다. 그러고 나서는 카시니라는, 토성의 첫 번째 무인 탐사 우주선 중 하나를. 그러고 나서는 설리가 늘 접촉하고 싶던 방랑자, 오르트 성운을 지나 태양계 끝으로 가고 있는 항성간 여행자, 보이저 3호가 있었다. 신호가 드문드문 잡히고 별 내용은 없었다. 지난번에 찾아보았을 때는 몇 가지 기능에 문제가 있었다. 지금 플라즈마 분석으로 볼 때 보이저 3호는 우리 태양계를 벗어나 새로운 항성계로 들어간 듯했다.

설리는 그렇게 몇 시간을 통신 칸에 머물며 화면을 지켜보고 소리를 들었다. 다시 '작은 지구'로 돌아왔을 때는 다들 자기 수면 칸으로 들어간 후였다. 잠이 든 사람도 있었고 커튼 너머로 독서등이 빛나는 사람도 있었다. 설리도 수면 칸으로 들어가 커튼을 치려는데, 하퍼가 자기 커튼을 젖혔다. 침낭에 반쯤 몸을 집어넣고 벽에 기댄 채 태블릿을 무릎에 얹고 있었다.

"돌아왔네. 뭘 잊어버리고 갔던 거야?"

이렇게 오랫동안 있다 올 수밖에 없었던, 그럴듯한 이유가 생각나지 않았다. 진실을 말하는 편이 쉬웠다. "잊어버린 건 없었어. 그냥…… 좀 지켜보고 싶었어."

하퍼가 고개를 끄덕였다. "하지만 당신은 괜찮은 거야?"

"응, 좀 피곤하긴 하지만." 설리가 커튼을 잡았다. "잘 자" 하고서 커튼을 쳤다.

"잘 자." 하퍼도 웅얼거렸다. 그러고 나서 불 꺼지는 소리가 들렸다.

설리는 어둠 속에 눈을 뜨고 수면 칸 내부의 모든 어둠을 하나하나 찾아보며 오래 누워 있었다. 발치에는 오늘 입었고 내일도 입을 옷들의 비죽비죽한 더미가, 벽에는 루시의 네모

난 사진이, 위에는 둥근 독서등이 있었다. 한참 있다가 설리는 잠이 들어 꿈을 꾸었다. 보이저 3호를 타고 반대 방향으로, 지구에서 멀어지며 우주 밖으로 여행하는 꿈이었다. 괴롭지도 않고 고요한 상태였다. 보이저 3호의 반구형 안테나 속에 졸린 고양이처럼 웅크리고 누워 암흑을 바라보다가, 생각보다 너무 멀리 와버린 걸 깨달았다. 우주의 끝에 다다른 걸 깨닫고 기뻐졌다.

–

다섯 명의 대원들은 긴 탁자에 앉아 아침을 먹으며 다음 단계의 여정을 의논했다. 설리는 빨대로 오렌지 주스를 빨아 먹으며 집중하는 척 표정을 관리했다. 탈이 탄도 궤도 계획을 설명하고 있었다. 에테르 호는 화성을 지나는 동안 그 궤도를 마치 우주 고속도로처럼 올라탔다가 벗어나면서 이용할 예정이었다. 그러다 보니 화성에 상당히 가까이 접근하게 된다. 하지만 탈이 화성 궤도의 복잡성과 그 중력을 이용하는 방법에 대해 설명을 이어가는 동안 설리는 관심을 놓아버렸다. 그의 머리 뒤쪽의 수납장 표면을 뜯어보고 있었다. 그러다가 오렌지 주스가 바닥나면서 시끄러운 빨대 소리를 내고 말았다. 탈이 말을 멈추고 쳐다보았다. 설리는 놀라 동작을 멈추었고 탈이 말을 계속했다.

"그동안 화성을 멀리서만 봐왔는데, 더 잘 볼 기회를 얻고 싶었다면 다음 며칠이 최고의 시간이야."

설리의 생각은 다시 초점을 잃고 떠돌았다. 탈의 설명이 끝나고 하퍼가 나서서 이 여행의 마지막 노정을 위해 각자에게 임무를 할당했다. 설리도 적절한 때 고개를 끄덕이고 드디어 해산되자 곧바로 통신 칸으로 향했다. 목성 위성 탐사로봇들에게서 받지 못한 정보를 벌충할 시간은 없었다. 지금부터라도 들어오는 데이터들을 확실히 기록하고 올바로 분류하고 싶었다. 자료 입력이라는 직설적 작업이 위로가 되었다. 비록 거기서 끌어내고 있는 결론이나 형성되어가는 가설을 들어주는 사람은 여전히 아무도 없었지만, 알 수 없는 그들 여정의 불안감으로부터 신경을 분산시켜주었다. 몇 시간 일에 몰두하다가 문득 몹시 허기가 밀려왔다. 그러고 보니 어제부터 먹은 게 없었다. 어제 주머니에 넣어두었던 건조 과일이 기억났다. 포장을 뜯으며 신호들을 처리했다.

일을 하면서 화성에 대해 생각해보았다. 분화구가 뚫린 붉은 흙, 주황색 먼지, 말라버린 강줄기를 떠올렸다. 식민지 건설 계획도 생각했다. 몇 년 전에 미국 탐사대가 벌써 다녀왔는데, 주로 지질학적 조사와 거주 후보지들을 알아보는 임무였다. 에테르 호가 출발하기 전에 어느 민간 우주여행 회사가 화성에 영구 식민지를 건설하겠다는 확고한 의지를 가지고 계획을 실행해나가고 있었다. 실현이 몇 년 안 남았다고 했는데, 아마 이젠 너무 늦었을 것이다.

붉은 행성을 가까이서 보게 된 건 신나는 일이었다. 거의 2년 전에 목성으로 가면서는 멀리서 스치듯 본 게 다였다. 더구나 그때는 다른 일에 집중하고 있었다. 아무도 가까이 가본 적 없는 행성, 목성이 대원들을 끌어당기고 있었으니까. 지금은 지구와의 근접성 때문에 화성이 더 중요하게 느껴졌다. 그들의 목적지에 다다르기 이전에 마지막 이정표였다. 이제 거의 다 왔다. 목성과의 통신 작업을 몇 시간 더 하고 나서 어제 꿈 생각을 하며 수신 주파수를 보이저 3호에 맞췄다. 막 채널을 맞췄을 때 날카로운 삑 소리가 들리더니 그다음부터는 아무 소리도 들리지 않았다. 아무리 해도 다시 접속할 수 없었다. 방금 전까지 신호가 존재했던 곳에 텅 빈 파동 곡선만 남았다. 늦은 시간이 되어서야 설리는 포기했다. 그 탐사 로봇은 사라졌다. 전원이 마침내 끊기거나 뭔가 고장 나거나 통신 시스템이 쓸 수 없는 상태가 되었을 것이다. 아니면 그저 너무 멀어져서 연결 불가능해졌거나. 어느 날 다시 접속이 될 수도 있었다. 뭔가 중간에, 행성이나 소행성 같은 게 신호를 막고 있어서 그랬을 수도 있지만, 설리는 그렇지는 않을 거라고 보았다. 그녀는 조용한 통신 칸에 둥둥 뜬 채 한참 꿈 생각을 했다. 그리고 결국 보이저에게 안녕을 빌어 주고 영영 작별 인사를 했다.

다시 관심을 지구로 돌릴 때였다. 설리가 떠나온 지구가 아니라, 설리가 돌아갈 지구로 말이다. 수개월간의 회상과 비탄, 남겨두고 온 사람들, 잃어버린 사람들에 대한 생각을 더 이상 끌고 나가기는 너무 힘들었다. 뒤돌아본 시간은 충분했다. 이제 다시 앞으로 나아가도 괜찮은 시간이었다. 그렇다고 벌써 희망을 느끼지는 않았다. 하지만 희망을 위한 공간을 만들어놓을 수는 있었다. 설리는 주파수 대역을 조종해 전파를 훑기 시작했다. 대부분 들으며, 이따금씩 송신을 내보내며, 끊임없이 이 대역에서 저 대역을 탐색했다. 초단파와 극초단파를 모두 샅샅이 뒤지고 나자 처음부터 다시 훑기 시작했다. 뭔가 있어야 했다. 누군가 있어야 했다.

열다섯

그들은 많은 시간을 하젠 호수에 뜬 조그만 보트에서 보내게 되었다. 어거스틴은 섬까지 반쯤 노를 저어 가서 아이리스와 번갈아가며 낚싯줄을 던졌다. 오래 걸리지는 않았다. 호수에는 뭐든 물어대는 물고기가 가득했고 조그만 주황색 미끼는 무시하기엔 너무 유혹적이었다. 한 마리나, 작을 경우엔 두 마리를 잡고 척수를 끊어 피를 뺀 다음, 호숫가로 돌아가 내장을 발랐다. 아이리스는 낚시 실력이 늘었고 척수를 끊고 내장을 바르는 불쾌한 작업에도 익숙해졌다. 어거스틴 혼자 처리하도록 놔두지 않았다.

툰드라 전역에는 조그만 야생화들이 빽빽한 색색의 양탄자를 이루며 자랐다. 새로 드러난 부드러운 갈색 흙과 새로 자라난 녹색 풀들 사이로 색색의 폭탄이 터지자 어거스틴과 아이리스는 점점 더 멀리 나가, 낯선 여름의 풍부함을 탐험하기 시작했다. 주변의 산과 언덕들엔 레밍과 북극토끼, 새들로 가득했다. 사향소와 순록들도 툰드라를 지키며 모든 조그맣고 희귀한 식물학 표본들을 고급한 칵테일파티의 카나페들처럼 먹어치웠다. 한번은 그렇게 하이킹을 하다가 어거스틴이 바윗돌에 앉아 쉬고 아이리스는 종종거리며 앞으로 나가는데, 순록 한 마리가 조심스레 다가와 어거스틴이 감상하고 있던 습지 범의귀류 군락을 뿌리까지 덥석 물어뜯으며 못생긴 입술 사이로 조그만 노란 꽃을 우적거렸다. 그러고서는 더욱 섬세한 먹잇감이 없나 킁킁거리며 떠나갔다. 어거스틴은 녀석의 이마 한가운데 털이 그리는 가마 모양까지 볼 수 있었다. 이빨이 찔걱이며 부딪는 소리가 들리고 입김에서 나는 독한 악취도 맡을 수 있었다. 살아 있는 야생 동물을 이렇게 가까이서 본 것은 처음이었다. 순록은 거대했다. 드높은 뿔은 마치 나무처럼, 밝은 하늘 위로 솟아 끝이 잘 안 보일 지 경이었다.

다시 통신제어실 오두막이 생각났다. 아직도 안 들어가고 있었다. 자신이 왜 그럴까 생각해보았다. 뭘 피하려는 것일까? 어떤 장비가 구비돼 있을지 궁금했다. 무슨 소리를 듣게 될지, 혹은 듣지 못하게 될지 궁금했다. 하지만 그 밖의 모든 것이 너무나 쾌적해서 그의 호기심을 포섭해버렸다. 평온한 호숫가에서의 삶을 어지럽히고 싶지 않았다. 무엇을 발견하게 될지, 아예 아무것도 발견 못 할지 알 수 없었다. 간신히 마련한 새로 찾은 행복을 위협할 수도 있는 일을 서둘러 행동에 옮길 이유가 없었다. 처음으로 어거스틴은 무지에 만족했다. 그럼에도 불구하고 또 다른 목소리를 찾는 일은 어거스틴을 위한 게 아니었다. 그에게는 더 이상 자신의 행복이 가장 중요한 게 아니었다.

호숫가에 도착하고 나서 어거스틴은 바보처럼 자신의 건강이 좋아지고 있는 줄 알았다. 잔잔한 호수와 상대적으로 온화한 기온, 바람도 거의 없어 한결 살 것 같았다. 기력도 회복되었다. 하지만 시간이 지남에 따라 그는 자신의 삶이 끝날 날이 멀지 않았음을 그 어느 곳에서보다 이곳에서 현실적으로 느꼈다. 안락함이 개선을 뜻하는 것은 아니었다. 이곳에서의 삶은 편안했지만 어거스틴은 계속 나이가 들어갔다. 그리고 곧 다시 북극의 긴 밤이 찾아올 것이다. 그리고 그때가 되면 이곳에서도 기온은 곤두박질치고 그의 관절은 전처럼 꼼짝 못 하고 쑤셔댈 것이다. 심장 박동은 점점 느려질 것이고 정신은 점점 흐릿해질 것이다. 영원히 계속될 것 같은 북극의 밤이 오면 이 해가 마지막이 되리라는 예감이, 두려우면서도 고대되었다. 이제는 나이가 들었다. 야생화와 산들바람이 그를 다시 젊어지게 만들지는 못한다. 산비탈을 올려다보았다. 아이리스가 야생 염소처럼 이 바위에서 저 바위로 뛰어넘으며, 미끄러지듯 다시 내려오고 있었다.

"전망 좋았니?" 어거스틴이 물었다. 아이리스는 대답 대신, 가운데 소담한 노란 수술에서 꽃가루가 흐드러진 하얀 북극담자리꽃 뭉치를 내밀었다. 벌써 몇 송이는 지고 반들거리는 씨방에서 길고 하얀 솜털을 자아내고 있었다. 아직 그 안에서 몸을 뒤채고 있는 씨들도 있었지만 이미 바람에 불려 날아가고 있는 것들은 마치 늙은이의 허옇고 뻣뻣한 턱수염 같았다.

"나 닮았다고 주는 거냐?" 어거스틴이 씨방을 가리키며 웃었고 아이리스는 진지한 표정으로 고개를 끄덕였다.

"이만하길 다행이지." 어거스틴이 말하고 시든 꽃 한 송이를 뽑아 단춧구멍에 넣었다. 아이리스는 씩 웃은 다음 계속 산을 내려갔다. 어거스틴은 미끄러운 바위를 더듬거리며 힘 겹게 일어서다가 꽃다발을 떨어뜨렸다. 그는 아이리스의 뒷 모습을 바라보다가, 반쯤 죽고 찌그러진 꽃다발을 소중히 주 워 들고 뒤를 따랐다. 이제 때가 되었다.

–

손에 커피를 들고 바위가 흩어진 관측소 부지를 느릿느릿 지나 무선 통신실 오두막의 문손잡이를 잡고 비틀어보았다. 문이 꽤 뻑뻑했다. 그래서 머그잔은 땅에 내려놓고 문을 어 깨로 세게 밀었다. 내부는 예상했던 그대로였다. 설비가 잘 된 기지국이었다. 몇 대의 무선 장비들과 단파, 초단파, 극초 단파 주파수들을 위한 다양한 수신기, 헤드셋 세트 두 개, 스 피커들, 탁상용 마이크, 한쪽 구석엔 최신형 발전기까지 완 비된 기지국으로, 작동만 기다리고 있었다. 천문대에서는 위 성 통신에 의존하고 있었기 때문에 무선 전파는 국지 통신을 위한 예비용으로만 사용되었다. 하지만 이곳 기상관측소의 구성은 아예 무선 전파를 위해 편제되어 있었다. 그래도 책 상 위에는 위성전화가 한 대 놓여 있었다. 무전기도 몇 대 보 였다.

어거스틴은 우선 발전기부터 가동시켰다. 몇 분 있다가 전원을 확인하고 차례로 켰다. 주황색과 녹색 불들이 깜빡이기 시작했다. 스피커에서 벌집처럼 윙윙거리는 작고 고른 배경음도 나오고 있었다. 책상 아래는 물병과 구급 식량, 침낭 두 개 등 생존용품도 쟁여져 있었다. 그러고 보니 이 오두막이 관측소 부지에서 가장 견고한 건물이었다. 위급 상황 때는 이리 대피하게 돼 있는 것이다. 세 개의 텐트도 여러 해 북극의 겨울을 견딜 수 있도록 만들어졌지만 마음먹으면 파괴하기 불가능한 것은 아니었다. 북극이 거주자에게 친절한 곳은 결코 아니니까.

몇 분 이것저것을 만지작거려보고 나서 어거스틴은 헤드폰을 단자에 꽂은 다음 머리에 썼다. 그러고 나서 주파수들을 탐색하기 시작했다. 자, 다시 시작이군, 하고 생각했다. 하지만 바르보 천문대에서와는 달랐다. 저 밖의 안테나 대열이 그의 목소리와 청력을 훨씬 멀리까지 데리고 갈 것이었다. 어거스틴은 송수신기 하나를 쓰다듬어보았다. 빛나는 녹색 액정에서 엄지로 먼지를 닦아냈다. 먼저 마이크를 달칵 켜고 턱 가까이 당겼다. 그러고 나서 초단파 아마추어 대역을 골라 전송을 시작했다. "CQ, CQ, CQ"를 계속하며 주파수를 훑어나갔다. 아무것도 없었다. 어차피 대답을 기대한 것은 아니었다. 초단파에서 극초단파로, 그리고 단파로 옮겨 가며 전송을 계속했다. 그러고 나서 다시 처음으로 돌아갔다. 결국 여름 공기가 들어오도록 열어둔 오두막 문으로 아이리스가 들어왔다. 낚싯대를 흔들었다. 어거스트는 아이리스와 낚싯대를 번갈아 보았다.

"네 말이 옳아. 곧 보트로 가마."

아이리스가 나간 문밖으로 네모난 호수와 산과 하늘의 풍경이 고스란히 들어왔다. 어거스틴은 모든 기기를 차례로 끄고 발전기를 마지막으로 껐다. 그러고 나서 헤드셋을 빼 전선을 감았다. 통신실 문을 닫고 나와 잠시 서서, 수면에서 반사되는 눈부신 햇살에 눈을 적응시켰다.

아이리스는 뒤집힌 보트에 앉아 낚싯대로 재즈 비슷한 박자를 두드리고 있었다.

"어이!" 어거스틴이 부르자 아이리스가 벌떡 일어났다.

둘이 함께 보트를 뒤집고 물로 밀어 넣었다. 이제는 모든 과정이 척척 매끄럽게 진행되었다. 어거스틴이 노와 그물을 가지고 오고 보트는 다시 호수 가운데로 나갔다. 그는 잠시 흐름에 배를 맡기고 눈을 감은 다음, 뱃전에 찰싹이는 물결 소리와 얼굴에 내리쬐는 한밤의 햇살을 즐겼다. 눈을 떠보니 아이리스가 다리를 뱃전에 드리우고 발끝을 호수에 담그고 있었다. 움직이는 배를 따라, 수면에 궤적이 그려졌다. 나타났다 사라지고, 나타났다 사라지는 궤적이었다. 배는 미끄러지듯 나아가고 있었다. 노를 유리 같은 수면에 집어넣고 젓기 시작했다.

—

여름이 도착 때보다 빨리 물러가는 듯했다. 산골에서 온기가 싹 빠져나가고 한랭전선이 슬금슬금 다가와 섬세한 야생화들을 얼리고 진흙투성이 호숫가에 수정 같은 서리를 뿌렸다. 어거스틴은 여전히 나무 안락의자에 앉아 시간의 경과를, 태양의 하강을 지켜보았지만 다시 겹겹의 옷으로 몸을 감싸게 되었다. 다시 뼛속까지 시렸다. 관절이 굳고 이가 딱딱거렸다. 이제 산책은 나가지 않았다. 아이리스 혼자 산비탈과 툰드라를 돌아다녔다. 아직 낚시는 같이 나갔다. 호수가 허락하는 한 보트를 타고 최대한 오래 나갔다 왔지만, 차가운 바람 속에 노를 젓는 일이 점점 힘들어졌다. 살얼음도 매주 두꺼워졌다. 이제 멀지 않았구나, 어거스틴은 생각했다.

하루에 한 번 통신 오두막에서 무선 주파수 대역들을 훑는 일은 계속했다. 하지만 침묵은 계속되었다. 완전한 고립이었다. 그저 할 일이 필요해서, 목표가 필요해서 계속하는 일이 되었다. 점점 추워지자 의자에서 일어나 오두막으로 갔다가 텐트로 돌아가는 일이 즐거운 산보에서 힘겨운 일과로 바뀌었다. 짧은 걸음을 위해서도 얼마간 에너지를 비축해야 했다. 포기하기는 싫었다. 이제 짧은 거리도 노를 저을 수는 없게 되었다. 결국 호숫가에 얇은 얼음판이 생겼다. 차라리 다행이라고 어거스틴은 생각했다. 오래지 않아 결국 태양이 지평선까지 내려가, 그 아래로 몸을 담갔다가 올라오기 시작했다. 일출이자 동시에 일몰인 장엄한 풍경이 몇 시간씩 지속되며 산들을 타는 듯한 주황빛으로 물들였다가 보라색 구름들을 하늘에 뿜어내고 형형한 푸른색으로 흐려졌다. 하루의 끝을 알리는 순간과 시작을 알리는 순간이 하나로 합쳐져 연속적 행사가 되면서 시간의 경과를 규칙적으로 표시해주었다.

호수가 얼어붙었다가, 녹았다가, 다시 얼어붙었다. 어느 날 오후에 태양이 산들 뒤로 내려가 잠시 숨어 있을 때 차가운 비가 뿌리기 시작했다. 추운 황혼녘에 비는 굳어서 진눈깨비가 되고 다시 부풀어 두툼하고 하얀 눈송이가 되었다. 눈송이는 둥둥 떠서 내려와 땅 위의 갈색 풍경을 덮어나갔다. 어거스틴은 비가 뿌릴 때 의자에서 후퇴했지만 진눈깨비가 눈으로 바뀌는 것을 보고 다시 나왔다. 아이리스도 함께 나와, 궤짝으로 만든 작은 발받침에 앉았다. 둘은 함께 하얀 담요에 덮여 사라지는 지상의 윤곽선들을 바라보았다. 몇 시간 후, 맑아진 산 위로 해가 다시 올라오자 새 눈에 덮인 봉우리들이 창백한 불꽃에 물들었고 더 높이 떠오르자 툰드라가 하얀 불꽃으로 밝게 타올랐다. 익숙한 북극의 순백 풍경이 다시 시작되었고 앞으로 10여 개월 동안 좀처럼 바뀌지 않을 것이었다.

별들도 돌아왔다. 어느 날 밤, 화려하게 물들었던 산들의 색깔이 침침해지고 짙은 푸른색 하늘을 배경으로 봉우리들이 검게 변해갈 때, 어거스틴은 밖으로 나와 호숫가로 가서 수면의 얼음을 장화로 두드려보았다. 꽤 단단한 것을 확인하자 조심스레 몇 걸음 걸어보았다. 그러고 나서 다시 살살, 그다음엔 힘껏 쾅, 발을 굴렀다. 얼음은 끄떡없었다. 어거스틴은 다시 통신용 오두막으로 향했다. 그때 별빛 아래서, 눈 위에 새로 생긴 발자국을 발견했다. 산에서 내려와 호숫가에서 사라진 발자국은 거대했고 보폭도 넓었으며 주변에 기다란 발톱 자국이 선명했다. 북극곰이 여기에? 어거스틴은 놀라 무선 전파는 잠시 잊고 발길을 돌려 호숫가의 발자국을 따라 갔다. 얼음 위에서 끊겨 있었다. 몸을 굽히고 얼음 위에 남은,

살짝 할퀴어진 자국들을 찬찬히 들여다보았다. 피오르를 향해 가는 길이었을 수 있다. 아니면 길을 잃은 것일 수도 있었다. 어거스틴은 어깨를 으쓱하고 다시 통신실로 향했다.

부드럽게 깜빡이는 석유등 불빛 속에서 헤드폰을 귀에 쓰고 제어판을 조종하며 탐색을 시작했다. 지직거리는 잡음에 마음이 가라앉았다. 북극의 철저한 침묵, 너무 지독해서 부자연스레 느껴지는 고요를 가려주는 소리였다. 철썩대던 물소리도 멈추고 바람은 아직 불지 않았다. 새들은 모두 떠나고 고요한 겨울이 내려앉았다. 북극제비갈매기들은 아름다운 둥지를 떠나 남극으로 날아갔고 사향소와 순록들은 툰드라의 평원으로 돌아갔다. 이따금씩 고요를 깨는 것은 길게 떨리는 늑대의 울음소리뿐이었다. 그 외에 호수는 숨죽인 정적에 싸여 있었다. 전파 수신기의 백색 소음은 외로움을 달래며 부드럽게 지글거렸다. 수신기를 자동 탐색으로 맞추고 눈을 감았다. 의식이 꿈결을 떠돌다 잠이 들었을 때 그 소리를 들었다. 목소리였다. 고막을 거쳐 꿈속으로 스며들었다. 어거스틴은 벌떡 일어나 헤드폰을 귀에 꼭 붙였다. 너무 희미해서 정말 들었는지 확신이 안 들었지만, 다시 들렸다. 단어는 아니고 음절 토막들만, 잡음에 끊겨 들리고 있었다. 어거스틴은 온 신경을 곤두세우고 무슨 말인지 귀를 기울였다.

그리고 마이크를 끌어왔다. 하지만 갑자기, 무슨 응답을 해야 할지 알 수 없었다. 흥분해서 아마추어 무선 통신용 호출 규칙 따위는 팽개쳤다. 규제할 위원회도 더 이상 없었다.

"여보세요?" 어거스틴은 말하다가 깨달았다. 자신이 고함을 지르고 있다는 것을. 그러고 나서 기다렸다. 귀에 온 신경을 집중하고 대답을 기다렸지만 아무 소리도 들리지 않았다. 다시 해보았다. 그리고 또다시, 그리고 세 번째 시도에서, 여자의 목소리가 들렸다. 종처럼 또렷한 목소리였다.

열여섯

　화성은 그들 뒤에 있었고 지구를 나타내는 창백한 푸른 점
이 날이 갈수록 커졌다. 대원들은 남는 시간을 전망창에서
보내며, 가까이 갈수록 더욱 선명해지는 대기권의 색깔을 지
켜보기 시작했다. 설리는 예외였다. 설리는 오랜 시간을 통
신 칸에서 보내며 업무 시간을 둘로 나눠, 목성의 달 탐사 로
봇들을 추적하거나 지구에서 오는 신호를 찾아 귀를 기울였

다. 다른 대원들과 대화도 거의 하지 않았다. 인공 새벽이 밝아올 때 중력 작동 구역을 일찍 빠져나갔다가 다른 대원들이 수면 칸으로 들어간 후 늦게 돌아왔다. 수신기에서는 아무 소리도 나오지 않았다. 길을 잘못 든 케이블 뉴스 방송이든, 탑40 순위든 아무것도 없었지만 설리는 계속 검색했다. 지구에 가까이 갈수록 에테르 호의 새 안테나가 신호를 잡아낼 가능성도 커졌다. 재난의 시기에 늘 아마추어 무선 통신사들은 전파를 타고 흐르는 정보들의 첫 번째 습득자가 되곤 했다. 분명 지금도 교신을 하는 사람들이 있을 것이다. 그래야 한다고 설리는 생각했다. 여전히 저 침묵의 원인을 알 수가 없고 이해도 안 됐지만, 점차 대원들은 현 상태를 받아들이고 있었다.

드디어 에테르 호에서 그들의 작은 푸른 행성을 돌고 있는 달을 볼 수 있게 되었을 때 결국 이오의 탐사 로봇과 접속이 끊겼다. 예상 못 했던 바는 아니었다. 목성에서 가장 가까운 달의 상태가 그다지 우호적이지 않았다. 그리고 그 탐사 로봇은 이미 기대 수명을 넘기고 살아남은 후였다. 녀석은 목표를 초과 달성했고 엄청난 자료들을 남겼다. 그럼에도 불구하고 설리는 슬퍼졌다. 세상에 너무나 많은 신호들이 송신되고 있고 그저 하나가 사라졌을 뿐이라면 모르겠지만, 지난번엔 보이저 3호를, 이번엔 이오의 탐사 로봇을 잃었다. 이제는 관심을 기울일 대상도 몇 개 남아 있지 않았다. 이렇게 적대적인 우주에서 설리는 자신이 하염없이 연약하고 일시적이고 고독한 존재로 느껴졌다. 모든 그들의 박약한 관계들, 안전에 대한, 동반자와 동료애에 대한 환상이 사라지고 있었다. 이오 탐사 로봇의 마지막 송신 내용을 볼 때 대원들이 내려준 이산화황 눈밭을 벗어나 화산 지대로 잘못 들어간 듯했다. 마지막 온도 정보는 용암 지대로 들어가야 나올 수 있는 것이었다. 나사도 그런 곳에서 살아남도록 기계를 설계하지는 않았다.

밤이 되어 설리는 통신실을 떠나 전망창으로 날아갔다. 그래도 고향에 거의 다 오긴 했다. 뭐가 기다릴지는 알 수 없어도, 거대한 유리창을 통해 그들의 작은 행성이 보이고 은빛 달이 굼뜬 핀볼처럼 그 둘레를 천천히 도는 모습을 보자 기분이 좋아졌다. 탈과 이바노프가 그 광경을 앞에 두고 나란히 떠 있었다. 설리가 다가가자 두 사람이 자리를 만들어주었다. 셋은 나란히 떠서, 허공에 걸린 채, 그들이 삶을 시작한 푸른 점이 가까워지는 모습을 바라보았다. 그러다가 행성 표면 근처에 거의 알아보기 힘든 반짝이는 작은 점이 문득 나타났다가 사라졌다. 이바노프가 그 점이 있던 곳을 향해 손을 쭉 뻗어 가리켰다.

"봤어? 저기. 국제 우주 정거장인 것 같아. 틀림없어."

그 점은 지구 가장자리를 넘어 사라졌더랬다. 탈이 어깨를 으쓱하고 턱수염을 긁으며 생각에 잠겼다.

"그럴 수 있겠네."

"그럴 수 있겠다고?" 이바노프가 침을 튀겼다. 흥분한 두 개의 침방울이 그의 입을 떠나 얼굴 앞을 떠돌았다. "그게 아니면 뭔데?"

탈이 다시 어깨를 으쓱했다. "나도 몰라. 위성일 수도 있고. 허블 망원경일 수도 있고. 다른 잔해일 수도 있잖아."

이바노프가 고개를 저었다. "그럴 리가 없어. 너무 컸다고."

설리는 뒤로 물러나기 시작했다. 중재자 역할을 맡을 생각은 없었다. 하지만 탈이 이바노프의 어깨에 손을 올렸다. "네 말이 맞을지도 몰라. 난 그저, 다시 나타날 때까지 기다려보자는 말이었어. 알겠지?"

이바노프는 고개를 끄덕이고 불침번을 서듯, 다가오는 행성을 계속 지켜보았다. 설리는 그런 식으로 화합하는 그들을 보고 놀랐다. 놀랍고 기뻤다. 이 모든 고독 와중에 생겨난 새로운 관계였다. 설리는 슬쩍 전망창을 나왔다. 둘 중 누구도 설리가 떠나는 모습을 보지 못했다.

다시 통신 칸으로 돌아오니 하퍼가 기다리고 있었다. 설리는 기습을 당한 기분이 들었다. 사적인 곳으로 느껴지고 있던 공간을 침범당한 심정이었지만, 짜증을 숨기려 노력했다. 하퍼가 이오 탐사 로봇으로부터의 마지막 송신 정보를 가리켰다. 설리가 통신 칸을 나가며 메인 화면에 띄워놓았던 것이었다.

"이오 탐사 로봇이 드디어 빠져 죽었나 보지? 화산 속인가?"

설리가 고개를 끄덕였다. "응. 어제 접속이 끊겼어."

"좀 쉬고 싶지 않아? 요리를 하든지, 카드 게임 하든지?"

"별로. 여기서 할 일이 좀 있어서. 방금 좀 쉬었어. 어쨌든 고마워."

"알았어. 그냥 한동안 거의 못 봐서. 어떻게 지내나 알아보러 왔어." 하퍼의 표정은 활짝 열려 있었다. 뭐든 털어놓고 부려놓아도 된다고 초대하는 진심이 스쳐 지나갔다. 하퍼는 설리가 말을 해주길 바랐지만 그게 어쩐지 설리의 화만 돋울 뿐이었다. 무례하거나 불친절하게 굴고 싶진 않았지만 어떻게 반응해야 할지 알 수 없었다. 그리고 질문 자체도 당황스러웠다. 어떻게 지내냐고? 다른 대원들은 어떻게 지내는데? 그들은 말도 안 되는 상황에 놓여 있었다. 그 상황을 견뎌낼 무슨 일이든 하면서, 제정신으로 이 순간에서 저 순간으로 옮겨 가려 애쓰고 있었다. 지구를 응시하면서, 지구를 향해 귀를 기울이면서, 카드 게임을 하는 동안 지구를 생각하면서 말이다.

침묵이 길어졌다. 결국 설리가 말했다. "당신도 알다시피, 내가 좀 상태가 안 좋을 수밖에 없는 분명한 이유들이 존재하지. 그것만 빼면 괜찮아."

"그래, 그래." 갑자기 하퍼는 머릿속에서 준비했던 대사가 다 소용없어진 사람처럼, 자신이 없어 보였다. "그냥 당신이 잘 안 보이니까 아쉬워서. 하지만 재촉할 생각은 없어. 그럼 쉬어. 저녁때 볼 수 있으면 봐." 하퍼는 설리 옆을 지나 통신 칸을 나갔다. 기계 하나가 삑삑거리며 수신 신호를 알렸다. 다른 기계들은 조용히 윙윙거리며 텅 빈 파동 곡선만 보여주고 있었다.

설리는 하퍼의 뒷모습을 응시하며, 그가 가버린 게 금세 아쉬워졌다. 그렇게 무뚝뚝하게 굴 필요가 있었을까? 왜 그렇게 차갑게 대했을까? 자신의 기분을 좀 더 정연하게 설명할 수는 없었을까? 창피하기도 했지만 또 그녀의 마음을 돌연 휘저어놓은 하퍼에게 화가 났다. 다시 머릿속이 추억에 휘둘리기 시작했다. 데비, 루시, 잭, 그리고 그녀의 어머니 진에게까지 상념이 거슬러 올라갔다. 설리는 그들 모두를 이런저런 방식으로 잃었다. 각각의 상실감이 다시 그녀를 덮쳤다. 통신 칸 안에 둥둥 뜬 채, 혼란스러운 감정에 다시 기억의 소용돌이가 더해지며 무엇이 먼저고 무엇이 나중인지도 알 수 없게 되었다. 설리는 심호흡을 하고, 또 한 번 했다. 지구를 머릿속에 떠올렸다. 흐릿한 푸른 윤곽선과 비죽비죽한 지형, 그 위를 감도는 구름 깃털들. 하지만 진정이 되지 않았다. 하퍼, 테베스, 탈, 이바노프를 생각해보았다. 또 잃어버릴 수도 있는 사람들이 존재했다. 설리는 마음을 가라앉히려 노력했다. 자꾸 표류하는 몸도 정지시키려 노력했지만, 중력이 없는 곳에서는 한자리에 가만있는 게 쉽지 않았다. 어깨가 어느 스피커에 부딪쳤다. 골반이 메인 화면을 찍었다. 가만히 있으려 애를 쓸수록 더욱 이리저리 흔들리게 되었다. 존재가 아닌 부재와 싸우고 있다는 생각에, 갑자기 소름이 끼쳤다. 어느 쪽이 위였지? 바닥이 점점 가파르게 기울어져 천장이 되면서, 이번 임무 내내 지켜왔던, 그녀가 평생에 걸쳐 따라왔던 논리의 연결선이 끊어지는 기분이었다. 아무리 지식을 쌓고 열심히 일해도 그녀의 안전은 지켜지지 않았다. 거기에 그녀가 할 수 있는 일은 없었다. 그 어떤 노력도, 통찰이나 기술도 이런 일이 일어나는 것을 막아줄 수 없었다. 이 우주의 그 무엇도 그들 중 누구를 안전하게 지켜줄 수가 없는 것이다. 눈앞이 캄캄해지는 것을 느꼈다. 그리고 다시 설리는 어느 우주인이 암흑 속으로 빨려 들어가는 모습을 지켜보고 있었다. 하지만 이번에는 그 우주복 안에 자신이 들어 있었다. 부들부들 떨고 비명을 지르고 소리치며, 숨을 쉴 수가 없었다.

–

이런 공포 발작은 이전에 딱 한 번 경험해보았다. 새아버지가 전화해서 진이 죽었다고 했을 때였다. 설리는 다시 어머니와 관계를 회복할 수 있으리라는 희망을 버리지 않았더랬다. 언젠가 다시 둘이서만, 사막에서 함께 별을 올려다보는 날이 올 것이라고. 진은 예전처럼 설리를 "나의 꼬마"라고 부를 것이고 은은하게 빛나는 달의 분화구들을 감상하며, 오리온성운의 소용돌이에 감탄하며, 은하수의 몽롱한 반짝임을 우러러볼 것이었다. 그렇게 치유되고 나서 모래가 지글거리는 도로를 따라 집으로 운전을 해서 오면, 서로를 용서할 것이었다. 하지만 그 전화로, 소녀 시절부터 설리를 지탱해온 환상이 증발했다. 어머니와의 관계가 모하비 사막과 캐나다 사이 어딘가에서 멀어졌지만, 언제나 희망이 있었는데, 조금만 더 가면 될 것만 같은 모퉁이도 보였는데, 결국 이제 너무 늦어버렸다. 그 상실감이 너무 무거워서 도저히 지탱할 수가 없었다.

산타크루즈에 처음 마련했던 자기만의 아파트에서 전화기를 주방 조리대 위에 내려놓고, 조리대 위의 은회색 점 입자 무늬를 노려보았더랬다. 그러고 나서 냉장고에 등을 기대고 천천히 주저앉았다. 다리가 구겨져 내렸다. 눈물에 숨이 막힌 채, 오랫동안 그렇게 앉아 있었다. 아직 의식이 있고, 아직 살아 있다는 게 신기했던 기억도 있다. 다음 날 아침 그녀는 부엌 타일 바닥에 뺨을 붙이고 깨어났다. 그리고 연어색 타일 사이 하얀 시멘트 줄에 시선을 고정한 채 몇 시간을 보냈다. 저 무늬에만 정신을 집중할 수 있다면, 저 무늬만 머릿속에 계속 떠올릴 수 있다면, 그날 하루를 견디고 살아남을 수 있을 거라고 생각했다.

설리는 타일의 무늬를 머릿속에서 재구축했다. 그 생각으로 머리를 가득 채웠다. 흰 줄에 둘러싸인 분홍색 사각형 옆에 또 분홍색 사각형. 그리고 결국은 바닥에서 몸을 일으킬 수 있었다. 부엌에서 뒷문을 열고 나갔다. 그리고 조그만 뒤뜰로 내려가는 계단에 앉았다. 그리고 하늘을, 쨍한 푸른 반구를 올려다보았다. 설리는 돌파해나갈 방법을 찾아냈다. 다시 그렇게 할 수 있었다.

설리가 그날 밤 '작은 지구'로 돌아왔을 때는 아드레날린의 범람이 가라앉고 공허의 이빨이 그녀의 말랑한 근육들을 조금씩 먹어들어가고 있었다. 하퍼가 아직 안 자고 긴 탁자에 앉아 혼자 카드 게임을 하고 있었다. 하퍼도 인사를 건네지 않았고 설리도 아무 할 말이 생각나지 않았다. 설리는 잘 준비를 하고 나서 수면 칸에 맨발로 서서 커튼을 열어둔 채 잠시 망설였다.

"아까는 미안했어." 설리가 하퍼를 보지 않고 말했다. 뒤에서 카드 소리가 들렸다.

"그건 걱정 마." 하퍼가 말했지만 평소의 말투가 아니었다. 컴퓨터에 명령을 내리듯 소원한 태도였다. 아예 사람한테 하는 말이 아닌 것 같았다. 설리가 상처를 준 것이었다. 이것이 그 벌이었다. 아직 눈앞에 있는 사람을 잃어버리는 것.

"알았어. 그럼, 잘 자." 설리는 말하고 기다렸다. 하퍼는 대답하지 않았다. 잠시 후 설리는 커튼을 닫고 누웠다. 눈물이 남아 있다면 흐느꼈을 테지만, 눈은 벌겋고 메마르기만 했다. 설리는 불을 껐다.

"잘 자." 하퍼가 마침내 말했다. 다시 원래의 그로 돌아간 목소리였다.

설리는 붉게 달아올라 맥박이 불뚝거리는 눈꺼풀 위에 차가운 손바닥을 올려놓았다. 미소를 짓고 싶었지만 그런 것도 역시 남아 있지 않았다.

–

행성은 떠나올 때와 똑같아 보였다. 어디 표면에서 뭉게뭉게 솟아오르는 연기도 없었고, 대륙의 경계도 보이지 않게 대기에 가득 찬 먼지 구름도 없었다. 검게 그을린 사막 한가운데 나타난 거대한 둥근 오아시스처럼 보일 뿐이었다. 에테르 호가 거의 궤도에 접근해서야 뭐가 문제인지 알 수 있었다. 지구의 어두운 면, 밤이 된 반구로 들어서자 지구가 정말로 어두웠다. 도시들의 불빛이 보이지 않았다. 반짝이며 지면을 수놓던 불빛들이 사라졌다. 목성 직전부터, 수신기들이 일제히 정적에 빠져들었을 때부터 점점 커져가던 현기증 나는 두려움이 증폭되었다. 모든 도시에서 모든 불빛이 소멸했다. 이게 어떻게 가능한가?

설리는 계속 주파수를 훑어나갔다. 혹시 남아 있는 인류에게서 나오는 것일 수도 있는 소음에도, 잡음에도 주의 깊게 귀를 기울였다. 다른 대원들이 안 듣고 있는 것 같은 때는 전송도 시작했다. 딱히 규칙을 지키는 전송은 아니었다. 기도에 가까운 것이었다. 별로 좋아하지도 않던 신에게 하는 기도가 아니라, 우주에, 혹은 지구에 보내는 기도였다. 제발, 제발, 딱 한 명이라도 수신을 해주기를, 응답을 해주기를. 누구라도, 무슨 이야기라도. 하지만 아무것도 없었다. 캄캄한 침묵의 행성 주위에는 우주 쓰레기와 죽은 인공위성들과 국제 우주 정거장만 회전하고 있었다. 조금씩 가까이 다가가도 여전히 아무도 말이 없었다.

달을 지났을 때 그 소리가 들렸다. 그리니치 표준시로 이른 새벽, 설리가 아무 생각 없이 마이크에 대고 혼잣말 같은 것을 중얼거리고 있을 때였다. 최근 설리는 자기 자신에게 이외에는 별로 말을 걸 사람이 없었다. 그러다가 그 소리를 들었다. 너무 희미하고 뒤틀린 소리라서 대기권의 전파 교란 현상이 수신기에 잡힌 줄 알았다. 설리는 다시 송신을 해보았다. 조심스레 "여보세요" 하고 말했다. 그 목소리가 응답을 하자 설리는 거의 비명을 지를 뻔했다. 자기가 드디어 미친 건가, 환청을 듣나 싶었다. 믿지도 않는 강령회에 날마다 나가 앉아 있다가 마침내 계시를 들은 것만 같았다. 하지만 아니었다. 다시 목소리가 들렸다. 이번에는 또렷한 남자의 목소리였다. 쉬고 그렁거리는 늙은 목소리였지만, 그녀와 접속

이 된 것이다. 설리는 마이크를 입에 바싹 가져다 댔다. 송신

버튼을 눌렀다. 접속되었다.

열일곱

  신호는 2분도 안 돼 대기 교란으로 끊겼다. 하지만 그 짧은
교신에서도 많은 걸 알아낼 수 있었다. 그 여자는 에테르 호
라는 우주선에 타고 있다고 했다. 야심 찬 목성 탐사 우주선
을 지구 궤도에서 조립 중이라는 소식을 몇 년 전, 북극으로
오기 전에 들은 기억이 났다. 이제 지구로 귀환 중인데 30만
킬로미터밖에 안 남았다고 했다. 지구 관제소와는 1년도 전

에 연락이 끊겼다고. 그때 이후 연결된 유일한 무선 교신자가 어거스틴이었다.

어거스틴은 그녀에게 이곳은 북위 81도의 캐나다령 북극제도에 있는 연구 시설이라고 알려주었다. 이 얼음에 감싸인 섬에서 지낸 지 꽤 되었고 이곳 밖의 세계 상황에 대해서는 자신도 거의 모른다고, 전쟁에 대한 소문이 떠돌았고 철수 명령이 떨어졌지만 자신은 떠나길 거부했다고 말했다. 그러고 나서는 아무것도 모른다고. 오직 침묵과 고립뿐. 어거스틴은 그녀에게 모두 이야기하고 싶었다. 천문대를 떠나 툰드라를 건넌 일, 호수 옆에 혼자 새로운 보금자리를 꾸린 일, 늑대를 죽이고 눈 속에 묻은 일, 아이리스를 돌보고 먹이고 낚시를 가르친 일, 아이리스에 대한 걱정, 그를 뒤흔들어놓은 애정. 그리고 북극의 풍경에 대해 들려주고 싶었다. 눈과 얼음이 녹던 모습, 자정의 햇볕을 온몸에 쬐는 기분, 그리고 그것이 천천히 사라지는 과정. 어거스틴은 그녀에게 이런 것들에 대한 자신의 감정을 말하고 싶었다. 이 놀랍고 벅차며 찬란한 풍경이 늘 좋지만은 않고 자주 매우 나쁘지만 늘 너무나 생생하고 직접적이며 새롭다고.

어거스틴에게는 할 말이 너무나 많았다. 또한 그는 그녀의 여정에 대해 묻고 싶었다. 별들을 올려다보는 대신 별들 사이에 서 있는 것이 어떤 느낌인지 듣고 싶었다. 거기서는 지구가 어떻게 보이는지, 얼마나 우주에 있다가 돌아오는 중인지 알고 싶었다. 하지만 접속이 끊기다가 아예 중단되었다. 전파가 가닿기까지 그 엄청난 거리와 지구의 자전, 그리고 대기의 불안정을 생각하면 놀라운 일은 아니었다. 어거스틴은 주파수를 저장하고 다시 연결이 될 때까지 얼마나 오래 시간이 걸리든 계속 기다릴 계획을 세웠다.

다음 열두 시간 동안 어거스틴은 딱 한 번 통신실을 나가 텐트로 가서 설탕이 잔뜩 든 커피를 만들어 보온병에 담았다. 아이리스는 텐트 침상에서 책을 읽고 있었다. 그는 아이리스에게 여자 목소리며, 우주비행사들이 잔뜩 타고 있는 우주선이며 다 얘기해주었다. 아이리스는 별 관심이 없어 보였다. 같이 통신실로 가서 함께 있자고 권해보았지만 거절하고 계속 책을 읽었다. 어거스틴이 좋아하니 다행이라고 생각하는 듯했지만 통신이 성공한 데 대해서는 완전히 무관심했다. 이게 얼마나 중요한 일인지 이해하지 못하는 건가 의아했다. 어거스틴 이외의 사람, 이 한정된 세계 바깥의 여자와 이야기할 기회를 왜 마다하는지, 그 이유를 짐작해보려 애쓰며 혼자 오두막으로 돌아가는 수밖에 없었다.

다시 장비들 앞에 앉아 올바른 주파수에 수신기를 정확히 맞춰두고 배경 소음 이외의 무슨 조그마한 다른 소리라도 들리는지 귀를 곤두세웠다. 의자에 기대앉으면서도 잠은 들지 않으려 애썼다.

–

몽롱한 꿈에서 깨어나 얼어붙은 오두막 안이라는 현실로 돌아오며, 다시 그 여자의 목소리가 들린다는 걸 깨닫기까지 시간이 좀 걸렸다. 어거스틴은 벌떡 일어나다가 빈 보온병을 바닥에 떨어뜨렸다. 허둥지둥 마이크를 잡았다.

"나 여기 있소! KBiZFI 수신 확인." 어거스틴은 외치고 송신 버튼을 1, 2초 더 눌렀다. 무슨 말을 할까, 무엇부터 물어볼까 싶었다. 침착하자고 생각하며 그녀의 응답을 기다렸다. "오버."

잠시 후 헤드폰으로 남자 목소리가 들렸다. 거리 때문에 지글거리고 뒤틀리는 목소리였다.

"KBiZFI, 이쪽은 에테르 호의 사령관 고든 하퍼다. 당신과 교신하게 되어 얼마나 기쁜지 모른다. 여기 통신 전문가 설리번과 함께 있다. 설리와는 이미 만났죠? 설리가 당신도 우리만큼이나 무슨 일인지 혼란스러워한다고 말해줬어요. 오버."

어거스틴이 말했다. "나도 교신되어 기쁘다. 그리고 귀향을 환영한다. 좋은 환경이 아니라 유감스럽긴 하지만. 실은 나도 전파로 사람 목소리를 들은 게 정말 오랜만입니다. 철수 후 1년도 더 됐죠. 당신들이 나보다 더 정보를 많이 가지고 있을 줄 알았는데. 그래도 전망 좋은 위치에 있었으니까요. 오버."

한참 침묵이 흘러서 어거스틴은 또 연결이 끊어진 줄 알았다. 하지만 사령관이 다시 말했다.

"아직 말하긴 이르지만 우리도 정보를 알아내기 위해 최선을 다할 겁니다. 당신 쪽 상황은 어떤가요? 오버."

"놀랍도록 잘 지냅니다. 이런 연구 기지에는 물자가 잔뜩 비축돼 있으니까요. 문제가 핵폭탄이었는지 화학전이었는지 무슨 일이 있었는지는 모르겠지만 이쪽 북극에는 눈에 띄는 영향이 전혀 없었어요. 야생 생태계도 건강하고 방사능 오염 징후도 없습니다. 오버."

어거스틴은 이들이 대기권으로 다시 들어올 건지 알고 싶었다. 다시 들어올 수 있으면 무엇을 발견하게 될까? 얼어붙은 이곳의 바깥세계에서는 무슨 일이 일어난 걸까? 나머지 지구는 어떻게 보이고 있을까? 그런데 어떻게 물어봐야 할지 알 수 없었다. 그들은 아직 너무 멀리 있었다. 너무 오랜 시간을 그저 생존을 위해서만 살아온 후라서 그런지, 갑자기 어거스틴은 호기심에, 모든 것을 알고 싶은 욕구에 몸이 달아오르는 것을 느꼈다. 이번에는 더 긴 침묵이 이어졌다. 그들은 서로 무슨 이야기를 하고 있을까 궁금해졌다.

"KBiZFI, 이쪽은 설리번이다. 곧 교신이 끊어질 것 같다." 그러고 나서 접속이 중지되었다.

"대기하고 있겠다." 어거스틴은 혼자 큰 소리로 말했다.

–

어거스틴은 마지막 태양을 지켜본 후였다. 본격적인 가을이었다. 북극의 밤이 시작되었고 기온이 영하로 내려갔다. 다시 동면할 시간이었다. 주 텐트 안에 머물며 계속 기름 난로를 뜨겁게 달궈야 했다. 통신실로 향하는 짧은 길이 점점 힘들어졌다. 건강이 쇠약해지는 것이 느껴졌고 차가운 공기를 들이쉴 때마다 폐가 아팠다. 애를 쓸수록 숨을 쉬기가 힘들어졌고 숨을 쉬기가 힘들수록 몸이 아파졌다.

그래도 어거스틴은 불침번을 계속했다. 조그만 통신 오두막 안 마이크 앞에서 최대한 오래 대기하며 꿈속을 넘나들었다. 시간이 지날수록 꿈은 더욱 생생해져 마침내 꿈과 현실을 구분할 수 없게 되었다. 몸에서 열이 나 훈훈했다. 열병이 그의 핏줄 안에서 혈액을 끓게 만들었다. 그러다가 다시 그 여자의 목소리가 들려, 어거스틴은 고개를 흔들어 정신을 차려냈다. 얼마나 오래 지났는지 알 수 없었다. 몇 시간, 혹은 며칠.

"KBiZFI, KBiZFI." 여자가 계속 부르고 있었다. "KBiZFI, KBiZFI." 어거스틴이 겨우 몸을 일으켜 마이크를 찾아 줄 때까지 계속 불렀다.

"KBiZFI 듣고 있다."

"다시 못 만나는 줄 알았어요." 여자가 안도하며 말했다.

"아직 아니오." 잔뜩 그렁거리는 목소리였다. 목이 가래로 가득 차서였다. "어거스틴이라고 불러줘요." 어거스틴이 송신 버튼을 놓고 지독한 기침을 한참 쿨럭댔다. 자신이 얼마나 더 버틸 수 있을까 궁금했다.

"알았어요, 어거스틴. 나는 설리예요. 오늘은 나뿐입니다. 하늘은 어떤지 말해줘요. 아니면 동물들에 대해. 아니다, 흙 얘기가 듣고 싶네요."

어거스틴이 미소를 지었다. 이것들 모두 그녀의 눈으로 본지 한참 된 모양이었다.

"글쎄요, 여기 하늘은 하루 종일 캄캄해요. 지금 10월 말이 아닌가 싶은데. 봄까지 태양이 안 뜰 겁니다. 별들만 보이죠.”

“그래요, 10월이죠. 동물들은요? 날씨는요?”

“요즘 추워요. 영하 5도쯤 될 겁니다. 새들도 대부분 날아갔죠. 늑대들은 그래도 여기 있어요. 계속 울부짖고, 북극토끼들이 회중시계 들여다보는 그 망할 토끼처럼 얼음 위를 쏜살같이 돌아다니죠. 아, 북극곰도 있네요. 원래 이맘때는 이렇게 내륙까지 안 들어오죠. 하지만 요즘은 옵니다. 눈에 찍힌 발자국을 직접 봤어요. 우리끼리 얘긴데, 내 뒤를 쫓아온 것 같아요.”

“북극곰이요? 당신을 따라와요? 그거 위험해 보이네요.”

“아, 아니에요. 괜찮아요. 조용한 친구라서 같이 잘 지내요. 그리고 흙이라…… 흙도 얼어붙었죠. 여긴 그 밖에 별로 들려줄 이야기가 없어요. 겨울 동안에는 웅크리고 있는 수밖에. 당신은 어때요?”

“여기도 마찬가지예요. 지금은 궤도에 들어왔어요. 국제 우주 정거장에 도킹해볼 거예요. 거기서 재진입 모듈을 찾아봐야죠.”

“당신들 탐사는요? 무엇을 보았죠?”

“목성요.” 설리의 목소리에 회한이 스몄다. “화성도 보았죠. 목성의 달들과. 별들. 공허를. 모르겠네요. 전부 설명하기가 힘들어요. 우린 너무 오래 떠나 있었어요. 어거스틴? 얼마 안 가 신호가 끊어질 거예요. 우리가 남반구로 가고 있거든요. 하지만 잘 들어요. 건강하게 있어야 해요. 알았죠? 다음엔 또 어떻게 될지 모르겠지만, 다시 만나요. 부디……"

그리고 통신이 끊겼다. 어거스틴은 장비를 끄고 힘겹게 텐트로 돌아갔다. 옷을 그대로 입은 채 침상에 쓰러졌다. 몇 시간이 지나서야 난로가 몸을 녹여주어 어거스틴은 다시 움직일 수 있었다. 간신히 장화와 파카를 벗고 나자, 무서운 생각이 그의 의식으로 스멀스멀 올라오다가 다시 무의식으로 흐려졌다. 그렇게 의식을 넘나들며 그는 잠에 빠졌다.

–

열병이 그를 움켜쥐고 놓아주지 않았다. 다시 통신실로 돌아가는 생생한 꿈을 꾸었다. 차근차근 발전기를 켜고 수신기를 켜고 하다가 문득 자신이 침상 위에 누워 있다는 사실을 깨달았다. 움직일 수는 없었다. 그리고 꿈도 다시 반복되었다. 정신은 깨어나 오두막으로 갔지만 몸은 그대로 텐트 안에 누워 있었다. 그리고 드물게 진짜 잠이 깨어난 순간은 짧고 고통스러웠다. 덥기도 했다가 춥기도 했다가 부들부들 떨다가 땀을 뻘뻘 흘렸다. 대부분 의식의 경계 끝에 머물며 일어나는 꿈을 꾸다가, 일어나는 꿈을 꾸는 꿈을 꾸었다. 두뇌가 끝없는 무의식의 겹에 갇혀버렸다. 한 겹을 젖혀도 자꾸자꾸 다른 속겹이 나왔다.

아이리스도 보였다. 현실 속의 아이리스도 있었고 꿈속의 아이리스도 있었다. 구분할 수가 없었다. 걱정스러운 눈으로 침상 위의 어거스틴을 내려다보며 이마에 축축한 차가운 수건을 올려놓거나 가슴에 뜨거운 김이 나는 수건을 올려놓았다. 노래도 불러주었다. 멀리서 늑대들도 같이 울부짖었다. 이따금씩 어거스틴은 아이리스를 진으로 착각했다. 어떤 때는 자기 어머니로 착각했다.

마침내 어거스틴이 애써 의식을 되찾았을 때, 텐트는 어둡고 추웠다. 전등은 나갔고 기름 난로는 연료를 다 썼다. 얼마나 됐지? 아이리스는 어디 있지? 조금 생겨난 힘을 그러모아 밖으로 나가 기름통을 갈았다. 난로에 다시 불을 붙인 다음 또 무너져 내렸다. 2리터는 되는 물을 한 번에 마셔버렸는데, 너무 차가워서 머리가 아팠다.

물통을 내려놓는데 아이리스가 문으로 들어와 걸쇠를 잠갔다. 석유 등잔의 유리 덮개를 들고 성냥으로 심지에 불을 붙인 다음 다시 덮개를 내려 불꽃을 조절했다. 등잔을 들고 어거스틴의 침상 옆으로 와서 잠시 그의 얼굴을 비춰 보았다. 등잔을 내려놓고 침상 옆에 걸터앉은 다음 어거스틴의 이마에 손을 얹었다. 살짝 미소를 띠며 눈으로는 얼른 다시 자라고 말하고 있었지만 입으로는 아무 말도 하지 않았다.

열여덟

    설리는 '작은 지구'로 서둘러 돌아와 수면 칸들 옆 벽을 모두 두드리기 시작했다. 데비의 수면 칸도 몇 번 두드리다가, 거기는 비었다는 사실을 깨닫고 서둘러 긴 탁자로 갔다. 테베스는 벌써 나와 건조 과일을 먹으며 의아한 표정으로 설리를 보았다. 다른 셋도 재빨리 나왔다. 머리 위 조명이 아침을 알리며 완전히 밝아졌을 때 설리가 교신 이야기를 전달했다.

지구 관제소와 연락이 끊긴 후 첫 번째 접촉이었다. 졸음에 짜증스러워하던 표정들이 점차 흥분으로 바뀌었다. 하지만 이야기가 끝나자 동료들은 혼란스러운 표정이었다.

"그게 다야?" 탈이 물었다. "그 남자는 아무것도 모른대?"

설리가 어깨를 움츠렸다. "내가 그 주파수랑 계속 연결 시도를 할 거야. 다시 연락이 될 거라고 생각해. 하지만 그 남자도 무슨 일이 일어난 건지는 아는 게 별로 없대. 다른 연구원들이 1년 전에 철수한 이후 어느 곳과도 통신이 안 됐대."

"다른 연구원들은 왜 철수했는데?"

"나도 몰라. 전쟁에 대한 소문이 돌았대. 하지만 그가 아는 건 소문이 다야."

"그럼 이 남자는 뭐, 지구에 남은 마지막 인간인 거야? 우리를 기다리고 있는 건 그 남자뿐이라고?" 탈이 분노하는 것 같았다.

"농담하지 말자." 이바노프가 타일렀다.

탈이 눈을 굴렸다. "나도 농담이면 좋겠어. 생각해봐. 이 남자도 그동안 내내 누군가와 연락을 하려고 노력하고 있었는데 불가능했다면, 이제야 우리랑 잠깐 연결된 게 처음이라면…… 그러니까, 지구에서 뭔가 파국적인 일이 일어났을 때 제일 안전한 곳이 어디겠어? 방사능 낙진 같은 게 미치지 않을 곳? 극지방이지. 그 남자가 있는 곳 말이야. 그가 유일한 생존자일 수도 있어."

다들 잠시 침묵에 빠졌다. 하퍼는 양손으로 머리를 계속 빗어 넘겼다. 마치 두피를 그렇게 자극하면 새로운 통찰력이 생겨날 수도 있을 것처럼, 생각지 못했던 새로운 관점으로 사안을 보게 될 수 있을 것처럼 말이다. 그가 손을 무릎 위로 털썩 떨어뜨리고 한숨을 쉬었다.

"뭔가 새로운 정보가 생긴 것 같지는 않네. 모든 게 여전히 의문투성이고. 설리, 그 남자랑 다시 이야기를 해보도록 노력해. 뭘 더 알아낼 수 있는지 보자. 그리고 도킹 장비들을 점검해야겠어. 국제 우주 정거장으로 들어가서 거기서 재진입을 시도해야지. 계획대로. 다른 고민 해봤자 소용도 없고. 그렇지? 한 번에 한 가지씩 해나갑시다."

다들 고개를 끄덕이고 하퍼는 설리와 함께 통신 칸으로 갔다. 다른 이들도 슬슬 따라갔다. 지구에 마지막 남은 남자를 찾는 작업이 다시 시작되었다. 몇 시간 동안 잡음만 들으며 설리는 그의 호출부호를 계속 되풀이해 불렀다. 몇 시간이 지나서야 다시 응답이 들렸다.

—

두 번째 대화에서는 첫 번째 대화 때보다도 더 밝혀진 게 없었다. 하퍼, 설리, 테베스가 통신 칸에 옹기종기 들어서고 이바노프와 탈은 그 밖 통로에 둥둥 떠 있었다. 얼마 지속되지도 않은 교신이 끊길 때쯤엔 다섯 명 모두 암담해지고 말았다. 그 후 그들은 모두 전망창 너머에서 움직이는 지구를 바라볼 수 있는 주조종실로 날아가 모였다. 결국 의논할 내용은 많지 않았다. 그들과 교신된 남자는 자기가 아는 모든 정보를 말해주었다. 얼마 안 되는 빈약한 정보였지만 그들은 계속 검토하고 토론했다. 그들은 국제 우주 정거장에 도킹할 예정이었다. 그러고 나서 지구 재진입이 문제였다. 영원히 궤도만 돌 수는 없는데, 카자흐스탄의 사막 같은 곳에서 그들을 데리러 올 지상팀이 없는 한, 문제가 복잡하고 불확실해졌다. 다들 논쟁을 계속하는 동안 설리는 통신 칸으로 돌아왔다.

다시 북극과 교신을 해보려 노력했지만 되지 않았다. 그 남자에게 그들이 바라던 정보는 없다는, 즉 그가 지금 세계의 상황에 대한 설명을 해줄 수 없다는 것은 분명해졌지만 그래도 설리는 그에게 묻고 싶은 다른 것들이 있었다. 지구에 대해 듣고 싶었다. 일출, 일몰, 날씨, 동물 같은 것들. 대기 속에서, 부드러운 햇빛 아래서 사는 게 어떤 것이었는지 다시 느끼고 싶었다. 지구의 품에 안겨 있던 느낌을 기억해내고 싶었다. 발꿈치를 받쳐주던 흙과 바위, 풀의 감각을 되살리고 싶었다. 겨울의 첫눈과 바다의 냄새, 소나무의 감촉 같은 것들도. 이 모든 것들이 너무나 격렬하게 그리워서 배 속의 블랙홀 같은 공허의 구멍이 모든 내장들을 빨아들이는 듯했다. 그래서 설리는 기다렸다. 더 이상 다른 주파수들 탐색도 없이 그 주파수에 기계를 고정시켜놓았다. 이제 그녀가 집착하는 것은 대기권의 다양한 층들과 안테나 각도, 지구의 자전, 그리고 저 아래 무선 통신자의 대기 여부였다. 그 남자가 지구상의 마지막 인간이라는 게 정말일까, 설리는 궁금했다.

다음 며칠 안에 에테르 호는 지구 궤도에 도착했다. 설리는 불운하게도 다시 북극의 생존자와 접촉하지 못했다. 할수만 있다면 계속 수신기 앞에 대기하고 싶었지만 그러기는 힘들었다. 지구를 공전하게 된 에테르 호에서 해야 할 일들이 할당되었다. 그리고 사실, 다시 그 남자와 대화를 나눠야 할 실용적 이유가 별로 없었다. 다른 대원들은 더 긴급한 일들에 집중했다. 국제 우주 정거장과 도킹하는 것은 에테르호의 원래 계획이었다. 이 우주선은 여정을 마치고 국제 우주 정거장의 일부가 되도록 설계되었다. 그러니 이 지점까지는 여전히 몇 년 전 정해진 임무 내에 있는, 계획대로 따르고 있는 것이었다. 하지만 국제 우주 정거장 쪽에서 도와줄 근무자가 없는 상황이니 그 과정이 불확실하고 어려워졌다.

국제 우주 정거장에 가까이 가던 중에 설리는 드디어 그 남자를 다시 발견했다. 그 남자도 설리를 다시 만나게 되어, 아무 이야기라도 하게 된 데에, 마찬가지로 기뻐했다. 그는 북극의 어두운 낮들과 얼어붙은 툰드라 이야기를 들려주었다. 그가 북극곰 발자국을 발견한 이야기를 할 때, 설리는 그에 대해 뭔가 좀 알 수 있을 것 같았다. 그것은 완고한 고독이었다. 그는 지금 세상의 끝에 와서조차, 자신이 외롭다는 말을 꺼내지 못하는 듯했다. 어떻게 얻어내야 할지는 모르면서도 관계 맺음에 갈급하며, 발자국 하나를 발견하고, 다른 존재에 대한 최소한의 증거만 보고도 동반 의식을 느꼈다. 현재의 고립 상황 때문만은 아닐 것이다. 늘 그래왔던 사람이 아닐까, 설리는 짐작했다. 사람으로 가득한 곳에서도, 분주한 도시에서도, 심지어 연인의 품에 안겨서도 혼자였을 사람이었다. 설리도 그랬기에 그의 내면을 알아보았다.

설리가 미처 마음의 준비를 하기도 전에 연결이 끊어졌다. 그 준비가 언제 될지는 늘 알 수 없었지만 말이다. 연결이 끊어진 후에도 설리는 통신 칸에 한참 남아 있었다. 그러다가 스피커의 전원을 달칵 끄고 우주선 자체의 윙윙 소리와 주조종실 동료들의 희미한 웅얼거림에 귀를 기울였다. 저 아래 그 남자는 북극곰의 발자국을 찾아내고 늑대의 울부짖음에 귀를 기울이며, 완전히 혼자였다. 걸쭉한 목소리로 보아 노인인 것 같다고 설리는 생각했다. 북극의 야생 속에서 그렇게 오래 혼자 지냈으니 외모도 덥수룩할 것이다. 긴 머리, 너풀거리는 턱수염, 그리고 태양빛을 받은 얼음의 색을 닮은 푸른 눈을 상상해보았다. 그를 구하는 상상도 해보았다. 소유즈 호를 엘즈미어 섬에 착륙시켜 그가 있는 기지를 찾아내는 장면을 말이다. 하지만 환상은 거기서 끝났다. 거기서 따뜻한 기후 쪽으로 내려갈 방법은 없을 터였다. 게다가 얼어붙은 바다나 동토에 떨어져 아예 그 남자도 찾아내지 못할 가능성이 아주 컸다. 소유즈 호는 온화한 기후대에, 대원들이 생존하기 쉬운 지역에 착륙시켜야 했다. 지구상의 마지막 남자는 그곳에 갇혀 있어야 할 것이다. 그리고 설리는 그가 어떻게 생겼는지 영영 알 수 없을 것이다. 그는 계속 육체 없는 목소리, 유령 같은 방랑자로 남을 것이다. 그리고 혼자 죽을 것이다.

주조종실에서 탈이 흥분해서 소리치는 소리가 들렸다. 국제 우주 정거장이 보이기 시작한 것이다. 설리는 작업복 소매로 눈물과 콧물을 닦았다. 심호흡을 하고 턱을 움직거려 슬픔에 굳은 표정을 풀어냈다. 국제 우주 정거장이 보인다는 것은 좋은 소식이었다. 설리는 미소를 지으려 노력하며 통신 기기의 은색 표면에 얼굴을 비춰 보았다. 이 정도면 충분해. 통신 칸에서 빠져나와 주조종실로 가다가 중력 생성 구역에서 나오던 테베스와 마주쳤다.

"준비됐어?" 테베스가 물었다.

"무슨 준비?"

"집으로 갈 준비."

둘은 함께 주조종실로 날아갔다. 탈과 이바노프가 기다리고 있었다. 탈은 도킹 장치를 준비하고 있었고 이바노프는 전망창 앞에서 점점 다가오는 우주 정거장을 바라보았다. 탈의 도킹용 카메라로 결합 지점도 점점 확대되어 보였다. 정거장의 복잡한 은색 몸통 양옆으로 반짝이는 거대한 날개들처럼 태양광 패널들이 뻗어 나왔다. 그 아래서 지구의 생생한 푸른색 대양들이 하얀 포말을 그리며 뒤덮은 구름들과 함께 움직였다.

"잘 모르겠어." 설리가 테베스에게 속삭이듯 중얼거렸지만 테베스는 듣지 못했다. 하퍼는 잠시 후 와서 다섯 대원 모두가 두 대의 우주선이 천천히 접근하다가 정렬을 맞춘 다음, 기적처럼 결합하여 하나가 되는 모습을 바라보았다. 마치 텅 빈 천국을 부유하는 은빛 천사와 같은 모습이었다.

열아홉

어거스틴은 힘겹게 일어나 앉았다. 석유 등잔의 불꽃이 낮게 타들어가고 유리 등피 안에서 심지가 깜빡거렸다. 텐트 안은 아무도 없는 듯했지만 너무 침침해서 확실하진 않았다.

"아이리스." 어거스틴은 불렀다. "아이리스."

텐트 밖에서 윙윙거리는 낮은 바람과 텐트 안에서 쉭쉭거리는 기름 난로, 타닥거리는 등잔불 소리 이외에는 아무 소리도 들리지 않았다. 에테르 호의 여자와 교신한 지 시간이 얼마나 흘렀는지 헤아려보려 노력했다. 어제였던가, 그제였던가. 아니면 그끄제였나? 일어나지를 못하고 꿈과 현실을 오락가락하다보니 시간의 경과를 구분하기가 불가능했다. 다시 그 여자와 얘기하고 싶었다. 묻고 싶은 게 많았다. 그녀의 아버지와 어머니에 대해서도, 어디서 자랐는지, 가족은, 아이는 있는지 궁금했다. 어떻게 우주비행사가 됐는지, 어쩌다가 모든 걸 놔두고 고독한 우주로 나섰는지도 알고 싶었다. 어거스틴의 연구에 대해 들려주고 싶었다. 자신의 성취뿐 아니라 실패에 대해서도 들려주고 싶었다. 자신의 죄를 고백하고 용서받고 싶었다. 이제 삶의 마지막에 다다라, 어거스틴에게는 하고 싶은 말이 너무나 많았지만 말할 힘이 너무 적게 남아 있었다. 베개에서 고개를 드는 일만으로도 머리가 핑핑 돌 만큼 힘이 들었다.

어거스틴은 발을 털썩 바닥에 내려놓은 다음, 허리를 숙이고 무릎 위에서 손으로 머리를 받친 채, 잠시 눈을 감고 가만히 있었다. 어지럽게 빙빙 도는 머리가 좀 가라앉고 눈앞에서 검은 구름이 빠져나가, 일어설 힘이 생길 때까지 기다렸다. 눈을 뜨자 아이리스가 눈앞에 있었다. 어거스틴이 아픈 동안 늘 앉아서 지켜봐주던 의자에 앉아 있었다. 아이리스는 눈만 깜빡거리며 아무 말도 하지 않았다.

"어디 갔다 왔니?" 어거스틴이 물었다. "오래 있다 왔어?"

아이리스가 고개를 끄덕이고 아름다운 얼굴에 멍한 표정을 지었다. 어거스틴은 내내 알고 있었던 사실을 분석해보려 노력했다. 머리가 쿡쿡 쑤셔왔다.

"왜 여기 있는 거냐?" 어거스틴이 속삭였다. 아이리스가 고개를 갸웃하며 어깨를 움츠렸다. 당신이 말해보라고 하는 것처럼. 어거스틴은 손바닥으로 눈을 꾹꾹 눌렀다. 눈꺼풀 뒤에서 춤추는 빛과 어둠을 지켜보았다. 다시 눈을 뜨면 의자는 비어 있으리라는 것을 알고 있었다. 그는 눈을 떴고 의자는 비어 있었다.

―

어거스틴이 오랫동안 잊고 있던, 소코로에서의 어느 날 밤이 있었다. 다시는 그날 밤을 떠올리지 않으려고 온갖 노력을 다 기울였더랬다. 하지만 다시 기억이 났고, 죽어가는 폐 속에서 숨결이 거칠어졌다. 진이 그에게 임신했다고 말하고 그가 진에게 낙태하라고 요구한 직후였다. 늦은 밤이었다. 어거스틴이 연락도 없이 찾아갔지만 진은 들여보내주었다. 연구소 근처에 세를 얻어 살던 흙벽돌집이었다. 집에는 책들과 인쇄된 프린트 용지가 가득했다. 그녀의 논문이 식탁 여기저기 쌓여 있고 뚜껑 열린 보라색 사인펜과 불가해한 글씨가 빼곡히 적힌 노란 메모장이 여기저기 흩어지고 옆에는 차한 잔이 놓여 있었다. 어거스틴은 비틀거리며 식탁 쪽으로 가서 의자에 털썩 주저앉았다. 취해 있었다. 그러다가 찻잔이 엎어졌다. 팔꿈치로 잘못 쳤는지, 마구 손짓을 하다가 그랬는지, 찻물이 논문을 적시고 눈물에 번진 마스카라처럼 보라색 잉크가 종이를 타고 흘러내리기 시작했다. 진은 화내지 않았다. 그녀는 화를 내지 않고 슬퍼했다. 어거스틴 옆에 앉아 찻잔을 바로 세우고 사방으로 번지는 찻물을 행주로 닦아냈다.

"왜 온 거야?" 진이 물었다. 어거스틴은 대답하지 않고 망가진 논문만 쳐다보았다. 진이 기다렸다. "어거스틴, 왜 온 거냐고."

그러고 나서 정말 웃기는 일이 벌어졌다. 어거스틴이 울기 시작했다. 어거스틴은 눈물을 감추려 애쓰며 찬장으로 가서 몇 병 있던 술을 찾았다. 위스키 한 병과 럼 한 병이 있었는데, 지난주에 자신이 럼을 비워버린 게 기억나서 위스키를 꺼냈다. 그리고 빈 잔에 가득 따랐다. 어거스틴이 한달음에 마셔버리자 진이 손에 얼굴을 묻었다. 그리고 둘 다 울었다.

"뭘 원하는 거야?" 진이 물었고 어거스틴은 갑자기 자기가 여기 있어서는 안 된다는 사실을 깨달았다. 진은 진심으로 어거스틴을 보고 싶어 하지 않았으며, 순식간에 사라져버릴 일시적 공감을 바라지 않았다.

"난 노력해보고 싶어." 어거스틴이 흐느적거리며 말했다. "노력해보자."

진이 천천히 단호하게 고개를 저었다. 그리고 위스키를 식탁에서 치워버렸다. 다시 찬장에 넣었다.

"내가 잘해줄게." 어거스틴이 주장했다.

진은 어거스틴이 그녀의 눈을 마주 볼 때까지 기다렸다가 대답했다.

"아니, 당신 자신을 봐봐."

진이 어거스틴을 현관문으로 몰아냈다. 어거스틴은 밀려나면서 현관문 옆의 협탁 위에 걸린 거울을 들여다보았다. 협탁 위에는 열쇠와 우편물, 그리고 작은 초록색 선인장 화분이 놓여 있었다. 어거스틴은 거울 속에서 허물어져가는 자신을 보았다. 벌써 탄력을 잃어버린 피부, 붉어진 눈가, 누리끼리하고 핏발이 선 눈동자, 심지어 셔츠 칼라에 핏자국까지 묻어 있었다. 누구의 피인지, 어쩌다 묻은 건지도 기억나지 않았다. 자신을 마주 보는 거울 속의 남자는 생각보다 늙어 있었고 그동안 결코 인정하지 않았던, 망가지고 갈 곳 잃은 모습이었다. 알코올에 푹 잠긴 뇌에서 아지랑이 같은 김이 피어나 그의 모습을 환하게 감싸고 있는 듯했다. 그리고 그 밝은 안개 속에서 자신의 실체가 더욱 또렷하게 드러나 보였다. 잘해줄 필요가 있는 건 자기 자신에게였다. 그리고 어거스틴은 스스로에게 잘해줄 능력도, 확신도 없다는 확고한 깨달음이 뒤통수를 때렸다. 진도 그걸 알고 있었다. 그녀와 아직 태어나지 않은 아이에게는 그가 없는 게 낫다는 걸 어거스틴도, 진도 잘 알았다.

어거스틴은 거울에서 눈을 돌려, 짧았던 눈부신 정직의 순간을 떠났다. 오래 짊어지기에는 너무 무거운 짐, 오래 마주하다가는 눈이 멀어버릴 섬광 같은 진실이었다. 진은 문을 열고 나서, 비틀거리는 그를 부드럽지만 단호하게 내보내고 문을 닫았다. 어거스틴은 문에 기대 흐린 하늘을 올려다보았다. 구름이 잔뜩 낀 어두운 하늘에는 별이 보이지 않았다. 그것이 그 둘의 마지막이었다.

–

어거스틴은 천천히, 힘겹게 겉옷을 걸쳤다. 장화, 파카, 모자, 목도리, 그리고 장갑도 끼었다. 텐트는 텅 비어 있었다.

조용히 지퍼를 올리는 소리가, 장화를 쿵쿵 딛는 소리가, 파카가 슥슥 스치는 소리가 나직하게 울리며 점점 고조되는 교향곡을 합주했다. 바깥에서는 여전히 바람이 신음하며 아이리스의 노래를 들려주었다. 문을 열었을 때는 이미 숨을 몰아쉬고 있었다. 추위에 쓰러질 것 같았다. 휘몰아치는 얼음 조각들이 폐를 찌르고 두 발짝도 떼기 전에 벌써 입김이 턱수염에 얼어붙었다. 어거스틴은 남은 힘을 그러모았다. 그의 결기와 슬픔을 그러모아 마지막으로 한 번 더 추진력으로 터뜨렸다. 통신용 오두막이 밝은 조각달 아래 보였다. 비틀거리면서도 최대한 빨리 나아갔다.

그녀와 다시 연결되면 무슨 말을 해야 할지 알 수 없었지만 상관없었다. 그저 말을 하고, 말을 듣고 싶을 뿐이었다. 이 모든 세월이 지난 후 마지막으로 한 번만 더 정직한 순간을 보내고 싶었다. 오두막까지 반쯤 왔을 때 눈 위에서 발자국 한 쌍을 보고 멈춰 섰다. 발자국이 호숫가로 이어지는 것이 보였다. 그리고 거기에 난데없이 눈 덮인 작은 둔덕이 하나 생겼다. 발자국을 따라갔다. 그것은 결국 그를 따라 여기까지 온 곰이었다. 어거스틴은 겁이 나며 숨을 곳을 찾아 도망치고 싶었지만, 손을 뻗어 그 등허리를 만지고 싶은 마음이 더 강했다. 그래서 조심스레 그렇게 했다. 그러자 곰이 작게 킁킁거렸다. 어거스틴은 빙 돌아 거대한 짐승 앞으로 갔다. 곰은 코끝을 호수로 향하고 목과 배를 눈 위에 깔고 앞발은 그 아래 집어넣고 엎드려 있었다. 어거스틴은 장갑을 벗고 다시 곰을 만졌다. 어깨뼈가 한데 모여 봉우리를 이루고 있는 곳, 곰의 모피 위에 얇은 눈가루가 덮여 있었다. 어거스틴은 손가락을 털 속 깊이 넣어 그 아래 가죽에서 따뜻함이 느껴지는 곳을 찾았다.

곰은 다시 킁킁거렸지만 여전히 움직이지 않았다. 녀석도 죽어가는 모양이었다. 누리끼리한 털가죽이 달빛 아래서 거의 황금색으로 보였다. 어거스틴의 다리도 힘이 풀려 그 옆에 주저앉았다. 손가락은 여전히 털 속에 파묻은 채였다. 통신실은 나중에 가도 되었다. 바로 이것이었다. 이것이 그가 찾고 있던 순간이었다. 갑자기 바람이 거세지며 눈가루를 하늘로 쓸어 올려, 통신실 오두막과 다른 텐트들도 하얀 장막 뒤에 있는 듯 흐릿해졌다. 세상에 어거스틴과 곰만 남은 듯했다.

어거스틴은 진을 생각했다. 처음 진을 본 것은 연구소 주차장 건너편에서였다. 먼지 쌓인 녹색 엘카미노를 세우고 조수석에서 가방을 내리는 그녀의 어깨에서 검은 머리가 바람에 휘날려 부풀어 올랐다. 연구소 입구에서도 그녀가 칠한 붉은 립스틱이, 블라우스와 청바지 사이로 살짝 드러난 피부가 보였다. 어거스틴은 처음으로 그녀의 옷을 벗긴 기억을 떠올렸다. 처음으로 그녀가 자는 모습을 바라보며, 왜 그녀에게 이토록 끌릴까 궁금했던 기억을 떠올렸다. 그는 결코 알아내지 못했다. 그리고 그녀가 보내주었던 사진을 떠올렸다. 스냅 사진 한 장. 그 아이, 그 소녀, 그들의 딸을. 팔짱을 끼고 가만히 서 있던, 연노랑색 드레스를 입고 신발은 신지 않고, 턱선까지 오는 검은 단발의 앞머리가 눈썹 바로 위에서 일직선을 그리던 아이. 무슨 말을 하려는 것처럼 입은 살짝 벌리고, 반짝이며 당차게 응시하던 다갈색 눈동자.

곰이 신음 소리를 내며 옆으로 몸을 쓰러뜨렸다. 어거스틴은 더 가까이 다가갔다. 더 이상 두렵지 않았다. 어거스틴은 곰의 따뜻한 배에 자신의 몸을 꼭 붙이고 그 거대한 팔이 자신을 감싸는 것을 느꼈다. 그는 평화로웠다. 더 이상 침입자가 아니라 이 풍경의 한 요소였다. 곰의 뜨거운 입김이 이마에 끼쳐왔다. 어거스틴은 그 품을 더욱 파고들었다. 고개도 바람을 피해 털 속에 묻었다. 그러자 조용한 천둥 같은 심장박동이 들렸다. 드럼 소리처럼 느리고 깊고 꾸준했다.

스물

국제 우주 정거장에 들어가 보니 내부는 다른 우주인들
이 잠깐 자리를 비운 것 같은 모습이었다. 기계들도 켜져 있
고 주방에는 반쯤 빈 음식 포장이 떠다녔다. 없어진 것은 지
구 귀환용 소유즈 포드뿐이었다. 셋 중에 둘이 없었다. 우주
정거장의 장비들은 에테르 호에 비하면 고물이었지만 대원
들에게는 낯익었다. 다들 이곳에서 지낸 경험이 있었기 때문

이다. 설리는 통신실을 꼼꼼히 점검해보았다. 이곳의 침묵도 에테르 호와 비교해보았다. 두 통신실 모두 같은 신호를 듣고 있었다. 즉 아무 신호도 받지 못하고 있었다. 설리는 북극의 남자를 발견한 주파수에 계속 기계를 맞추었지만, 남자는 나타나지 않았다. 결국 다른 생존자를 찾아 다시 검색을 시작해야 했다. 다시 그를 찾을 수 있을까 걱정이 됐다.

정거장의 상황을 한바탕 점검하고 단서를 찾아보았지만 아무것도 발견하지 못하자, 에테르 호의 대원들은 남아 있는 소유즈 포드 주변에 모였다. 마지막 포드에는 세 개의 좌석이 있었다. 셋은 내려가고 둘은 남아 영원히 지구 주위를 돌아야 할 것이었다. 전망은 암담했다. 데리러 와줄 지상팀이 없이는, 바다나 사막 한복판에 착륙하면 치명적인 상황이 될 가능성이 컸다. 저 아래 지구가 어떤 상황인지도 알 수 없었다. 흙과 공기와 물이 오염됐을 수도 있고 그렇지 않을 수도 있었다. 생존자가 있을 수도 있고 그렇지 않을 수도 있었다. 우주에 남아 있는 자원은 유한했다. 얼마나 오래갈지는 불확실했다. 어느 하나 확실한 쪽은 없었고 어느 선택도 안전하지 않았다. 아직은 결정할 준비가 돼 있지 않았다. 대원들은 한데 모여 도킹 절차와 보급품과 장비에 대해 의논했다. 누가 가고 누가 남을 것인지에 대해서는 아무도 말을 꺼내지 않았다. 그 문제만 빼놓고 의논했다.

–

그날 밤은 에테르 호에서 잤다. 저녁을 먹으며 공허한 잡담만 계속했다. 2년을 태양계에서 방랑한 끝에 고향으로 돌아왔다. 거의 다 돌아왔다. 2년이 지난 후에야 그들 중 일부는 여정의 마지막 구간을 마무리하게 되었고, 일부는 그러지 못할 것이다. 그 모든 기다림, 고문과도 같은 불확실성 끝에 결국 마주한 것은 이 불가능한, 하지만 언젠가는 결정될 구분선이었다. 설리는 자신의 수면 칸에서 잠을 이루지 못했다. 다른 동료들도 마찬가지일 듯했다. 여러 가지 선택지를 저울질하다가 자꾸자꾸 똑같은 결론에, 선택할 수 없음에 도달할 것이다. 설리는 이리 돌아누웠다가 저리 돌아누웠다. 등을 대고 누웠다가 배를 깔고 누웠다. 팔을 베개 밑에 묻었다가, 옆으로 놓았다가, 얼굴 위로 걸쳤다. 잠은 불가능했다. 딸을 생각하며 벽에 붙은 사진을 만졌다. 어둠 속에서 그저 네모나게만 보이는 사진이지만 루시의 얼굴은 떠올릴 수 있었다. 루시의 의상도, 구불거리는 칙칙한 금발머리도, 미소 띤 입의 곡선도, 설리의 뇌리에서 등대처럼 불타고 있었다.

최악의 상황이 벌어진 거라면? 딸아이도 한 줌의 재로 변해 하늘을 떠돌거나 더 끔찍하게, 한 무더기 부패물이 되어 흙으로 돌아가는 중이라면? 설리는 이런 생각을 머리에서 몰아내려 해보았지만, 어차피 가족을 버린 것은 자신이었고 다른 것은 생각할 수가 없었다. 설리가 더 좋은 어머니, 더 좋은 아내였다면, 더 좋은 사람이었다면, 다른 누가 대신 이 수면 칸에 누워서 후회를 하고 있을 터였다. 캐나다를 떠나지 않을 수도 있었고 우주 탐사 계획에 지원하지 않을 수도 있었다. 그랬다면 밴쿠버의 산딸기색 문은 여전히 설리의 것이었을 테고 가스레인지 위에 걸린 구리 팬들도, 딸아이의 조그만 티셔츠를 접는 일도 그랬을 것이다. 이혼도, 별거도, 루시의 최근 사진을 구하지 못한 슬픔도 없었을 것이다. 그랬더라면 삶이 너무나 완벽했을 것 같지만, 이렇게 어둠 속에 누워 있는 지금은 아무 소용 없는 생각이었다. 설리는 그런 삶을 살도록 생겨먹지 않았다. 설리는 잭이 원하는, 잭에게 필요한 여자가 됐던 적이 없다. 루시를 올바른 방식으로 사랑해주었던 적이 없다. 심지어 뭐가 올바른 방식인지도 알 수 없었다. 마치 다른 여자들은 다르게 하니까, 설리가 남편이나 딸에게 올바른 말을 해주거나 올바른 일을 해주고 올바른 사람이 되어줄 수가 없는 것처럼 말이다. 사실 가족을 가진다는 것이 가족을 잃는 것보다 더욱 힘들었다. 정말 그랬다.

늘 뭔가 결핍되어 있었고, 지금에서야, 이 모든 시간이 지나고 이렇게 멀리 떠나와서야, 설리는 그게 무엇이었는지 이해하기 시작했다. 온기, 그리고 열림. 한 번도 자라날 기회를 얻지 못했던 무언가의 뿌리들이었다.

–

실제 지구가 거대한 푸른 덩치로 전망창을 가득 채우고 있으니 '작은 지구'는 정말로 작아 보였지만, 중력 생성기가 돌아가고 있는 친숙한 작은 세상에 들어와 있으면 안전감을 느꼈다. 알 수 없는 수수께끼가 되어버린 고향별과 달리 이곳은 예측 가능했다. 미지의 우주를 횡단하고 돌아왔더니, 앞에 놓인 것은 또 다른 미지의 세계였다. 진공 밀봉된 오트밀과 뜨거운 커피를 앞에 두고 분위기는 음울했다. 지구 진입을 의논해야 할 시간이었다.

"제비뽑기를 해야 할 것 같아." 결국 하퍼가 입을 열었다. "그것 말고는 방법이 생각 안 나네."

다른 대원들이 고개를 끄덕였다.

하퍼는 한 명 한 명과 눈을 마주 보며 동의를 구하듯 확인을 했다. 그러고 나서 다시 탁자 위로 시선을 떨구었다. "좋아, 아래 내려가도 뭘 발견하게 될지 알 수 없다는 점을 기억하자. 착륙이 실패할 수도 있어. 또 어쩌면, 성공도 하고, 소유즈를 다시 쏘아 올릴 수 있을지도 몰라. 그러니 제비를 뽑자. 그러는 게 좋겠어."

주방에 빨대 뭉치가 있었다. 하퍼가 다섯 개를 뽑고 테베스가 두 개를 만능칼로 짧게 잘랐다. 하퍼가 그것들을 모아 그러쥐었다. 짧은 빨대는 우주에서의 종신형, 긴 빨대는 불확실한 하강이었다.

"자, 누가 먼저 뽑을래?"

잠시 침묵이 흐르고 탈이 탁자 위로 손을 뻗었다. 하퍼의 손에서 빨대를 하나 뽑더니 긴 것임을 보고 참았던 숨을 토해냈다. 그리고 자기 앞에 내려놓았다. 그 오른쪽의 테베스가 다음으로 또 다른 긴 빨대를 뽑았다. 그러고 나서 알 수 없는 표정으로 한참을 뜯어보았다. 이바노프가 짧은 빨대를 뽑았다. 다른 사람들은 자기도 모르게 숨을 들이쉬며 긴장한 채 이바노프의 반응을 기다렸다. 이바노프는 한참을 꼼짝 못 하고 들여다보더니 미소를 지었다. 늘 음울한 표정이던 이바노프가 미소를 짓다니, 마치 대리석 조각이 갑자기 움직인 것 같았다.

"괜찮아. 오히려 마음이 놓이네."

이바노프가 말하자 테베스가 커다란 손을 이바노프의 어

깨에 올려놓았다. 하퍼가 침을 꿀꺽 삼키고 남은 두 개의 빨대를 설리에게 내밀었다. 설리는 짧은 것을 뽑았다.

–

제비를 뽑고 나서 이틀 동안 지구 진입 절차를 준비했다. 착륙 예정지 좌표와 소유즈 대기권 진입 각도, 궤도를 탈이 계산하는 데 시간이 필요했다. 지상팀의 도움이 없이는 무척 복잡한 문제였다. 대원들은 텍사스 대평원을 목표로 하기로 결정했다. 날씨도 온화할 것이고 탁 트인 공간도 필요했고 휴스턴에서 어떤 해답이라도 발견하기를 희망했으니까. 가장 좋은 방법인 듯했다. 하지만 2년 만에 처음으로 대원들은 분열되었다. 셋은 내려가고 둘은 남는다. '그들'의 미래가 갑자기 갈라졌다.

회의를 마치고 설리는 에테르 호의 전망창으로 가서 회오리 문양을 그리는 깃털 구름층을 들여다보았다. 92분 주기로 지구를 공전하는 우주 정거장은 중앙아메리카의 풍부한 녹색 지대를 지나, 넘실거리는 짙은 푸른색 대서양을 지나, 북아프리카의 황갈색 사막을 지나갔다. 스쳐가는 대륙들을 바라보며 한참을 그렇게 떠 있었다. 뿌연 지구 대기권 테두리를 따라 몇 번인지 태양이 뜨고 다시 지는 모습을 지켜보면서 오래 그러고 있었다. 어쩌면 여기서 지켜보는 게 더 나을 지도 몰랐다. 더 이상 저 표면에 속할 운명이 아닌지도 몰랐다. 설리는 루시를 떠올렸다. 환하게 빛나던, 꾀바른 눈빛의 미소를 떠올렸다. 잭을 생각했다. 이혼 전의, 장난기 많고 우울하고 명석하며 설리를 사랑하던 그를. 진을 생각했다. 어릴 때 하늘을 가리켜 보여주던 진을. 하늘, 사막, 그리고 전자기파 스펙트럼의 마법을 알려주던 진을. 그리고 그녀의 가족을 떠올렸다. 설리는 태양이 뜨고 지는 풍경을 바라보았다. 태양은 뜨고 지고, 뜨고 졌다. 네 번째 일출의 빛이 어두운 지구로 흘러나오는 모습을 보다가 설리는 모든 것을 놓아 보냈다. 태평양 어딘가에서 분홍색 구름 다발들이 푸른 물 위로 움직일 때, 설리는 모든 추억과 미래 계획을 떠나보냈다. 전망창 밖으로 몰아내, 대기 속으로 내려보냈다. 설리는 결코 돌아가지 못할 뿌연 푸른 껍질의 지구 위로 흩어질 수 있도록.

그날 밤 설리는 다른 대원들이 커튼을 닫고 불도 끈 지 한참 지나서 중력 생성 구역으로 돌아갔다. 그 어느 때보다 가벼워진 기분이었다. 이를 닦고 자신의 수면 칸으로 돌아가며 바닥에서 자박거리는 자신의 맨발 소리를 들었다. 하퍼의 수면 칸 앞을 지나다가, 안에서 돌아눕는 소리를 들었다. 침구가 부석거리는 소리와, 틀림없이 그의 것인 푹 내쉬는 한숨 소리였다. 설리는 걸음을 멈췄다. 잠시 꼼짝 않고 서 있었다. 생각은 하지 않고 그저 동작만으로, 멈춰 서고 몸의 방향을 바꿨다. 발이 움직였고 그녀는 따라가, 두뇌가 이의를 제기하기 전에 하퍼의 수면 칸으로 들어갔다. 어둠 속에서 하퍼의 얼굴이 잘 보이지 않았지만 상관없었다. 표정을 보지 않아도 그의 생각은 알 수 있었다. 이런 교감이 전에는 설리를 불편하게 만들었다. 피하게 만들었다. 하지만 이젠 아니었다. 같이 있을 수 있는 마지막 기회였으니까. 하퍼가 몸을 움직여 자리를 만들었다. 설리는 그 옆에 누웠다. 그의 냄새가 났다. 잠의 사향, 구닥다리 데오도런트, 묵은 땀, 항균 비누, 토마토 줄기 수액, 그리고 알 수 없고 설명하기도 힘들지만 그의 것임을 알아볼 수 있는 향기도.

"안녕." 설리가 속삭였다.

"안녕." 하퍼가 설리의 허리에 손을 얹으며 대답했다. 설리는 머리를 그의 옆에 뉘었다. 둘은 보이지 않는 어둠 속에서 서로 바라보았다. 설리는 알 수 있었다. 모든 것이, 심지어 실패와 외로움도 포함해서 모든 것이 그녀를 이리로 이끌었다는 것을. 그리고 그것들이 그녀를 준비시키고 가르치고 인도했다. 설리는 온기가 일어나는 것을 느꼈다. 수천 개 문이 한

꺼번에 활짝 열리는 것처럼, 발가락부터 시작된 온기가 몸 전체로 퍼져나갔다. 둘이 함께 사는 상상을 했던 몬태나 주의 집이 언뜻 생각났다. 그의 개 베스가 현관에서 기다리고 있다던. 그리고 설리는 그 생각도 모든 다른 것들과 함께 떠나보냈다. 그녀의 가슴속엔 온기, 열림뿐이었다. 아무도 손 댄 적 없던 사랑의 저수지, 조용한 직감이 펼쳐져 나오고 있었다. 설리는 가까이 다가가 하퍼의 까슬거리는 목줄기에 입을 댔다. 입술에 불뚝거리는 그의 맥박을, 핏줄을 느낄 수 있었다. 둘은 말을 하지도, 잠을 자지도, 움직이지도 않았다. 그저 서로의 몸이 결합된 온기 속으로, 그들 생명력의 합계 속으로 녹아들었다.

—

아침이 되어 인공 일출 직전에 살짝 빠져나온 설리는 자기 수면 칸으로 돌아가 잠을 잤다. 꿈속을 넘나드는 동안 밖에서 동료들 소리가 들렸지만 그녀는 눈을 감고 일어나지 않았다. 결국 테베스가 커튼을 치고 설리의 어깨에 손을 얹었다.

"우리 얘기할 게 있어. 제비뽑기에 대해서 말이야."

설리가 손으로 눈을 비비며 대꾸했다. "얘기할 게 뭐 있어?"

"많아. 좀 나올래?"

"옷 좀 입고."

설리가 수면 칸에서 나와 보니 다른 넷이 벌써 탁자에 모여서 조용히 기다리고 있어서 놀랐다. 혼란스러웠다.

"이해가 안 가네. 무슨 일이야?" 설리가 그들 사이에 앉으며 물었다.

테베스가 손가락을 얽어 깍지를 끼고 그 위에 턱을 올려놓았다. "난 여기 남을 거야. 에테르 호에. 우주 정거장에."

설리는 다른 동료들을 둘러보았다. 다들 그녀를 보고 있었다. 이미 알고 있는 것이었다. 하퍼를 보니 고개를 끄덕였다.

"그럼 내가 대신 내려가라고? 하지만 이바노프는?"

이바노프가 어깨를 으쓱했다 "나도 남을 거야. 난 결정을 내렸어."

"하지만 왜? 가족도 있고, 누구보다 돌아가고 싶어 하잖아."

이바노프가 고개를 저었다. "난 예전 그대로 돌아가고 싶은 거야. 이건 우리가 선택한 게 아니잖아. 저 아래가 어떤 상황인지, 우리가 아는 건 하나뿐이야. 우리가 남겨두고 온 세상이 아니라는 것. 모든 게 바뀌었어. 내 가족은 나를 기다리고 있지 않고. 지금은 헛된 희망을 품을 때가 아니야. 테베스와 나는 나이가 가장 많아. 지치기도 했고. 우린 이제…… 늙은이들이니까."

설리는 입을 벌렸지만 아무 말도 할 수 없었다. 테베스가 설리의 어깨에 팔을 둘렀다.

"오늘 할 일이 많아." 하퍼가 말했다. "테베스, 소유즈 포드의 밀폐 부분을 확인해줘. 탈은 우리 궤도 문제로 바쁜 거 아니까, 이바노프가 도와줄 수 있을까? 오늘이 끝나기 전에 착륙 시뮬레이션을 돌려보자. 우리가 출발하기 전에 아침에 한 번 더 해보고. 나는 소유즈에서 우리 구급 장비를 점검할게. 설리는 교신 시도를 한 번 더 해줄래? 내가 뭐 잊은 거 없나?"

"없는 것 같아." 탈이 말했다. "어서 시작하자."

설리는 모두 떠난 뒤에도 계속 탁자에 남아, 먼지 폭풍처럼 머릿속에서 휘몰아치는 생각들이 가라앉기를 기다렸다. 뭐라도 먹어야 한다는 걸 알았지만 그럴 수가 없었다. 나중을 생각해서 단백질 바를 주머니에 넣고 텅 빈 중력 생성 구역을 떠났다. 출입 분기점을 지나 온실 통로로 들어서니 하퍼가 식물들을 살펴보는 척하며 설리를 기다리고 있었다.

"당신 괜찮아?" 하퍼가 물었다.

"응. 그냥 놀라서. 좀…… 무섭기도 한 것 같고."

"뭐가?"

"아래에 뭐가 있을지. 난 전원을 내릴 준비가 다 돼 있었어. 그저 먹고 자고 하루에 열다섯 번 일출을 보면서 말이야. 하지만 지금은…… 모든 게 변할 테지."

하퍼가 설리의 팔을 잡았다. 그녀의 팔꿈치를 손으로 감쌌다. 다시 한 번 그 온기가, 수천 개의 문이 조금 더 넓게 열렸다. 그리고 하퍼가 자기 손목을 돌려 시계를 보자, 그 단순한 몸짓이 설리를 거의 무장해제시켰다. 그의 팔에 드러난 굵고 푸른 정맥을 보며, 다시 그의 맥박을 느끼는 상상을 했다.

"이제 가야겠다. 할 일이 많아." 하퍼가 말했다.

설리는 고개를 끄덕였다. 머릿속이 빙글빙글 돌았다. "물론이지." 하퍼는 통로를 날아 가버렸고 설리는 토마토 줄기들 앞에 잠시 서서 생각에 잠겼다. 노란 열매를 하나 따 먹었다. 마치 햇살 같은 맛이 났다.

통신 칸에서 수신기를 주파수 검색 상태에 두었다. 오르내리는 잡음을, 대기의 교란이 일으키는 소음들을 들으며, 내일 이 시간쯤에는 지구로 향하고 있거나 이미 지표면에 도착했겠다는 생각이 들었다. 일이 계획대로 잘되면 그런 거라고 마음을 다잡았다. 이제까지 자신이 선택했던 것들, 사랑했던 사람들, 그런 모든 것을 내려놓고 느낀 어제의 해방감, 가벼

웠던 마음은 사라지고, 다시 무게감이 중력처럼 팔다리에 슬금슬금 돌아왔다. 몇 시간 전만 해도 아름답게 텅 비어 있던 미래가 다시 미지의 가능성들로 복잡해졌다. 단조롭게 우주로만 뻗어나가던 운명이 그림자처럼 사라졌다. 하퍼, 어젯밤의 달콤씁쓸했던 종지부가 쫙 갈라지며 새로운 시작점으로, 가변적이고 알 수 없는 역학 속으로 떠밀려 들어갔다.

설리는 주파수 검색을 계속했다. 북극의 그 남자가 설리의 송신을 듣지 않을까 희망을 버리지 않았지만 벌써 아무 신호도 듣지 못한 지 여러 날이었다. 그와의 대화에는 뭔가 있었다. 설리를 누그러뜨리는 무언가, 우주 탐사를 시작한 이래 얼어붙어 있던 설리의 내면을 조금이나마 녹여주는 힘이 있었다. 어쩌면 그 이전부터 얼어붙어 있었는지도 모른다. 가족을 잃어버렸다는 것을 깨달은 이후로, 애초부터 그녀의 것이 아니었음을 깨달은 이후로 말이다. 하지만 멀리 떨어진 북극의 그 남자와 아주 짧았던 접촉이, 스쳐 지나가는 것들일지라도 슬픔 속에 무게를 지닐 가치가 있다는 점을 일깨워주었다. 수신기들에서는 대기의 교란과 배경 잡음만 잡혔다. 결국 설리는 다 끄고 '작은 지구'로 돌아왔다. 이곳에서의 마지막 밤이었다.

대원들은 차분히 저녁을 함께 먹었다. 아무도 대화를 나눌 기분이 아니었다. 설리는 일찍 잠자리에 들었고 하퍼와 테베스는 정거장으로 돌아가 착륙 시뮬레이션을 가동해보았다. 탈과 이바노프는 마지막으로 비디오 게임을 같이 했다. 설리는 수면 칸의 불을 끄고 오랫동안 누워서 생각했다. 다른 동료들이 잘 준비를 하는 소리가 들렸다. 화장실 문이 열렸다가 닫히는 소리, 커튼이 스르륵 닫히는 소리, 침구를 부스럭거리는 소리들이었다. 테베스가 목청을 고르고 탈이 기침을 했다. 이바노프가 조용히 흐느꼈고 하퍼가 일기를 끼적였다. 누가 어디서 내는 소리인지 다 알 수 있었다. 설리는 동료들과 자신들의 집을 속속들이 알고 있었다. 하지만 이제 얼마 남지 않았다.

그날 밤 꿈에서 그녀는 지구 위에 둥둥 떠 있었다. 우주복도 없이 추진체도 매지 않고 남색 작업복의 바지만 꿰어 입은 채 팔소매는 허리에 둘러 묶고 회색 셔츠 바람이었다. 뒤를 넘겨다보니 우주 정거장 전망창에 모인 얼굴들이 보였다. 손을 흔들며 작별 인사를 하는 그들 중에 데비도 미소를 지으며 갈색 손바닥을 유리판에 붙이고 있었다. 잭의 어깨에 앉은 루시도 보였다. 어머니 진도 보였다. 다들 기뻐하며 설리의 행운을 빌어주었다. 설리는 돌아서 지구로 몸을 던졌다. 팔을 머리 위로 번쩍 들고 발끝을 세우고 진공 속을 쏜살같이 뚫고 나갔다. 수면을 가르는 다이빙 선수처럼 대기권을 뚫고 들어갈 준비가 돼 있었다. 몸이 따뜻해지다가 뜨거워졌다. 그러다가 갑자기 설리는 자신의 몸에 불이 붙었다는 것을 깨달았다. 하늘을 가르는 혜성처럼 대기권을 통과하며 불타오르고 있었다. 땅에 충돌하기 전에 깨어났다. 입이 마르고 목이 아팠다. 시계를 보았다. 시간이 되었다.

–

다섯 명의 에테르 호 대원들은 남아 있는 소유즈 호 입구에 모였다. 다들 서로 껴안고 나서 필요 이상, 몇 분 더 머물렀다. 결국 탈이 이제 그만 도킹 해제를 시작하지 않으면 진입 궤도 계산을 다시 해야 한다고 알렸다. 그리고 먼저 소유즈로 들어가 띠를 매기 시작했다. 하퍼는 테베스와 이바노프와 마지막으로 한 번 더 악수를 하고 각자에게 뭐라고 귓속말을 했다. 설리도 망설였다. 이바노프에게 5분 동안 세 번째 포옹을 했고 이바노프는 설리의 양쪽 볼에 키스를 했다. 둘 사이에 물방울들이, 눈물이 흩어졌다. 누구의 것인지는 알 수 없었다. 설리는 테베스에게 몸을 돌렸다.

테베스가 다시 껴안자 설리가 속삭였다. "정말 확신해?"

"물론이지." 그도 속삭이고 나서 설리를 소유즈 입구로 가볍게 밀었다.

"조심히 여행해, 내 친구들." 테베스가 인사하자 이바노프
가 손을 흔들고 둘은 함께 문을 닫았다.

설리도 하퍼의 왼쪽, 남은 좌석에 띠를 맸다. 문 너머에서
봉인이 닫히는 소리가 들렸다. 그러고 나서 아무 소리도 들
리지 않았다. 그들 자신의 불안한 숨소리와 몸의 부스럭거림
뿐이었다. 탈이 계기판을 켜기 시작했다. 진입 절차 안내서
를 꺼내 다리 사이에 끼고 기기들을 조절했다. 모든 준비가
충분히 끝날 때까지 시간을 들였다. 그리고 헬멧 앞창을 내
렸다.

"이제 간다." 탈이 단추를 누르자 소유즈가 도킹 부위에서
부드럽게 풀려났다. 하나의 여정이 끝나고 다른 여정이 시작
되었다. 탈이 엔진을 짧게 점화시켜 우주 정거장에서 떨어
져 나온 다음, 소유즈를 평행 궤도에 위치시켰다. 그러고 나
서 길게 점화시켜, 우주 정거장에서 멀어지며 지구를 향해
움직였다. 소유즈는 점점 더 아래로 가라앉다가 드디어 대기
층과 비스듬히 충돌했다. 모든 과정이 설리의 기억보다 훨씬
느리게 진행되었고 설리는 계속 조그만 창문을 내다보며 그
들이 실제 움직이고 있는지 확인했다. 마침내 탈이 소유즈에
서 궤도 비행용 모듈과 조종용 부품들을 분리했다. 하강 캡

슐의 위쪽과 아래쪽 결합 부분들이 터져나가며 불필요해진 소유즈의 부품들이 사방으로 날아가는 것을 느낄 수 있었다. 몇 분 후 더 짙은 공기층을 통과하기 시작했다. 창 외부에서 불꽃 줄기가 유리를 타고 흐르기 시작했다. 플라즈마 열기로 밖이 잘 보이지 않았다. 중력이 그들을 사로잡았다. 처음에는 천천히, 그러다가 더욱 큰 힘을 휘두르며 그들을 대기 속으로 곤두박질시켰다. 설리는 착륙에 성공 못 하는 게 아닌가 걱정이 되기 시작했다. 원래 6개월마다 교체되어야 하는 소유즈가 너무 오래되었다. 차폐막에 결함이 생기든지, 낙하산이 안 펴지는 게 아닐까. 설리는 무사히 착륙하기를 간절히 빌었다. 그다음 단계를 보고 싶었다. 미처 생각할 새도 없이 하퍼의 팔을 잡았다. 탈은 하강 캡슐을 목표 지점에 맞추는 데 집중하고 있었지만, 하퍼는 설리를 보고 있었다. 헬멧 앞창을 올리고 장갑 낀 손을 그녀의 손 위에 얹고 물었다. "괜찮아?"

첫 번째 낙하산이 펼쳐지고 큰 충격과 함께 작은 캡슐이 심한 요동에 흔들렸다. 고요한 우주에서만 지내다가 바람의 굉성에 노출되니 귀가 머는 듯했다. 그리고 이제 중력이 강해져 고개를 끄덕이기도 힘들었다. 잠시 후 요동이 좀 줄고 두 번째 낙하산이 펼쳐졌다. 이번에는 충격도 훨씬 적고 느린 하강이 시작되었다. 설리는 지구로 곤두박질치던 그들을 거대한 우주의 손바닥이 떠받치는 기분이 들었다. 바람 소리도 누그러졌다. 공포가 근육에서 천천히 빠져나갔다. 설리는 생존할 준비가, 땅에 착륙해 캡슐을 열고 나갈 준비가 돼 있었다. 비록 어떻게 변한 세상에 도착하게 될지는 알 수 없어도, 발견해나갈 준비가 되었다. 캡슐은 계속 떨어지며 검게 그을린 창 너머로 맑은 푸른 하늘이 엿보였다. 비록 이것이 마지막이라고 해도, 비록 이 먼 길을 돌아와 결국 죽게 되었다고 해도, 이렇게 푸른 하늘을 볼 수 있었던 것만으로도 모든 것을 무릅쓸 가치가 있었다. 고향에 온 것이다. 설리는 여전히 자신을 지켜봐주는 하퍼를 마주 보았다. 그리고 그 순간, 가능하리라 생각도 못 했던 깊이의 사랑을 그에게 느꼈다. 수천 개의 문이 이제 활짝 열렸다.

"아이리스." 하퍼가 불렀다. 설리를 그렇게 불러준 사람은 정말 오랜만이었지만, 하퍼가 불러주는 소리가 기분 좋게 들렸다. "당신이 와서 기뻐."

설리는 눈을 감고 착륙의 충격에 대비했다. 다시 저 말을 들을 수 있기를 바랐다. 하지만 그렇지 않더라도······

"나도 기뻐."

감사의 말

나의 괴벽스럽고 미완이던 발상을 들어주고 흥분해주었으며 인내심을 가지고 지지해준 에이전트 젠 게이츠에게, 그리고 이 책이 알맞은 집을 찾도록 믿을 수 없을 만큼 힘써준 데 감사한다.

그리고 그 집이 되어준 애너 피토니악, 이 이야기의 가능성에 대한 직감과, 정체성에 대한 이해와, 세부 사항들에 대한 꼼꼼한 주의력을 가지고 모양을 잡아준 데 감사한다.

이 소설에 손을 대어준 랜덤하우스와 재커리 슈스터 함스워스의 모든 사람들 각각에게 감사한다.

나의 해외 출판사들, 특히 영국 편집자인 오리온북스의 커스티 던시스에게 감사한다.

늘 나의 첫 번째 독자가 되어준 리사 브룩스에게 감사한다.

나의 하늘 구경 동반자인 마이클 벨트에게 감사한다.

이 모든 것에 대한 발상이 시작된 무선 공학 기술에 대한 나의 호기심을 충족시켜준 척 더브에게 감사한다.

그리고 나에게 영감을 주고 나를 지지해주며 제정신으로 지켜준 모든 친구와 가족에게 감사한다.

모두 고맙다.

옮긴이의 말

북극의 천문대와 목성의 우주선에서 맞이하는 지구의 종말이란 어떤 것일까? 나머지 세계에 펼쳐진 지옥도는 짐작만 할 수 있는 채, 인류가 갈 수 있던 중 가장 적막하고 혹독한 장소 두 군데에 고립된 사람들은 무엇을 하게 될까? 북극과 우주라는 장엄한 공허 속에 살아 있다는 것은 무엇인가? 모든 것이, 이 세상이 사라지게 될 때 우리에게 마지막으로 남는 건 뭘까? 그동안 지구 종말을 다뤘던 많은 소설들과는 전혀 다른 묵시록적 이야기가 이 작품에서 펼쳐지고 있었다.

그리고 그 이야기 안에는 고독을 선택한 사람들이 있다. 늘 별들을 올려다본 남자와 별들 사이를 떠돈 여자가 '관계와 교감' 대신 선택한 것은 '청중과 역사'였다. 어거스틴은 평생에 걸쳐 별들을 연구하며 오지의 천문대들을 떠돈 노년의 괴팍한 학자였다. 죽기 전 마지막 연구지로 북극을 택했을 때, 전쟁에 대한 소문이 떠돌며 다른 연구원들은 모두 철수했지만 그는 거부하고 혼자 남았다. 한편 목성에서 귀환하는 우주선 에테르 호에는 전파 공학자인 설리가 타고 있다. 에테르호의 대원들은 목성까지 탐사한 최초의 인간들이 되었고 설리는 지금까지 치러야 했던 모든 희생에 대한 보답을 얻는 듯했다. 하지만 갑자기 지구 관제소와 연락이 두절되고 대원들은 우울과 분노에 시달리며 서로 갈등하고 사고를 일으킨다.

잘 익은 수박처럼 우주를 쫙 갈라 열어 보이고 싶었다. 말문 막힌 동료들 앞에서, 과육과 마구 뒤섞인 씨앗들을 가지런히 정리해 보이고 싶었다. 과즙이 뚝뚝 떨어지는 붉은 과일을 그의 손에 쥐고 무한의 내장을 계량하고 싶었다. 시간의 동틀 녘까지 거슬러 올라가 태초의 시작을 잠시라도 엿보고 싶었다. 〔……〕 하지만 여기 어거스틴은 일흔여덟 살에, 북극 제도 어느 산꼭대기, 문명의 바깥 지대에서 전 생애를 바친 과업의 종착역을 앞두고 있으며 지금 그가 할 수 있는 일이라고는 자신의 무지의 황량한 얼굴을 빤히 응시하는 것뿐이었다. _본문 13~14쪽

그들이 해낸 막중한 경험, 그들이 배우고 앞으로도 계속 밝혀낼 진리들에는 더 큰 규모의 청중이 필요했다. 에테르 호의 대원들은 자기들만을 위해 그 여정을 감내한 것이 아니었다. 전 세계를 위해 한 일이었다. 지구에서 그들을 추동했던 야망은 이곳 깊은 암흑 속에서는 한갓 허무한 허영에 지나지 않았다. / 그 모든 고생과 희생과 끝없는 훈련이 설리를 이곳까지, 태양계 내 가장 외로운 장소까지 데리고 왔다. 설리는 하마터면 큰 소리로 웃을 뻔했다. 과거의 자신에게 미래가 어떻게 될지 경고해줄 수 있었더라면. 하지만 알았더라도 전혀 달라지지 않았을 것이다. _본문 47쪽, 215쪽

사실 외로움은 강력한 힘을 가지고 있다. 고독한 사람들이 추구했던 이상은 인류의 삶을 획기적으로 발전시켜왔다. 비범한 재능의 어거스틴과 설리도 사랑에 상처 받은 과거를 뒤

로하고 세속적인 관계들을 배제하며 보다 높은 목표에 매진해왔다. 하지만 작가는 이들을 황량한 풍경 속 난폭한 공허에 노출시킴으로써, 그런 태도로 인해 벌어진 개인적 진실을 돌아보게 만든다. 주인공들의 회한과 슬픔을 따라가며 인간의 더욱 깊숙한 갈망을 깨닫게 해준다.

설리와 어거스틴은 과거 자신들의 선택에 대해 다시 평가하고 삶의 마지막 행로를 다시 설정하려 안간힘을 쓴다. 어거스틴은 천문대 어느 구석에서 수수께끼의 소녀를 발견하고 애착을 느끼며 함께 북극의 환경을 헤쳐나가기 시작한다. 설리와 다양한 국적의 우주인들은 신념이 사라지고 공동체가 붕괴할 때 서로를 마주할 어떤 대안이 가능한지 탐색하기 시작한다.

존재가 아닌 부재와 싸우고 있다는 생각에, 갑자기 소름이 끼쳤다. 어느 쪽이 위였지? 바닥이 점점 가파르게 기울어져 천장이 되면서, 이번 임무 내내 지켜왔던, 설리가 평생에 걸쳐 따라왔던 논리의 연결선이 끊어지는 기분이었다. 아무리 지식을 쌓고 열심히 일해도 그녀의 안전은 지켜지지 않았다. 거기에 그녀가 할 수 있는 일은 없었다. 그 어떤 노력도, 통찰이나 기술도 이런 일이 일어나는 것을 막아줄 수 없었다. 이 우주의 그 무엇도 그들 중 누구를 안전하게 지켜줄 수가 없는 것이다. 설리는 눈앞이 캄캄해지는 것을 느꼈다. _본문 305쪽

악감정을 가지고 그런 것은 아니었다. 한 번도 그런 적은 없었다. 그는 사랑의 경계선들을 이해하고 싶었다. 〔……〕 그의 진짜 연구 분야는 훨씬 고귀했지만, 사랑에 대한 질문도 쉽게 답이 얻어지지는 않았다. 만족스러운 답을 얻은 적이 없었고, 그는 늘 납득할 수 있는 답을 찾아다녔기에, 탐구를 계속해나갔다. _본문 236~237쪽

어쩌면 이 작품은 디스토피아 SF의 외피를 쓴, 인간 실존과 지구 종말에 대한 철학적 소설인 듯하다. 과학소설, 서스펜스, 모험소설 같은 장르 사이를 효과적으로 오가면서도 심오한 주제들을 유려하게 통과해나간다. 시적인 산문으로 서로 무척 닮은 세 가지 장소, 즉 북극, 우주, '인간의 깊숙한 내면'이라는 위험한 장소들을 여행해나가는 두 인물의 여정을 묘사한다. 인간의 의미와 목적에 대한 내면적 성찰을 추구하는 철학적, 심리학적 깊이와 더불어, 최고 수준의 수사학적 기교를 보여준다. 그리고 기묘한 방식으로 연결되는 두 주인공을 통해 관계와 교감에 대한 신화적인 결말을 꿈꾼다.

이 소설의 후반부에서 어거스틴은 심하게 아픈 후 소녀와 함께 스노모빌을 타고 조금 더 남쪽 호숫가의 기상관측소로 이주한다. 나름대로 여름을 맞이한 그곳에서 어거스틴과 소녀는 낚시도 하는 등 즐거운 한때를 보낸다. 그리고 기상관측소의 더 좋은 무선 통신 장비를 이용해 다른 지역과 교신을 시도하던 중 지구로 향하던 에테르 호와 연락이 된다. 어거스틴과 통신 담당인 설리가 주로 대화를 하며 둘은 깊이 교감한다. 그리고 결말부에선 둘 사이의 운명적 연결 고리가 밝혀진다.

고독을 고집하고 업적을 추구하는 사람들 내면에도 존재하는 관계에 대한 열망은 근원적이고 강렬한 것이다. 사랑하는 사람들과의 연결뿐 아니라, 낯선 사람들과 연결되고픈, 더 나아가 자기 자신과 연결되고픈 갈망은, 불가능한 시간과 원거리를 거슬러서라도 교감하고픈 욕망으로 이어진다는 것을, 소설 속 인물들은 공허를 목전에 두고서야 깨닫게 된다. 우리 인간들을 서로 묶어주는 것은 바로 이 욕망과 희망이고, 작가는 그것을 가능하게 해주는 우리의 태도로 '온기와 열림'을 제시한다.

설리는 상실과 고립의 격류를 넘어 좀 더 고요한 공간으로 들어가고 있었다. 그곳에선 이미 지상 관제소의 신호가 그들을 향해 서둘러 날아오고 있으며, 설리는 기꺼이 다음에 다가올 것들을 맞이할 준비가 되어 있었다. / 그렇다고 벌써 희망을 느끼지는 않았다. 하지만 희망을 위한 공간을 만들어놓을 수는 있었다. 설리는 주파수 대역을 조종해 전파를 훑기 시작했다. _본문 278쪽, 286쪽

자신들이 얼마나 멀리 떠나왔고 얼마나 더 가야 하는지 근심조차 잊고 그저 옆자리 아이의 숨소리만을 생각했다. 바람의 신음 소리, 손끝과 발끝에 따끔거리며 남아 있는 추위마저도 낯설도록 날카로운 살아 있음의 감각으로 인지되었고, 만족스러웠다. / 정말 오랜만에 지상의 일에 관심을 가지게 되었다. 땅의 영향을 받게 되었다. 하늘의 변화가 발아래 땅보다 더 중요한 의미를 가지던 때가 있었다. 하지만 이제는 아니었다. 너무 오래 올려다보기만 했다. 흙에 대해 생각하니, 다시 땅으로 돌아가는 삶을 상상하니 기분이 좋았다. _본문 206쪽, 227쪽

지금 현실의 지구가 종말의 상황에 처해 있는 것은 아니지만, 나는 우리 개개인들의 고독이 처한 상황은 어쩌면 이들

과 비슷할지도 모르겠다는 생각이 들었다. 전 세계적으로 통신이 가능해져 그 어느 때보다도 거대한 청중의 동원이 가능해졌고, 개인 미디어의 발달로 누구나 한번쯤 영향력을 행사할 수 있는 시대지만, 우리의 정체성과 정신적 한계가 정말 그런 것을 원하는 걸까? 어쩌면 감당도 못 하는 방향으로 재능과 기술을 허비하고 있는 건 아닐까? 그런 인간이라는 존재에 대한 슬픔에 공감하며, 번역하는 내내 울컥할 때가 많았고 작가가 제시하는 '온기와 열림'이라는 태도에 대해 많은 생각을 하게 된 시간이었다.

이 소설의 저자인 릴리 브룩스돌턴은 미국 동부에서 자라나 문학 교육을 받은 후 서부인 오리건 주 포틀랜드로 이주해 작가로 살아가기 시작했다. 이전에는 에세이인 《내가 사랑한 모터사이클(Motorcycles I've Loved)》을 썼으며 이 작품 《굿모닝 미드나이트》가 장편 소설 데뷔작이다. 첫 책의 소재가 된 오토바이에 대한 애호는 이번 데뷔 소설 속에서도 어거스틴의 스노모빌을 이용한 북극 천문대 탈출 장면이나 우주선과 통신 기계에 대한 묘사에서 잘 드러난다. 그 후 작가는 통신 기술자인 친구로부터 영감을 받고 우주선 발사대가 위치한 플로리다의 작가 레지던시에서 이 소설을 썼다고 한다. 지금은 인도네시아에서 지진을 경험하며 새 작품을 집필 중이라고 하니, 또 어떤 작품이 나올지 기대가 된다.

　이 소설의 원제인 "굿모닝, 미드나이트(Good Morning, Midnight)"는 낮을 떠나보내고 밤을 맞이하는 인간의 절망적인 기쁨을 노래한 에밀리 디킨슨의 시에서 따왔다고 하는데, 20세기 초의 소설가 진 리스가 먼저 자신의 작품 제목으로 차용한 바 있다. 진 리스의 동명 소설은 역시 작가인 헨리 밀러와 이혼한 후 인간관계에 대한 절망과 외로움으로 써내려간 작품인데, 릴리 브룩스돌턴은 그 소설의 영향을 깊이 받았다고 한다. 고립과 관계라는 주제를 묵직하고 솜씨 좋게 파고든 선대의 두 작품을 계승하고, 시대를 거슬러 올라 뛰어넘고자 한 의도로 에밀리 디킨슨의 시 제목을 이어받은 다음, 진 리스의 소설에서 이 책의 책머리에 제사를 인용했다고 한다.

옮긴이 **이수영**

연세대 국문과와 같은 대학원 비교문학과를 졸업했다. 편집자, 기자, 전시기획자로 일하며 《밴디트: 의적의 역사》 등 인문서로 번역을 시작했다. 지금은 문학 번역에 전념하고 있으며 소설 《XX》 《비하인드 도어》 《너무나 많은 시작》, 에세이 《국경 너머의 키스》 《마이 코리안 델리》, 여행기 《헤밍웨이의 집에는 고양이가 산다》 《너의 시베리아》 등을 옮겼다.

굿모닝 미드나이트

2019년 12월 10일 초판 1쇄 발행
2020년 12월 23일 초판 2쇄 발행

지은이 | 릴리 브룩스돌턴
옮긴이 | 이수영
발행인 | 윤호권 박헌용
책임편집 | 황경하

발행처 | (주)시공사
출판등록 | 1989년 5월 10일(제3-248호)

주소 | 서울 성동구 상원1길 22 7층(우편번호 04779)
전화 | 편집 (02)2046-2817·마케팅 (02)2046-2800
팩스 | 편집·마케팅 (02)585-1755
홈페이지 | www.sigongsa.com

ISBN 978-89-527-3929-2 (03840)

이 도서의 국립중앙도서관 출판예정도서목록(CIP)은 서지정보유통지원시스템 홈페이지(http://seoji.nl.go.kr)와 국가자료종합목록 구축시스템(http://kolis-net.nl.go.kr)에서 이용하실 수 있습니다. (CIP제어번호 : CIP2019047609)